KB104535

장경각(藏經閣)에 핀 연꽃

장경각에 핀 연꽃

1판 1쇄 발행 | 2018년 6월 30일

지은이 | 최중호
발행인 | 이선우
펴낸곳 | 도서출판 선우미디어
　　　　등록 | 1997. 8. 7 제305-2014-000020
　　　　02643 서울시 동대문구 장한로12길 40, 101동 203호
　　　　☎ 2272-3351, 3352 팩스: 2272-5540
　　　　sunwoome@hanmail.net
　　　　Printed in Korea ⓒ 2018. 최중호

값 15,000원

※ 잘못된 책은 바꿔 드립니다.
※ 저자와의 협의하여 인지 생략합니다.

이 도서의 국립중앙도서관 출판예정도서목록(CIP)은 서지정보유통지원시스템
홈페이지(http://seoji.nl.go.kr)와 국가자료공동목록시스템(http://www.nl.go.kr/kolisnet)에서
이용하실 수 있습니다.(CIP제어번호: CIP2018019580)

ISBN 978-89-5658-580-2 03810
ISBN 978-89-5658-581-9 05810(E-PUB)

※ 이 책 발간은 대전문화재단 | 대전광역시 에서 제작비 일부를 지원받았습니다.

문화 유적 테마 에세이

역사에 맥박 치는 민족의 영혼을 찾아

장경각에 핀 연꽃

최중호 저

선우미디어 munwoomedia

작가의 말

세월이 흘렀다.

1991년 ≪수필문학≫에서 〈매월당의 자화상〉으로 등단한 후, 27년의 세월이 흐른 것이다.

처음 글을 쓸 때는 내 이름이 활자화되어 사람들에게 알려지는 것이 좋아 그랬다. 세월이 지나면서 생각이 바뀌기 시작하였다. 나의 재주가 비록 미천하지만, 다른 사람을 위해 할 수 있는 일이 없을까 생각한 끝에 우리 선조들에 대한 이야기를 써 보기로 하였다.

그 후로 여러 유적지를 탐방해왔다. 우리 선조들의 훌륭한 업적을 보듬기 위해서였다. 그들은 한때 세상을 떠들썩하게 했지만, 세월의 뒤안길에 묻혀 그들의 업적과 명성이 사람들의 기억에서 점점 멀어져가는 것이 안타까웠다.

그들의 헌신과 희생이 있었기에 오늘 우리가 이렇게 편안하게 살 수 있는 것이 아닌가?

그들의 값비싼 헌신과 희생에 미력이나마 보답하기 위해 보잘 것 없는 재주로나마 그들에 대한 글을 써서 세상에 다시 알리고 싶었다. 그래서 그들과 관련이 있는 서적들을 읽고, 연관이 있는 유적지를 탐방하며, 그들의 후손을 찾아가 이야기를 듣고, 족보도 빌려다 읽어본 후에 글을 썼다.

하지만 영감(靈感)이 떠오르지 않으면 글을 쓰지 않았다. 탐방한 곳도 많고 만난 사람들도 많지만, 글로 쓴 것보다 쓰지 못한 것이 더 많아 아쉬울 따름이다.

보잘것없는 글이지만 우리 선조들의 업적을 조금이나마 다른 사람들에게 알려줄 수 있는 계기가 되었으면 하는 바람이다.

오래 전에 썼던 글들은 세월이 흘러 현재 상황과 다소 차이가 있음을 밝혀둔다.

내가 글을 쓸 수 있도록 수필의 길로 이끌어 주신 고 박연구 선생님, 강석호 회장님과 수필을 쓰는 데 많은 격려와 조언을 해주신 고 서정범 교수님, 이현복 교수님, 고 윤모촌 선생님께 감사의 말씀을 올린다.

그리고 장경각에 예쁘게 핀 연꽃을 보시고 좋은 말씀을 해주신 정목일 한국문협 부이사장님, 한상렬 평론가님, 지금은 고인이 되신 전 한양대 명예교수 신동춘 시인님, 수필집을 발간해주신 이선우 사장님께 감사의 말씀을 올린다. 끝으로 이 책을 발간하는 데 도움을 주셨던 많은 분께 지면을 빌어 고맙다는 말씀을 올린다.

2018년 6월

여강(如江) 최중호

차례

제 2부 왕대밭에 왕대 나고

제5부 대왕이시여, 어디로 가시나이까?

제6부 최중호의 수필세계

1

백성이 춤추는 땅

백성이 춤추는 땅

- 조광조와 운주사 천불천탑

해거름에 향일암을 떠나 화순에 도착한 것은 어두운 밤이었다. 우선 숙소부터 정해 놓고 쉬면서 다음 일정을 생각해 보기로 하였다. 밝은 불빛이 비치는 한 모텔로 들어갔다. 지은 지 얼마 되지 않아 내부가 깔끔했고 방도 따뜻하여, 추위에 떨고 온 몸을 쉽게 녹일 수 있었다.

며칠간의 여행으로 쌓였던 피로를 목욕물로 씻고 지도를 꺼내 운주사를 찾아보았다. 운주사로 가는 도중 능주라는 곳에 유적지 표시와 함께 '적려지(謫廬地)'라 적혀 있었다. '적려지'란 처음 보는 낱말로 그곳에 무엇이 있는지 궁금했다. 그래 운주사로 가기 전, 먼저 그곳부터 들러 보기로 하였다.

화순군 능주면 남정리에 있다는 적려지. 그 뜻이 무엇인지 그곳에 어떤 유적이 있는지조차 모른 채 능주로 향했다. 능주 길가 우뚝 세워진 자연석에, '목사(牧使) 고을 능주(綾州)'란 표지석을 본 후에도 그곳을 찾지 못해 몇 번을 헤맸다. 외곽도로가 새로 나 그곳을 그냥 지나쳐 버렸던 까닭이다.

조광조 적려 유허비각

운주사 석탑

그곳은 조선왕조 중종 시대를 살았던, 정암(靜庵) 조광조(趙光祖) 선생의 귀양지였다. 성리학의 대가이자 개혁 세력의 우두머리였던 선생이, 훈구세력의 모함을 받아 이곳 능주로 귀양 온 지 한 달만에, 사약을 받고 돌아가셨다는 유서 깊은 곳이었다.

선생이 돌아가신 후 149년 뒤인 현종 때, 능주 목사로 있던 민여로(閔汝老)가 선생의 넋을 위로하고 그 뜻을 기리고자, 송시열의 글을 받아 이곳에 적려 유허비(謫廬遺墟碑)를 세웠다고 한다.

이곳에 와서 비로소 적려의 뜻이 귀양 왔던 집임을 알게 되었다.

능주로 귀양 온 선생은 북쪽 하늘만 바라보며 한양으로 다시 돌아갈 날을 손꼽아 기다렸다. 하지만 선생의 기대와는 달리 금부도사가 "죄인 조광조는 나와 어명을 받으라." 소리치니, 이 어인 말이던가. 선생은 임금이 계신 북쪽을 향해 고별인사를 올린 후 눈물로 시 한 수를 지어 읊었다.

"임금을 아버지같이 사랑하였고, 나라 걱정을 집안 걱정과 같이하였는데, 밝은 해가 이 땅을 굽어보니, 충성스런 내 마음도 밝게 비춰 주리라(愛君如愛父 憂國如憂家 白日臨下土 昭昭照丹衷)."

사심 없이 임금을 섬겼던 충직한 신하의 마음을 나타낸 시라 하겠다.

선생의 적려 유허비를 보는 순간, 붉은 색깔의 글자가 가슴을 섬뜩하게 한다. '당시 선생이 흘렸던 피의 색깔과 같을 것'이란 생각이 들어서였다. 선생의 억울한 죽음을 나타내려 그리하였을까.

유허비 뒤쪽으로 선생의 뜻을 기리기 위해 지어 놓은 사우(祠宇)가 있다. 그곳으로 가 조심스레 방문을 열어 보니 그 안에 선생의 영정이 모셔져 있는 게 아닌가. 선생은 머리에 네모진 사방관(四方冠)을 쓰고 조선 시대의 유생들의 예복인 도포를 입고 서 계셨다. 들어가 선생 앞에 무릎을 꿇고 문안 인사를 올렸다.

선생은 조정의 잘못된 정책을 과감히 개혁하고 모든 사람이 평등하게 살 수 있는 세상을 만들고자 하셨다. 양반과 천민(賤民)의 구분이 철저한 계급 사회에서 천민들이 춤추는 세상을 만들려 했던, 선생의 높은 뜻은 그 당시로선 이상에 가까운 주장이었다. 하지만 선생은 그 이상을 실현해 보려고 하셨다.

그로 인해 선생은 많은 훈구세력의 미움을 사게 되었고, 그들의 모함을 받아 이곳 능주로 귀양 온 지 한 달만에 임금이 내린 사약을 마시고 돌아가셨다.

선생께 하직 인사를 올리고 목적지인 천불천탑의 도량 운주사로 향했다. 운주사는 그곳에서 얼마 안 되는 거리에 있었다.

운주사 입구에서부터 산과 들에 탑과 불상이 보인다. 다른 사찰에서는 쉽게 찾아볼 수 없는 현상이었다. 다른 사찰의 탑과 불상은 하나같이 정결한 곳에 모셔져 있어, 그 앞에 서기만 해도 엄숙하고 경건한 마음을 느껴야 했다. 하지만 이곳은 달랐다. 누구나 쉽게 접근할 수 있는 산이나 언덕, 들 가운데에 있어 친근감마저 들었다.

다른 사찰의 탑 지붕(屋蓋石)은 사각이나 육각이었는데 이곳은 다르다. 사각으로 된 탑도 몇 군데 있었지만, 원형으로 된 자연스러운 형태의 탑들이 있어 더욱 마음을 끌었다.

다른 사찰에 있는 탑과 불상이 품위 있는 양반의 모습이라면, 운주사의 탑과 불상은 소박한 서민의 모습이었다. 심오한 불법과 계율을 잘 몰라도 쉽게 불상과 탑 가까이 다가서고 싶은 마음이 생겼다. 숨바꼭질하듯 푸른 산언덕에 숨었다가 소나무 가지 사이로 살며시 모습을 드러내는 탑, 머리에 하얀 모자를 쓰고 미소로 다가오는 불상에서 친근한 우리네 이웃을 만나고 있다는 생각이 들었다. 천불천탑의 중심인 석조감실에서 등을 맞대고 앉아 있는 불상도 그러했다.

산의 서쪽 능선으로 나 있는 길을 따라 올라가 보았다. 그곳에 있는 불상(臥佛)은 아예 누워 있었다. 비바람을 막아 줄 전각이나 울타리 하나 없이 천연 암반 위에 두껍게 돋을새김을 한 채 누워 있는 게 아닌가. 누워 있다는 것은 곧 마음이 편안한 상태를 의미한다. 누워 있는 불상은 누구나 쉽게 찾아갈 수 있는 자리에 있었다. 그래서 나물 캐던 처녀도, 나무하러 가던 나무꾼도, 두 손을 모아 작은 소원을 하나씩 빌고 갔을 것이다.

선생이 그토록 추구했던, 백성이 춤추는 세상이 바로 이곳이 아니던가. 선생의 적려 유허지 가까운 곳에 그런 세상이 있다는 것을 알았다.

(1998. 한국수필. 3·4월호)

주초위왕(走肖爲王)

– 조선의 선비 정암 조광조

조선 시대의 중·후기 동안 가장 이상적인 선비상으로 추앙받아 온, 정암 조광조 선생의 묘소로 간다. 선생의 유배지인 전남 화순을 다녀온 지꼭 반년 만에 묘소를 참배하게 된 것이다.

용인시 수지읍 상현리에 있다는 선생의 묘소로 가기 위해 수지읍에서 수원 쪽 국도를 따라간다. 운전하면서 묘소의 위치를 찾는다는 게 쉬운 일은 아니었다. 도로 주위를 살피고 앞차와 뒤차의 흐름에도 신경 쓰며 운전을 해야 하므로, 여간 신경 쓰이는 일이 아니었다. 이렇게 하며 간곳이 수지와 수원의 접경에까지 이르게 되었다. 수원시까지 왔다면 이미선생의 묘소를 지나쳐 온 것이 아닌가? 오던 길을 다시 되짚어오다가 어느 마을 앞에 차를 세우고, 선생의 묘소를 물어보았다.

선생의 묘소는 수원시 접경에서 얼마 안 되는 곳의 국도변에 있었다. 안내 표지판이 길에서 좀 떨어진 숲 속에 있어 쉽게 눈에 띄지 않았던 것이다.

정암 조광조 묘

　안내문이 있는 산 쪽으로 들어가니 선생의 신도비(神道碑)*가 있다. 신도비에는 선생의 일대기가 작은 글씨로 새겨져 있는데, 글은 선조 때 대제학과 영의정을 지낸 노수신(盧守愼)이 짓고, 글씨는 이산해(李山海)가 썼다고 적혀 있다. 신도비가 있는 곳에선 선생의 묘소가 보이지 않았다. 위쪽으로 구릉진 언덕을 향해 숨 가쁘게 오른 후에야 묘를 지키는 문인석(文人石)의 뒷모습이 보였다.

　그곳이 바로 선생의 묘소였다. 묘 앞엔 두께가 얇은 상석이 놓여 있고, 그 뒤로 상부(上部) 오른쪽에 움푹 파인 총탄의 흔적이 있는 비석(碑石)이 세워져 있었다. 비석 앞면엔 선생의 벼슬과 시호(諡號)*가 있고, 뒷면에는 비석을 세우게 된 유래가 새겨져 있다. 유래는, '선생의 장례를 모신 지 67년 되는 선조 18년(1585) 겨울에, 조정의 벼슬아치들이 상의하여 "묘에 표(表)가 없을 수 없다." 하여 벼슬과 시호를 새기는 데 그쳤다'고 되어 있다.

역적으로 죽게 되면 묘에 비석을 세울 수 없는 것이 당시의 법이었다. 따라서 선생의 묘소에도 비석을 세울 수 없었다. 하지만 세월이 흐르며 선생의 죄가 무고였음이 밝혀지고, 그 죄를 사면하고 관직을 복권하면서 묘에 비석을 세우게 되었음을 알게 되었다.

선생은 부인 이 씨와 함께 이곳에 잠들어 계셨다.

묘의 봉분은 자랄 대로 자란 잡초로 무성하다. 선생께 참배한 후, 묘소 주위를 둘러보았다. 지금까지 다녀 본 대부분의 묘소는 앞이 확 트여 관망하기도 좋았는데, 선생의 묘소는 답답하기만 했다. 앞이 꽉 막혀 있고 묘소 주변도 참나무를 비롯한 잎이 넓은 활엽수들이 둘러싸고 있었다. 묘소 앞 그늘에 앉아 쉬면서 생각해 보았다.

선생의 묘소에 초목의 군자라 불리는 소나무는 없고, 참나무를 비롯한 잎 넓은 활엽수들뿐인가. 선생과 넓은 나뭇잎과는 무슨 관계가 있을까?

선생은 일찍이 성리학에 밝아 많은 유생에게 흠모의 대상이었다. 그 무렵 조정은 연산군의 폭정이 무너지고, 반정(反正)으로 중종(中宗)이 임금으로 추대되어 있었다. 반정 세력에 의해 왕위에 오른 중종은 이름만 있을 뿐 실제의 권력은 반정 공신들에게 있었다. 이에 불만을 느낀 중종은 자신의 자리를 보전하고, 권위를 세울 목적으로 젊은 신진 사류(新進士類)들중에서 신망을 받고 있던 선생을 전격적으로 등용하여 총애하였다. 또한 이를 계기로 선생을 따르던 젊은 신진 사료들도 선생의 뒤를 이어 하나둘 씩 벼슬길에 올랐다.

문제는 새로 등용된 신진 사류와 반정 세력 간의 갈등에 있었다. 신진 사류들이 반정 세력의 비리와 도덕성에 불만을 느끼고 새로운 정치 즉, 유교로써 정치와 교화의 근본으로 삼아야 한다는 지치주의(至治主義)* 에 입각한 왕도 정치의 실현을 주장하게 된 것이다.

선생은 이때 30대의 나이로, 신진 사류들과 함께 반정 세력들이 누리던 불합리한 혜택을 임금께 건의하여 바로잡아 나갔다. 이어 궁궐에 있던 소 격서(昭格署)*도 미신 타파를 내세워 폐지하였다. 그래서 선생은 반정 세 력의 미움과 반발을 사기 시작했고, 위축감을 느낀 반정 세력은 신진 사류 의 우두머리인 선생을 제거하기 위해 음모를 꾸미기 시작하였다.

대궐 나뭇잎에 과일즙으로 주초위왕(走肖爲王)*, 즉 '조씨가 왕이 된 다'는 글자를 써 벌레가 파먹게 한 후, 궁녀가 이를 따 임금께 올림으로써 의심을 조장시킨 것이다. 그렇지 않아도 왕위 보전에 신경을 쓰던 임금은 그렇게 신임하던 선생을 의심하고, 급기야는 전남 화순에 있는 능주로 유 배시킨 뒤, 한 달 후 사약을 내리게 되었다. 이것이 바로 선생을 비롯한 많은 신진 사류들이 죽임을 당하게 되는 기묘사화이다.

오직 임금만을 위해 혼신을 다해 백성을 사랑하는 정치를 펼치려 했던 선생의 정치 소망이, 한낱 물거품 속으로 사라지는 사건이었다.

이때 선생의 나이 38세. 지금까지 닦은 학문적 이론을 정치에 접목하여 한창 경륜을 펼칠 수 있었던 나이였다.

젊은 나이에 사정의 최고 책임자인 대사헌 등 조정의 요직을 두루 거치면서, 많은 사람의 질투와 모함으로 끝내 자신의 학문적 이상인 도학 정치를 실현하지 못하고, 돌아가신 선생의 짧은 생애가 못내 아쉽기만 하였다.

선생의 묘소 주변을 다시 둘러보았다. 처음에는 보이지 않던 한 그루의 소나무가 보였다. 선생의 묘 바로 뒤편에 서 있는 소나무다. 그 주위로 참나무를 비롯한 많은 활엽수가 소나무를 에워싸고 있어 쉽게 눈에 띄지 않았나 보다. 중목(中木) 정도로 자란 소나무가 주변의 많은 활엽수 사이에 꿋꿋하게 서 있었다.

소나무는 나무 중 가장 우두머리라는 뜻에서 솔이라고도 부른다. 초목의 군자인 소나무. 그 소나무를 보면서 신진 사류의 우두머리였던 선생을 보는 듯한 느낌이 들었다. 소나무는 젊은 나이에 권력이 막강했던 반정 세력을 의식하지 않고, 소신껏 자신의 의지를 펼치려 했던 선생의 모습이었다. 하지만 주변에 있는 활엽수의 대응도 만만치 않았다. 소나무의 씩씩한 기상을 시기라도 하는 듯, 뿌리와 가지를 펼쳐 소나무를 위협하고 있었다. 또한, 키 큰 활엽수들은 소나무에 태양 빛이 비치지 못하도록 가지에 달린 넓은 잎을 펼치고 있었다. 많은 활엽수 사이에서 외롭게 자라고 있는 소나무를 뒤로하고, 선생의 묘소에서 내려왔다.

신도비 있는 곳까지 내려와 그 주변을 돌아보며 선생께 고별인사라도 드리려 할 때, 또 다른 소나무 한 그루를 발견하게 되었다. 하늘을 가린 커다란 참나무 사이에서 고사(枯死)한 소나무였다. 활엽수들이 하늘을 가려 햇빛을 보지 못해 고사한 소나무. 어쩌면 그 소나무는 반정 세력의 모함으로 돌아가신 선생의 모습이었다. 선생 묘소에서 본 두 그루의 소나무는 짧았던 선생의 생(生)과 사(死)를 보여주는 것 같았다.

　묘소에서 얼마 안 되는 거리에 있는 심곡서원(深谷書院)* 을 들러 봐야겠다.

---

* **신도비**(神道碑) : 종이품 이상의 벼슬아치의 무덤 근처나 길가에 세우던 비(碑).
* **시호**(諡號) : 임금이나 정승들이 죽은 후에 그들의 공덕을 기리어 주던 이름.
* **지치주의**(至治主義) : 세상을 매우 잘 다스리는 정치 이론.
* **소격서**(昭格署) : 일월성신(日月星辰)에 대한 도교의 제사를 주관하던 관청.
* **주초위왕**(走肖爲王) : 조(趙)자의 파자(破字)로 조씨가 왕위에 오른다는 뜻을 비유한 말.
* **심곡서원**(深谷書院) : 경기도 용인시 수지읍 상현리에 있는 서원으로 정암 조광조 선생의 위패를 봉안하고 제사 및 학문을 강의하던 곳.

(1998. 수필춘추. 여름호)

장경각(藏經閣)에 핀 연꽃

- 팔만대장경이 보관된 장경각

　팔만대장경이 폭파될 뻔했다는 사실을 알았다. 대장경이 만들어진 후 700여 년. 그동안 해인사에 많은 재난이 있었지만, 유독 대장경만이 그 위기를 넘길 수 있었던 것은 무슨 연유였을까?

　신비의 대장경을 보기 위해 해인사로 갔다. 겨울철이라 산과 들도 진면목을 보이고, 길 또한 한가해서 유적을 둘러보고 감상하기엔 겨울이 제격인 듯싶었다.

　해인사는 일주문 앞에서부터 축제 분위기였다. 얼마 전, 대장경이 세계문화유산으로 등록된 것을 봉축했던 연등과 깃발들이 그 여운을 함께 하고 있었다. 이제 대장경은 우리만의 것이 아니라, 세계인이 함께 자랑스럽게 보존해야 할 문화유산이 된 것이다.

　우선 대적광전에 들러 배관(拜觀)한 후, 돌아 대장경이 모셔져 있는 장경각(藏經閣)으로 갔다. 대적광전보다 높은 위치에 있는 장경각은, 대적광전에 모셔진 비로자나 부처님이, 법보(法寶)인 대장경을 머리에 이고 있는 형상이라 한다. 거미줄 한 번 친 적 없다는 장경각은 담으로 둘려 있었고, 다시 그 담을 담쟁이넝쿨이 덮고 있어, 귀중한 법보를 모시는 곳이라 이중 수비를 하고 있는 것 같았다.

그래서일까? 장경각 위로는 새도 함부로 날지 않고, 안으로는 들짐승 한 번 들어 온 적이 없다고 한다. 장경각 문으로 들어서니 대장경을 모신 첫 번째 건물인 수다라장(修多羅藏) * 이 나왔다. 수다라장의 문은 여느 문과는 달랐다. 열고 닫을 수 있는 문이 아니라, 판자를 범종 모양으로 둥글게 뚫어 통로로 사용하고 있었다.

대장경은 수다라장의 통로 양편에 모셔져 있었다. 하지만 사람이 출입할 수 없도록 막아 놓았기 때문에, 전시용으로 진열된 반야심경의 경판 한 장이, 8만 1천 1백 34판의 대장경을 대신하고 있었다. 구양순체로 정성을 들여 새겨놓은 경판의 글자, 그 글자의 정교(精巧)함에 대해선 추사 김정희도, '이것은 사람이 쓴 것이 아니라, 신이 쓴 것이라'며 감탄했다 하지 않았던가.

반야심경이 진열된 맞은편 통로에는 흑백 사진이 한 장 걸려 있다. 스님이 수다라장으로 들어서면서 합장하고 계신 모습인데, 그 앞에 한 송이 연꽃이 피어 있는 게 아닌가. 사람이 통행할 수 있도록 만든 통로 중앙에 연꽃이 피다니? 주위를 아무리 살펴봐도 통로에 연꽃이 필 만한 곳은 없었다. 사진에 나타난 연꽃은 어떻게 된 것일까?

의문의 연꽃은, 친절하게 안내를 해주신 성상(性相) 스님한테서 쉽게 그 답을 찾을 수 있었다. 수다라장 통로에 있는 문은 입구를 판재로 고정

빛과 그림자가 연출한 장경각에 핀 연꽃

해, 범종 모양으로 둥글게 뚫어낸 공간을 문으로 사용하고 있었다. 따라서 둥근 모양의 문으로 들어온 햇빛과 바로 앞 담에 있는 기와지붕의 처마 그림자가 어우러져, 한 송이 연꽃을 피워냈던 것이었다. 빛과 그림자가 함께 연출한 하나의 절묘한 걸작품이었다. 그 장면을 촬영해 그곳에 걸어 놓은 것이다. 하지만, 연꽃은 항상 피는 것이 아니라 일 년에 두 번 춘분과 추분에만 핀다는 것이었다.

서고에 보관된 책들처럼 빽빽이 꽂혀 있는 대장경을 바라본다. 대장경이 장경각에 보관된 후에도 해인사에 일곱 번의 화재가 일어나 많은 건물이 피해를 입었을 때도, 대장경만큼은 피해를 입지 않았다고 한다. 어려운 고비마다 재난을 피해 왔던 대장경. 그 대장경이 최대의 위기를 맞았던 때가 있었다.

한국전쟁 때였다. 전력(戰力)의 약세로 후퇴를 거듭하던 국군이 유엔군의 참전으로 반격을 가할 때, 퇴로가 막힌 공산군은 지리산과 가야산 등지로 숨어들었다.

1951년 12월 18일, 오전 8시 30분. 경찰로부터 긴급 지원 요청을 받은 공군 제1 전투 비행단 상황실에 출동을 알리는 사이렌 소리가 울렸고, 이에 김영환(金英煥) 편대장은 제10 전투비행 전대 보라매들을 이끌고 즉시 출격하였다. 이때 각 전투기에는 폭탄과 로켓탄, 기총(機銃) 등을 장착하고, 편대장은 그 외에 고성능 폭발력이 있는 네이팜탄을 추가로 더 보유하고 있었다.

그들에게 내려진 훈령은 해인사와 그 인근에 몰려 있던 공산군의 소굴을 폭격하여, 지상군을 지원하라는 내용이었다.

이 네 대의 전투기가 낙동강 줄기를 따라 북상하다가 함안 상공에서 기수를 가야산 쪽으로 돌렸다. 해인사 상공에 이르러 미군 정찰기를 따라 비행을 하던 김영환 편대장이 갑자기 무엇을 발견한 듯 해인사 계곡으로 급강하했다. 폭격 지점을 알리는 미군 정찰기의 연막탄이 해인사 앞마당에서 흰 연기를 내뿜고 있었다. 폭격 지점은 해인사 앞마당이었다. 편대가 공격에 돌입하려는 순간, 편대장은 무슨 생각을 했던지 다급한 어조로, "나의 명령 없이는 폭탄과 로켓탄을 발사하지 말라. 기총만으로 사찰 주변의 능선을 공격하라." 이때 미군 정찰기에선 "편대장은 뭘 하고 있는

가, 해인사를 네이팜탄과 폭탄으로 공격하지 않고." 하지만 편대장은 "각기는 공격하지 말라."고 재차 강조한 후, 해인사 뒤쪽으로 몇 개의 능선을 넘어 폭탄과 로켓탄으로 적을 공격하고 귀대해 버렸다.

문제는 그 날 저녁에 있었다. 미 공군 고문단과 정찰 안내를 맡았던 미군 장교가, 폭격 명령을 거부한 편대장을 문책하기 시작했다. 미군 정찰 장교는, "사찰이 전쟁과 무슨 관계가 있는가? 당신은 사찰이 국가보다도 더 중요하단 말인가?"라며 화를 냈다. 이에 편대장은 "사찰이 국가보다 더 중요하지는 않지만, 공산군보다는 더 중요합니다. 그리고 그 사찰엔 700여 년간, 우리의 민족정기가 서린 귀중한 문화재가 보관되어 있습니다. 프랑스가 파리의 문화 유적을 보존하기 위해 프랑스 전체를 나치에게 넘겼고, 미국이 일본의 문화 유적을 보존해 주기 위해 교토(京都)를 폭파하지 않았던 사실을 상기해 주시기 바랍니다." 편대장의 답변은 조리있고도 당당했다. 이에 아무 말 없이 듣고만 있던 미군 정찰 장교가 벌떡 일어나 부동자세를 취한 후, 경례를 하며 "김영환 편대장과 같은 지휘관이 있는 한국 공군의 앞날은 밝기만 합니다."라고 말했다 한다.

이차 대전 때 독일의 코르티츠 장군이 히틀러의 파리 폭격 명령을 거부한 것처럼, 김영환 편대장은 해인사를 폭파하지 않았다. 오늘날 프랑스가 파리의 문화 유적을 자랑하고, 해인사의 팔만대장경이 빛나는 문화유산으로 남아 많은 사람에게 지난 역사의 숨결을 들려주는 것도 생각해 보면, 미래를 내다볼 줄 알았던 이러한 분들이 있었기 때문이 아닐까?

하지만 운명 앞에선 그도 어쩔 수 없었던지, 그 후 그는 준장으로 승진

하여 복무하다가 1954년 3월, 34세의 젊은 나이로 세상을 떠났다.

그는 가야산 상공을 비행하며 무엇을 보았을까? 가야산으로 주름 잡고, 분지에다 수(繡)를 놓은 해인사를 보았을 것이다. 둥근 능선으로 둘려 있는 가야산이 연꽃이라면, 그 속에 곱게 피어난 것은 대장경을 모신 장경각이 아니던가?

수다라장 통로 벽에 걸린 사진을 다시 본다. 연꽃 앞에 두 손 합장하고서 계신 스님은 무엇을 기원하고 계실까? 팔만대장경의 영구 보존과, 고(故) 김영환 편대장의 극락왕생을 기원하고 계신 것 같다.

봄이 오고 춘분이 되면, 장경각의 연꽃도 다시 피어날 것이다.

---

* **수다라장(修多羅藏)** : 팔만대장경을 모신 장경각의 첫 번째 건물로 수다라전(修多羅殿)이라고도 하며, 여기서 수다라(Sūtra)는 불교 용어로 불교의 경전을 일컫는 말이다.

(1996. 수필공원. 여름호)

사랑을 그리며

– 서동의 탄생설화를 간직한 부여 궁남지

외로움이 밀리면 고향으로 가 어머니를 찾아뵌다. 그래도 외로울 때는 고향집에서 얼마 안 되는 거리에 있는 궁남지(宮南池)로 갔다. 궁남지는 옛날 백제 왕궁의 남쪽에 있는 연못이라 하여 그렇게 부른다. 그곳은 주위가 평야 지대라 여름엔 시원한 바람을 맞을 수 있고, 겨울엔 수양버들을 감싸 안은 흰 눈이 고와 그곳을 찾는다.

이제 고향에 가도 늙으신 어머니를 뵙고 이야기를 나누는 일 이외에는 친구들과 만나는 일이 드물어서 마음이 더 한가해진다. 이럴 때 누군가를 그리워하는 마음이 생기기도 한다. 그런 마음이 나를 궁남지로 안내하는 것이다. 그곳에 가면 막연하나마 누군가를 만날 것 같은 마음이 들기 때문이다. 무슨 연유일까? 그 옛날 누군가 이곳에서 사랑의 씨앗이라도 싹 틔웠단 말인가? 바람이 분다. 차가운 겨울바람이다. 이럴 땐 차가운 바람을 막아 줄 따뜻한 가슴이 그리워진다. 바람이 잠자고 있는 앙상한 버드나무를 흔들어 깨운다. 그리고는 나무에게 '선화공주를 아느냐?'고 묻는다. 하지만 나무는 가지를 좌우로 흔들며 '잘 모른다'고 한다. 그러면, '서동(薯童) 왕자는 아느냐?'고 묻는다. 이번에도 나무는 '모른다'며 가지를 좌우로 흔든다.

이때 어디서 날아왔는지 까치 한 마리가 나무와 나무 사이로 날아다니며 무어라 속삭여 댄다. 아마 버드나무에게 선화공주와 서동왕자의 이야기를 들려주는 모양이다.

궁남지엔 연못 가운데 신선이 산다는 방장산(方丈山)의 의미를 담았음인지, 작은 섬과 정자(亭子)가 있고 물 위엔 구름다리가 그림처럼 걸려 있다. 따라서 이 아름다운 정경은 살아 움직이는 한 폭의 산수화라 해도 지나친 표현은 아닐 것 같다. 그래서 젊은 연인들 사이에선, 연못 주변을 거닐며 사랑 이야기를 나누기에 좋은 장소로 소문이 나 있는 곳이다.

서동의 탄생 설화를 간직한 궁남지

아마 이곳은 옛날부터 사랑을 나누기에 적합했던 장소가 아니었을까 싶다.

어스름한 달밤, 궁궐 남쪽에 사는 한 여인이 연민의 정에 잠을 못 이뤄 연못으로 산책하러 나갔다. 이때 갑자기 연못에서 물결이 일더니 용이 나타나 여인을 노려보았다. 그 후 그 여인은 태기를 느껴 열 달 뒤 아들을 낳았다. 그 아이는 도량이 커서 헤아리기가 어려웠으나, 어려서 마(薯)를 캐서 팔아 생활을 했으므로 사람들은 그를 맛둥(서동 : 薯童)이라 불렀다 한다.

그 무렵 신라 진평왕의 셋째 딸인 선화공주는 아름답기로 소문이 나 있었다. 그 소문을 들은 서동은 머리를 깎고 경주로 가서 중의 행색을 하고 마를 가져와 경주 근방의 동네 아이들에게 나누어주면서, 다음과 같은 노래를 지어 부르게 하였다. '선화공주님은, 남몰래 서동과 정을 통하고, 밤에 몰래 나와 서동을 안고 (궁궐에 돌아) 간다.'

이 노래가 장안에 퍼지자, 신하들은 공주의 잘못을 규탄하였고, 왕은 공주를 먼 곳으로 귀양 보내게 되었다. 이에 서동은 공주가 귀양 가는 길에 나와 그를 데리고 백제 땅으로 왔다고 한다.

이곳 궁남지에 탄생 설화를 남긴 서동, 그는 이곳에서 선화공주를 그리워하다, 그녀를 만나기 위해 신라로 떠났다.

하지만 나는 누구를 그리워하기에 이곳에 와 있는가?

아무도 오지 않는 궁남지엔 눈이 내리기 시작한다. 이제 나도 그리워하는 사람을 만나기 위해 이곳을 떠나야겠다. 누구를 만나러 갈까?

(2002. 수필문학. 7월호)

대왕암의 비밀

- 울산에도 있는 대왕암

　머금은 해를 토해내는 토함산(吐含山)과 달을 삼키는 함월산(含月山). 두 산자락에서 흐르는 물이 사이좋게 만나 대종천이 되어 경주시 양북면 봉길리 앞바다로 흐른다. 그 앞에 여러 개의 바위가 보이는데 이곳이 바로 대왕암이다.

　이십여 년 전 봉길리 앞바다에 대왕암이 있다는 이야기를 듣고 경주로 갔다. 봉길리로 가는 길에 두 기의 삼층석탑이 눈에 들어와 잠시 쉬어가기로 하였다. 이곳은 감은사(感恩寺)라는 절이 있던 곳으로 절은 없고 그 흔적으로 남은 삼층석탑 두 기(基)만이 서로 마주 보고 있었다. 마주 보고 있는 동탑과 서탑. 그 우람한 자태에서 지난날 웅장하고 화려했던 감은사의 전경과 부모님 은혜에 보답하려는 신문왕의 효심을 그려볼 수 있었다.

　대왕암을 보고 싶은 마음에 포구로 가 배를 빌리려 했으나, 문화재 보호 구역이라 들어갈 수 없고, 들어가려면 월성 군수의 승인이 있어야 한다고 했다. 그래 하는 수 없이 문무왕이 용으로 변한 모습을 보았다는 이견대

(利見臺)에서 멀리 있는 대왕암을 바라만 보다 돌아온 적이 있다. 그 후 가끔 대왕암에 가보고 싶다는 생각은 들었으나 갈 수가 없어 마음속으로만 간직하며 지냈다.

얼마 전 신문에서 울산에도 대왕암이 있다는 사실을 알았다. 이상한 일이다. 대왕암이라면 봉길리 앞바다에 있는 줄 알았는데 울산에도 대왕암이 있다니? 궁금해서 울산에 있는 문우한테 연락을 해봤으나 잘 모른다고 하였다. 그 뒤로 울산에 있다는 대왕암에 대해서도 관심을 갖기 시작했다.

마침 지난여름, 울산에 갈 기회가 있어 관광도 할 겸 울산광역시청 홈페이지에 들어가 보았다. 그곳에 대왕암에 대한 설명이 있었다.

울산으로 가는 길에 다시 감은사지(感恩寺址)를 찾았다. 지난날 찾아온 적이 있어 동탑과 서탑이 안면 있는 사람처럼 나를 반긴다. 전에는 초면이라서 어색했지만, 오늘은 구면이라서 달랐다. 탑에 대해 친근감이 갔고 관심도 생겼다. 왜 탑을 한 기만 세우지 않고 두 기나 세웠을까?

학계에서는 삼국통일 직후 건축양식도 중국의 영향을 받아, 절의 조감과 아름다운 배치를 위해 하나의 본존불(本尊佛)에 두 기의 탑(雙塔一金堂)을 세웠다고는 하나, 그렇게 보이질 않는다. 감은사가 문무왕의 유언에 따라 아들인 신문왕이 부모의 은혜에 보답하는 뜻으로 완공했다면, 두 기의 삼층석탑은 분명 아버지와 어머니를 상징하는 뜻으로 세워졌을 것이란 생각이 든다.

세상의 모든 것은 짝이 있게 마련이다. 하늘이 있으면 땅이 있고, 해가 있으면 달이 있으며, 남자가 있으면 여자가 있고, 왼손이 있으면 오른손이 있게 마련이다. 불국사의 석가탑과 다보탑도 마찬가지다. 석가탑이 훤칠한 키에 잘생긴 남자를 상징한다면, 섬세하고 아름다운 모양의 다보탑은 여자를 상징하지 않는가.

생각이 여기까지 이르자 대왕암이 두 곳에 있다는 사실도 쉽게 이해가 되었다. 남녀가 결혼을 하면 부부가 된다. 그렇다면 문무대왕릉도 왕비와 함께 합장했던지, 아니면 두 분의 능이 따로 있어야 하지 않겠는가. 봉길리에 있는 대왕암이 문무대왕릉이라면, 울산에 있는 대왕암은 왕비의 능이 아니겠는가?

울산에 있는 대왕암으로 갔다. 가는 길에 있는 송림(松林)이 우거진 대왕암 공원은 아름드리 소나무가 길쭉길쭉 자라 하늘을 향해 높이 서 있다. 선비의 기품을 풍기려는 듯 그윽한 솔 내음이 걷는 사람들의 마음까지 상쾌하게 한다. 아늑한 송림길을 지나자 앞이 확 트이면서 해안 절벽과 여러 개의 크고 작은 바위들이 보인다. 울기등대 앞바다엔 마치 용이 승천하는 모습을 닮은 거대한 바위들이 여기저기 솟아있다. 황갈색빛이 도는 바위와 푸른 바다가 절묘하게 조화를 이루어 모습 또한 장관이다. 사람들은 이곳을 대왕암(댕바위)이라 부른다. 문무대왕비가 문무대왕을 따라 동해의 호국용이 되기 위해 바위로 변해 바다에 잠겼다는 전설이 깃든 곳이다.

이곳이 대왕암이라면 왕비의 유해는 어디에 모셨을까? 바위들을 둘러보며 어디엔가 있을 왕비의 유해를 찾아보기로 하였다. 하지만 그럴만한 곳이 보이지 않는다. 수수께끼처럼 얽힌 생각을 정리하며 유해를 모신 곳을 찾아보았지만 찾지 못해 아쉬운 마음만 남기고 돌아오는 길에, 대왕암 입구에 한 쌍의 돌고래가 물 위로 치솟아 오르는 조형물이 보인다. 이곳에 올 때 먼저 경관이 좋은 철교가 있는 곳으로 갔기 때문에, 조형물이 있는 곳은 자세히 둘러보지 않았다. 혹시나 하는 마음에 조형물이 있는 쪽으로 가 보았다. 조형물 뒤에는 황갈색 바위들과 파란 바닷물이 조화를 이뤄 사진을 촬영하기에 안성맞춤이었다. 여러 개의 바위가 병풍처럼 둘러싸인 곳에 바닷물이 들어 와 맴돌이한 후 빠져나간다.

이곳은 물이 들어오는 입구가 좁고 안이 커다란 호리병처럼 둥글게 생긴 곳에 파란 바닷물이 들어와 있다. U형상이다. 그 형상이 너무 멋있어

물 속에 여자가 누워 있는 형상의 바위, 울산의 대왕암

사진을 한 장 찍고 다시 캠코더로 촬영하려는 순간, 파란 바닷물 가운데 왕비가 누워계신 게 아닌가! 내 눈이 의심스러웠다. 캠코더에서 눈을 뗀 후 다시 맨눈으로 보았다. 물 한가운데 누워있는 것은 왕비가 아니라 여자 모양으로 된 바위였다. 참으로 신기했다. 여자는 한 손을 자신의 배 위에 올려놓고 편안하게 누워 있었다.

사람은 태어나기 전 어머니의 태(胎)에서 열 달을 기다리며 편안한 시초의 삶을 산다. 태는 태아를 둘러싼 조직으로 외부로부터 안전하게 태아를 보호하는 구조로 되어 있다.

여자가 누워있는 곳을 자세히 살펴보니, 그곳은 바위가 둥글게 둘러있어 마치 어머니의 태속에 아기가 들어있는 형상이다. 또한, 아기 주변에 있는 바닷물은 아기를 보호하고 있는 양수(羊水)와 같다는 느낌이 들었다.

사람이 죽으면 자연의 품으로 돌아간다. 자연이란 자신이 태어난 어머니의 태와 같은 곳으로, 사람이 생을 마감하고 자연으로 돌아가는 영혼의 안식처라 할 무덤도, 생각해보면 어머니의 태와 같은 곳이라 할 수 있을 것이다. 하지만 사람들은 영혼이 편안하게 잠들어있는 자리를 명당이란 이름으로 후손들에게 복은 빌어주고 화는 멀리하도록 해주는 곳으로 알고 있다.

울기등대 앞 대왕암에 문무대왕비의 모습이 보인다. 바위들이 둥글게 둘리어 있어 외부의 거센 파도와 바람을 막아줄 그런 아늑한 자리에 왕비가 누워계신 것이다.

봉길리 앞바다의 문무대왕릉과 문무대왕비가 계신 울산의 대왕암은, 사후(死後) 바다의 용이 되어 신라를 왜구의 침략으로부터 막아주려는 왕과 왕비의 호국용(護國龍)의 전설이 깃든 동해의 샘터라 할 수 있을 것이다.

대왕암에서 구전으로만 떠돌던 문무대왕비의 모습을 보았다. 신라인들이 왕과 왕비까지 신격화해서 나라를 지키려는 마음이 오늘따라 더 소중하게 느껴지는 것은 무슨 까닭일까?

(2007. 에세이문학. 봄호)

성흥산 사랑나무

- 수령 400년의 성흥산 느티나무

400여 년 세월을 지켜온 나무다. 백제 시대엔 군사 제일의 요충지요, 호서 제일경인 부여 임천의 성흥산에는 거목의 느티나무가 있다. 산은 그리 높지는 않지만, 정상에서 보는 조망은 높은 산에 비할 바가 아니다. 북쪽으론 사비성이 보이고, 남쪽으론 굽이치는 금강과 황산벌이 보이며, 멀리는 익산의 미륵산까지 보인다. 사방을 둘러 봐도 막힌 데가 없이 앞이 확 트였다.

지난겨울 성흥산에 갔었다. 거목인 느티나무도 잎을 다 떨구고 겨울 여행 중이었다. 앙상한 가지 사이로는 찬바람만 씽씽 소리를 내며 지나가고 있었다. '이렇게 큰 나무도 가지에서 잎이 나올 수 있을까?' '사람으로 치면 나이가 많이 든 상노인이라 할 수 있을 텐데….'

이번 여름에 다시 성흥산을 찾았다. 가지만 남아있던 거목은 지난겨울의 모습은 찾아볼 수 없고 주변의 여느 나무들보다 푸르름을 더하고 있다. 겨울엔 앙상한 가지만 남아 있어 '잎이 다시 나올까?' 하고 의심을 했다.

성흥산의 사랑나무(1)　　　　　　　　　성흥산의 사랑나무(2)(오른쪽 가지가 하트 모양을 하고 있다.)

　　오랜 세월의 연륜만큼 넓고 높은 수관(樹冠)을 쓰고 있다. 주변에 있는 어느 나무도 크기나 푸르름에서 거목에 비할 바가 못 되었다. 노익장으로서 젊은이 못지않은 늠름한 기상을 보여주고 있었다.

　　사람은 나이가 들면 체력이 젊은이만 못한 게 사실이다. 힘으로 하는 일에선 젊은이를 따라갈 수가 없다. 하지만 마음마저 쉽게 늙어서야 되겠는가. 비록 가는 세월을 잡아두지 못해 나이가 들었다 해도 매사에 최선을 다한다면, 젊은 시절만은 못해도 늙어가는 속도만은 줄일 수 있지 않을까?

　　마행처우역거(馬行處牛亦去)란 말이 있다. 빠른 말이 가는 곳은 느린 소도 갈 수 있다는 이야기다.

　　비록 나이가 들었다 해도 기죽지 말고 좀 더 당당하게 살아가는 방법은 없을까?

요즈음 '내 나이가 어때서', '고장 난 벽시계' 등, 가는 세월을 아쉬워하는 노래가 노인들에게 인기다. 그 노래들을 부르다 보면 좀 씁쓸한 느낌이 든다. 나이가 들어 그 노래들을 부르는 것이 안타까울 뿐이다.

성흥산 정상에 있는 거목은 주변의 다른 나무들을 의식하지 않고 자신만의 멋진 자태로 푸르름을 뽐내고 있다. 그래서일까. '서동요', '여인의 향기' 등, 사랑을 묘사한 드라마 촬영지로 유명하다. 또한, 젊은 연인들 사이에선 성흥산 거목을 '사랑 나무'라 부르며 사랑의 맹세 자리로도 소문이 나 있다.

이제 노인들도 늙어가는 것만 탓하지 말고 취미생활이나 이모작 인생을 위하여 남은 열정을 불태워 줬으면 좋겠다.

오늘도 젊은 연인들이 사랑의 맹세를 위해 400여 년 된 성흥산 사랑 나무를 찾아가고 있다.

(2015. 수필문학. 8월호)

지워진 훈요십조(訓要十條)

– 용인의 포은 정몽주 묘소

사계절의 마지막 계절이 겨울이라면 고려의 마지막 충절은 최영 장군을 비롯한 삼은 –정몽주, 이색, 길재 선생이 아닐까? 여기에 하나를 더한다면 두 임금을 섬기지 못하겠다며 절의를 지키다 두문동(杜門洞)에서 순절(殉節)한 72인*은 어떨까?

고려의 마지막 충신 정몽주 선생의 묘소를 찾은 것은 추운 겨울날이었다. 눈이 내린 탓으로 묘소 주변이 흰 눈으로 덮여 있다. 눈 덮인 야트막한 언덕을 올라 선생의 묘소가 있는 곳으로 갔다. 선생의 묘는 양지바른 곳에 돌담으로 둘려 있다. 묘 앞에는 두 개의 상석이 놓여 있고 옆에 문인석과 동물 모양의 석상들이 선생의 묘를 지키고 있었다.

향을 피우고 선생께 술 한 잔을 올렸다.

기울어 가는 고려 왕조를 끝까지 지키려 하셨던 포은 정몽주 선생. 그래서인지 선생은 돌아가신 후에도 대표적인 충절의 상징으로 많은 사람에게 귀감이 되고 있다.

포은 정몽주 선생 묘

선생이 선죽교에서 돌아가신 후 본래 선생의 묘는 개성 부근의 풍덕군에 있었다. 그 후, 후손들이 선생의 묘를 고향인 경북 영천으로 이장하던 중 상여 행렬이 용인시 수지읍 경계에 이르자, 무슨 까닭인지 상여가 움직이지 않고 앞에 세웠던 명정(銘旌)*마저 바람에 날아가 버리는 것이 아닌가. 그래 고향으로 이장하지 못하고 명정이 날아가 떨어져 있는 곳으로 모시게 되었다고 한다.

바로 그곳이 지금의 묘가 있는 용인시 처인구 모현면 능원리인 것이다.

선생의 묘소 주변을 둘러본 후 묘 앞에 세워져 있는 비(碑)를 보았다. 다른 사람의 비와는 색깔이 달랐다. 대부분의 비는 검은 색깔의 오석(烏石)인데 반하여, 선생의 비는 흰색으로 차돌 성분이 많아 매우 단단해 보였다. 비까지도 선생의 옳고 굳은 충절을 보여주는 것 같다는 생각을 하며, 비문을 읽어 보았다.

'高麗守門下侍中鄭夢周之墓(고려 수문하시중 정몽주 지묘)'라 새겨져 있다. 수문하시중이란 오늘날 총리와 같은 자리를 말한다. 하지만 조선 시대에 세워진 비석인데 왜 고려 시대의 벼슬 명칭을 새겨 넣었을까? 선생의 고귀한 충절을 훼손시키지 않기 위하여 고려국의 명칭과 벼슬 이름을 그대로 새겼다고 한다.

그래도 옛 선조들은 비록 자신과 정치 노선이 다르다 해도 의리와 도를 앞세워주었던 것 같다. 이 얼마나 아름다운 미덕인가. 많은 치적과 공적이 있음에도 불구하고 정당과 개인의 이익을 위해서라면, 옳은 것도 폄훼하고 허위 사실들까지 유포하여 오직 당선에만 눈이 먼, 오늘의 일부 정치인들이 본받아야 할 덕목일 것 같다.

어느 가을날, 선생의 자취를 찾아보기 위하여 전주에 있는 남고산성을 찾은 적이 있다. 후백제 왕인 견훤이 쌓았다는 남고산성에 올라, 전망이 좋은 망경대에서 전주 시가지를 바라다본 후, 가파른 바위 위에 선생의 시가 새겨져 있는 것을 보았다. 선생과 망경대와는 무슨 관계가 있었을까?

선생이 종사관이 되어 총사령관인 이성계를 따라 왜구를 무찌르기 위해 전라도 운봉으로 떠났다. 이성계는 노략질을 일삼던 왜구를 황산 전투에서 크게 무찌르고 상경하는 길에, 그의 선친들의 고향인 전주에 들러 일가 어른들을 초대한 후 잔치를 베풀었다.

한나라 유방이 초나라 황우를 물리치고 고향에 돌아와 친척과 친지들

태조 이성계가 대풍가를 불렀던 오목대

을 불러 잔치를 베푼 후 대풍가(大風歌)*를 불렀듯이, 이성계도 왜구를
무찌르고 전주에 와서 일가 어른들을 초청하여 연회를 베풀고 대풍가를
불렀다.

　이성계가 대풍가를 부른 까닭은 자신이 고려를 멸망시킨 후 새로 나라
를 세울 것을 암시한 것이다. 이러한 이성계의 야심을 알아차린 선생은
마음이 불편해서 더는 자리에 앉아 있을 수 없었다. 착잡한 마음 가눌 길
이 없어 홀로 연회장을 빠져나온 선생은, 말을 몰아 남천을 건너 남고산
망경대로 갔다. 망경대 벼랑에 선 선생은 임금님이 계신 송도 쪽을 바라보

며 기울어 가는 고려 왕조의 앞날을 생각해 보았다. 이제 고려 왕조의 운명은 바람 앞의 등불이었다. 한없이 안타까운 심정이었다. 선생은 가슴이 멜 것 같아 도저히 견딜 수가 없었다. 주체할 수 없는 마음을 한 수의 시로 달랬으니, 그 시가 바로 망경대 벼랑에 새겨진 나라를 걱정하는 '우국시(憂國詩)'인 것이다.

천길 바위 머리 돌길을 돌고 돌아 / 홀로 다다르니 가슴을 메는 근심이여 / 청산에 깊이 잠겨 맹세하던 부여국은 / 누른 잎만 어지러이 백제성에 쌓였도다 / 구월의 소슬바람에 나그네 시름 짙고 / 백 년 기상 호탕함은 서생을 그르쳤네 / 하늘가 해는 기울고 뜬구름 덧없이 뒤섞이는데 / 하염없이 고개 들어 송도만 바라보네

선생은 망경대에서 임금이 계신 곳을 바라보며, 멸망한 백제의 옛 성에 떨어진 낙엽의 허전함과, 이성계의 야망에 의해 기울어 가는 안타까운 고려국의 운명을 석양에 지는 해에 비유해서 시를 지은 것이다.

선생은 이성계의 야심을 미리 알고 이성계를 제거하려 했으나 그 뜻을 이루지 못하였다. 그리하여, 결국 이방원의 '하여가'에 화답한 '단심가'만을 남기고 이방원의 문객인 조영규 등에 의해 선죽교에서 처참하게 돌아가시니, 고려국의 운명은 선생의 죽음으로 끝이 난 것이다.

고려를 건국한 왕건은 후대 왕들에게 훈요십조(訓要十條)*를 남기며, 그것을 기본으로 나라를 잘 다스려 나가라고 당부하였다. 따라서 훈요십조는 고려의 왕들이 지켜야 할 하나의 불문율이라 해도 과언이 아닐 것이

다. 하지만 후손들에게 남겨준 훈요십조도, 선생이 선죽교에서 흘린 선혈로 붉게 물들이니, 34대 공양왕을 끝으로 475년의 찬란했던 고려 왕조는 문을 닫고, 조선왕조가 새로 문을 열게 되었다.

묘소에 올라올 때 눈 위에 새겨진 발자국은 한차례 불어온 회오리바람에 자취 없이 사라지고, 하얀 눈 위엔 내려오면서 새로 새긴 발자국만 남게 되었다.

* **두문동(杜門洞) 72인** : 지금의 경기도 개풍군 광덕면 광덕산(光德山) 서쪽과 만수산 남쪽에 위치한 두문동(杜門洞)에서, 조선 건국을 반대하고, 고려의 신하로 남기를 맹세한 충신들로 두문불출(杜門不出)하면서 고려 왕조에 대한 절의(節義)를 지킨 사람들을 말한다.
* **명정(銘旌)** : 장례식에 쓰이는, 붉은 천에 흰 글씨로 죽은 사람의 관직이나 이름 따위를 적은 깃발을 말한다.
* **대풍가(大風歌)** : 한나라 태조 유방이 초나라 항우를 무찌르고 고향인 장쑤 성(江蘇省) 패이 현(沛縣)에 돌아와, 일가친척들을 초대한 후 잔치를 베풀고 읊은 시로 새로 나라를 세워 나라를 잘 지킬 것을 노래한 내용이다.
* **훈요십조(訓要十條)** : 고려 태조 왕건이 943년(태조 26) 4월에 박술희(朴述熙)를 통하여 왕실의 후손들에게 내린 가르침으로 모두 10개 조로 되어 있으며, 주로 왕실의 안녕을 위해 지켜야 할 일들을 담고 있다.

(2012. 에세이문학. 여름호)

향기가 흐르는 광남서원

– 충비 단량의 비가 있는 광남서원

한양에 수배령이 내려졌다. 관군들은 혈안이 되어 대역 죄인을 잡으려고 길목마다 지키며 검문을 했다. 그는 아무 영문도 모른 채 쫓기는 몸이 되어 물동이 속에 꼭꼭 숨어있었다. 한 올의 머리카락이라도 보일까 봐 숨을 죽이고 있었다. 그래야만 살 수가 있었다.

어제까지만 해도 그는 세도가 당당했던 영의정의 손자였다. 감히 누가 그를 함부로 대할 수 있었단 말인가? 하지만 하룻밤 사이에 역적이 되어 쫓기는 몸이 되었다. 그는 살기 위해 어디론가 숨을 곳을 찾아 한양을 떠나고 있었다.

계유정난으로 수양대군이 정권을 잡자 단종을 모셨던 황보인, 김종서 등의 가족은 하룻밤 사이 역적이 되어 수난을 겪어야 했다. 그들 가족은 대부분 수양대군의 군사에게 살해되거나 처형을 당했다. 이때 기사회생으로 살아남은 사람이 있었으니, 그가 바로 영의정 황보인의 손자 황보단(皇甫湍)이다.

황보단은 황보인의 둘째 아들 황보흠(皇甫欽)의 소생이다. 황보흠의 하인 단량(丹良)은 주인집 아들 단(湍)을 살리기 위해 기발한 생각을 해냈다. 단을 물동이 속에 숨겨 넣고 피난을 떠난 것이다. 한양의 사대문에는 모두 경비가 삼엄했다. 역적과 그 가족들을 잡기 위해서였다. 한양의 남쪽 관문인 숭례문에 도착한 단량은 가슴이 뛰고 다리가 후들거렸다. 물동이 속에 있는 도련님이 관군에게 들킬까 봐 그랬다. 긴장되어 얼굴은 달아올랐고 다리가 후들거려 걸음을 걸을 수 없었다. 드디어 단량의 검문 차례가 되었다. 관군이 단량을 아래위로 훑어본 후 검사를 했으나 물동이는 들여다보지 않았다. 간신히 숭례문을 빠져나온 단량은 뒤도 돌아보지 않고 쉬지 않고 걸었다. 몇 날 몇 밤을 걸었을까? 단량이 한숨을 돌린 후 도착한 곳은 경북 봉화였다. 그곳에 황보인의 사위 윤당이 살고 있었다.

윤당은 황보인의 가족들이 모두 화를 당한 줄 알았는데 단이 살아있는 것을 보자 무척 반가웠다. 하지만 윤당은 이곳도 그들이 안전하게 머물기엔 적당한 장소가 아니라는 걸 알고 있었다. 윤당은 그들이 사람들에게 들키지 않도록 단량의 옷을 갈아입힌 후, 여비를 주며 더 깊은 곳으로 피난을 가 숨으라고 하였다. 그리고 단을 자식처럼 키운 후에 조상의 내력에 대해 알려주라고 당부하였다.

단량은 다시 길을 걸었다. 한양에서 더 멀고 먼 곳에 있는 땅끝마을 포항의 구만리(九萬里)까지 갔다. 사람들은 그곳이 서울에서 아주 먼 곳이라 하여 구만리라 불렀다.

그곳에서 충성스런 하인 단량은 단을 자식처럼 키웠고, 단은 단량을 어

광남서원에 있는 충비 단량의 비

광남서원

머니로 알고 섬기며 자랐다. 어느덧 단이 자라 성인이 되던 어느 날, 단량은 단에게 큰절을 올린 후, "소인이 죽을죄를 지었나이다"라며 용서를 빌었다. 갑작스러운 어머니의 행동에 당황한 단은 어찌해야 할 바를 몰랐다. 이때 단량은 눈물을 흘리며 그간에 있었던 황보 가문의 가족사와 자신은 황보씨 가문의 하인이었다는 말을 했다.

그 후 세월이 흐른 후 황보단의 후손이 광남서원(廣南書院)이 있는 구룡포읍 성동리로 이주해 살기 시작하였다.

포항에서 출발해 굽이진 시골길을 돌고 돌아 뇌성산 기슭에 있는 광남서원을 찾았다. 이곳은 황보인과 그의 두 아들의 제사를 모시고 후학들을 교육하기 위해 지방 선비들과 황보단의 후손들이 세운 건물이다. 서원 안으로 들어가면 광남서원의 현판이 걸려있는 강당 숭의당이 있고, 그 뒤로 제실인 충정묘(忠定廟)가 있다. 그리고 충정묘 오른쪽으로 난 돌계단을 따라 올라가면 추원단(追遠壇)이 나온다. 이곳에 황보단과 아들 서(瑞)와 손자 강(剛)의 비(碑)가 모셔져 있다. 또한, 추원단 입구에는 '忠婢丹良之碑(충비 단량 지비)'라 새겨진 단량의 비가 있다. 비는 오랜 세월을 지내온 듯 빛이 바래 있었다. 황보단의 후손들이 가문을 잇게 해준 충직한 하인 단량의 고마운 마음을 보답하기 위해 비를 세워준 것이다.

비를 보며 좀 야속하다는 생각이 들었다. 왜, 자기 조상들의 비는 비바람을 피할 수 있도록 비각 안에 세우고, 은인의 비는 노천에 세워 비바람을 맞게 했단 말인가? 하인이라서 차별한 것일까?

그리 생각하며 나오는데 오른쪽에도 비각이 또 하나 있다. '누구의 비각일까?' 생각하며 자세히 들여다보았다. 황보가의 후손들도 나와 같은 생각을 했던가 보다. 그곳 비각 안에도 '忠婢丹良之碑(충비 단량 지비)'라 새겨진 단량의 비가 있었다. 황보가의 후손들도 은인의 비가 노천에서 비바람을 맞고 있는 것이 마음에 걸렸던 모양이다.

참으로 고마운 마음이다. 하인의 비를 서원 안에 세워두고 추모하는 곳이 이곳 말고 또 다른 어느 곳에 있단 말인가? 광남서원에는 향기가 흐른다. 충직한 마음으로 주인을 모셨던 단량의 향기와 그 은혜를 돌에 새긴 황보가(皇甫家) 후손들의 향기다. 광남서원에는 수백 년 세월이 흐른 후에도 꽃보다 더 진한 마음의 향기가 흐르고 있었다.

* 이 글이 발표된 후, 맨 처음 세웠던 단량의 비는 비각 안으로 옮겨졌고, 비각 안에 있던 나중에 세운 비는 밖으로 옮겨졌다.

(2016. 에세이문학. 여름호)

기벌포 사극(史劇) 무대

– 동북아 최초의 국제 전쟁터 기벌포

장항에 있는 송림 산림욕장으로 갔다. 그윽한 솔향기가 코끝을 자극하는 곳에 '장항스카이 워크(하늘길)'가 나온다. 나선형으로 된 계단을 오르면 소나무 높이에서 바닷가로 연결되는 하늘길이 열린다. 그 길 양쪽으론 소나무들이 눈높이로 서 있고, 앞에는 갯벌과 인접한 바다가 보인다. 이곳이 바로 많은 사연을 간직한 슬픈 역사의 현장 기벌포(伎伐浦)다.

기벌포는 옅은 안개가 끼어있어 앞이 보일 듯 말 듯 희미하다. 바닷물이 빠져나간 갯벌은 안개 속에 얼굴을 감추고 있다. 기벌포 해안은 옅은 안개로 장막을 친 연극 무대와 같았다. 장막 뒷무대에선 무슨 이야기가 준비되어 있을까?

기벌포 갯벌 무대에서 3막 3장의 사극(史劇)이 시작되었다.

첫 번째 이야기는 서기 660년 백제 말기로 거슬러 올라간다. 백제를 침략하기 위해 신라는 김인문을 당나라로 보내 원군을 청한다. 이에 당나라는 소정방에게 13만 대군을 주어 신라를 도와 백제를 공격하기로 한다.

소정방은 군사를 이끌고 산둥반도를 출발해 덕적도를 거쳐 기벌포로 온다. 여기서 백제 명장 의직의 1만 군사와 싸워 이기게 된다. 그 후 소정방의 당나라군은 황산벌 전투에서 승리한 신라군과 연합해 사비성을 함락하고 1막 1장의 사극은 끝이 난다.

이어 두 번째 이야기가 시작된다.

660년 나·당 연합군에 의해 사비성이 함락된 백제는 의자왕을 비롯해 여러 왕족과 대신들이 이곳 기벌포를 지나 당나라로 끌려간다. 이에 백제의 장군 복신과 흑치상지 등이 백제 부흥운동을 시작한다. 그들은 일본에 체류 중인 백제의 왕자 부여풍을 모셔와 왕으로 옹립한 후 일본에 원군을

기벌포와 하늘길

청한다. 일본군이 백제 부흥군을 돕기 위해 668년 8월에 이곳 기벌포로 온다. 여기서 당나라의 두상(杜爽)이 이끄는 170여 척의 수군과 1천여 척의 일본군이 전투를 시작한다. 수적으로 우세한 일본군은 먼저 당나라군을 공격하지만, 전술의 차이로 네 차례나 패하고 함선도 400척이나 불에 탔다.

이렇게 두 차례에 걸친 기벌포 해전의 패배로 백제의 사직은 영원히 역사의 뒤안길로 사라지고 만다.

끝으로 기벌포의 세 번째 이야기가 시작된다.

신라와 당나라가 연합해 백제를 멸망시켰지만, 당나라는 본국에서 파견한 관리로 옛 백제와 고구려 그리고 신라의 영토를 통치하려 했다. 이에 신라의 신문왕은 완전한 승리를 위해 당군을 이 땅에서 몰아내야만 했다. 676년 11월 시찬 시득이 수군을 거느리고 기벌포에서 당군과 싸워 첫 번째 전투에선 실패한다. 그 후 여러 차례의 전투에서 당군 4,000여 명의 목을 베고 기벌포 해전을 승리로 이끈다.

이렇게 해서 동북아 최초의 국제전쟁터였던 기벌포에선 세 차례의 치열한 해전이 있었다. 그래서였을까? 지난날 아픈 상처를 감추기 위해 기벌포 해안엔 옅은 안개가 드리워져 있었나 보다.

(2016. 수필문학. 1·2월호)

이월 상품

내 글은 이월(移越) 상품이다. 남들이 글을 쓰기 위해 신선한 소재를 찾을 때, 나는 역사적 인물을 찾아 헤맸다.

이월 상품이란 유행이나 계절이 지난 상품으로 신제품보다 가격이 싸서 좋다. 이러한 이월 상품 중에는 계절의 변화에 민감한 반응을 보이는 의류들이 대부분 그 주종을 이룬다. 돈이 많다거나 유행을 즐기는 사람들은 최신 유행 상품을 골라 입을 수 있겠지만, 그렇지 못한 나는 이월 상품을 즐겨 입는다.

결혼 전만 해도 이월 상품에는 별 관심이 없었다. 그렇다고 최신 유행만을 즐겨 입었던 것도 아니다. 많은 사람이 입고 다니면 나도 따라서 그 옷을 입었을 뿐이다.

그랬던 내가 이월 상품에 관심을 갖게 된 데는 그럴 만한 이유가 있었다. 결혼을 계기로 정장 두 벌이 생겼다. 하지만 얼마 입지도 못했는데 유행이 바뀌고 만 것이다. 유행이 지났다고 멀쩡한 옷을 버리고 새 옷을 다시 살 수는 없었다. 경제적으로 그리 넉넉한 편도 아니었지만, 그보다는 입고 다니던 옷이 너무 아까워 계속 입었다. 유행이 지난 옷을 입고 다니면서 계절이 몇 번 바뀌고, 세탁 또한 여러 번 하다 보니, 이젠 더 입고 싶어도 몸에 맞지 않아 입을 수가 없게 되었다. 그리 생각한 끝에 선택한 것이 바로 이월 상품이었다.

이월 상품을 즐겨 입으면서 이월 상품에도 좋은 점이 있다는 것을 알았다. 그것은 유행이 이미 지났기 때문에 유행에 대해 신경 쓸 필요가 없어 좋았고, 가격이 싸서 좋았다.

이렇게 이월 상품을 애용하면서부터, 내가 쓰는 글도 상품으로 치면 이월 상품과 같다는 생각이 들었다. 다른 사람들이 새롭고 신선한 소재를 가지고 글을 쓸 때, 나는 역사적 인물이나 지나간 사건에 대한 글을 썼다. 그것도 유행조차 따지기 어려운, 지난 세월을 사셨던 분들에 대한 글을 썼다.

유행이 지난 옷을 입고 나가면 눈에 익었던 색상이나 형상에 끌려, 가끔 쳐다보는 사람들도 있었다. 그들은 주로 중년층이거나 노년층으로, 추억을 그리는 듯한 눈길로 바라보곤 하였다. 내 글도 가끔 읽어 주는 사람들이 있었다. 바로 그들은 추억의 부피만큼 나이가 든 중년층이거나 노년층이었다.

청소년이나 젊은이들에게 이월 상품은 인기가 없다. 새로운 유행이나 패션만을 즐겨 입으려 하는 그들은, 젊다는 패기 하나로 많은 시행착오를 겪고 있는 단계라서 그렇다.

내 글도 그랬다. 글의 소재나 주제가 그들의 관심과는 거리가 먼 것이기 때문이다. 비록 그들에겐 인기가 없다손 치더라도, 나는 이월 상품과 같은 글을 계속 쓰고자 한다.

글을 처음 쓸 때만 해도 이름이 세상에 알려진다는 것이 좋아서 썼다. 지방의 문학 단체에서 발행하는 지면(紙面)을 통해 글 같지도 않은 글을 써서 발표한 것은 이름이 활자화되는 재미로 그랬다. 이렇게 제자리걸음하길 20여 년, ≪수필문학≫지를 통해 추천을 완료 받고부터 함부로 글을 쓰지 않았다. ㅅ 교수님을 비롯한 많은 사람으로부터 글을 남발(濫發)하지 말라는 충고를 들었다. 일 년에 단 한 편의 글을 쓰더라도 좋은 글을 쓰라는 말도 들었다. 그 후부터 글을 자주 발표하지 않았다. 글은 마음을 드러내는 자신의 얼굴이며, 그 얼굴에 대해 책임질 수 있는 글을 써 보려고 고민도 많이 해 보았다.

그 무렵, 주제넘게 이런 생각도 하게 되었다. 비록 잘 쓰는 글은 아니지만 다른 사람을 위해 글로써 봉사하는 일은 없을까? 하고 생각한 끝에 우리 선열(先烈)들에 대한 글을 써 보기로 마음먹었다.

우리의 조상이요, 그분들이 드리운 커다란 그늘 아래 오늘 우리가 편히 살고 있지 않은가?

명함도 처음엔 글씨가 선명하고 종이도 깨끗해 잘 가지고 다닐 수 있었지만, 시간이 지나면 변질되고 주소나 전화번호가 바뀌게 되면 다시 인쇄를 해야 한다.

내 글에 나오는 인물들도 그 시대엔 세상을 떠들썩하게 할 만큼 사람들에게 추앙을 받았던 분들이다. 하지만 세월의 뒤안길에 묻혀 그분들의 명성과 업적, 그리고 값비싼 희생이 점점 잊혀가는 느낌이 들었다.

세월이 지나면 명함을 다시 인쇄해야 하듯, 사람들에게 그분들에 대해 고마움을 다시 느낄 수 있게 해주고 싶었다.

해서 그분들에 대한 글을 써, 우리보다 먼저 사셨던 분들을 더 많은 사람이 쉽게 만날 수 있는 가교(架橋)를 만들고 싶었다. 그러기 위해선 그분들을 좀 더 가까이에서 만나보아야 하지만, 이미 수백 년 전에 돌아가신 분들을 어떻게 만날 수 있단 말인가? 하는 수없이 그분들의 묘소라도 찾아가 그곳에서 체취를 보듬어 보았다.

어른을 찾아뵐 때 빈손으로 가는 것은 부끄러운 일이 아닌가. 이미 돌아가셨다 할지라도 빈손으로 찾아뵙기가 민망하여, 조촐하나마 간단한 제수(祭需)를 준비하여 그곳에 가 분향재배(焚香再拜)하고 술잔을 올린 후에 돌아와 글을 썼다.

이월 상품을 고를 때는 신제품보다 시간이 더 오래 걸린다. 작은 흠집이라도 있는지 꼼꼼하게 살펴본 후에 골라야 하기 때문이다.

글을 쓸 때도 그랬다. 역사적 인물 중 흠 없는 분들을 고르기 위해 우선, 충신이나 효자, 청백리라 부르는 인물을 골랐다. 인물을 고른 후에도 선뜻 글을 쓰지는 못했다. 그분들은 너무 잘 알려진 분들이라 잘못 썼다간 망신만 당하기 쉬웠기 때문이다. 도서관에 가 다시 자료를 조사하고, 그 자료의 정확성 여부를 검토하고 난 후에 글을 썼다.

그 때문에 한 편의 글을 쓰기 위해 짧게는 한 달에서, 길게는 몇 년씩 걸리는 경우도 종종 있었다.

　이제 나는 이월 상품을 파는 가게의 주인이 되어 사람들이 필요로 하는 상품을 쉽게 제공해야만 한다. 하지만 이월 상품도 매진이 있듯, 글의 소재도 항상 있는 게 아니라 소재의 빈곤에 허덕일 때가 많다.

　이월 상품으로 내놓은 흠 많고 보잘것없는 글이지만, 그런 글을 쓰기 위해 이번 주말도 소재를 찾아 어디로 가야 할까 고민하고 있다.

(1997. 수필공원. 가을호)

2

왕대밭에 왕대 나고

내 모습을 보이지 말라

– 신숭겸 장군 유적지

누구나 자신의 부끄러운 모습을 다른 사람에게 보이길 원하지 않는다. 고려 개국공신 신숭겸 장군도 사후(死後) 자신의 모습을 사람들에게 보이고 싶지 않았을 것이다.

대구 팔공산에 있는 신숭겸 장군의 유적지를 찾았다. 먼저 장군이 전사한 곳에 있는 표충단(表忠壇)으로 갔다. 그곳에서 사진 촬영하는데 갑자기 카메라가 작동을 하지 않는다. 해설사의 말에 의하면, 이곳은 본래 기(氣)가 너무 센 곳이라 한다. 그래서 장군의 기를 받기 위해 전국에 있는 무당들이 몰래 찾아와 제(祭)를 지내기도 한단다. 기 때문이었을까? 입구에선 촬영이 잘되던 카메라가 이곳에서 고장이 난 것이다. 촬영할 물체를 보여주는 화면이 먹통이 되어 아무것도 보이질 않는다. 전자회로 장치에 이상이 생긴 것 같다. 더 이상 사진을 촬영하지 못했다.

표충단은 장군의 넋을 기리기 위해 장군이 전사한 자리에 만들어 놓은 사각으로 된 무덤이다. 장군이 전사할 때, 입었던 옷과 피 묻은 흙을 모아

단을 만들었다고 한다.

이곳에서 장군은 무슨 일이 있었을까?

927년 9월, 견훤의 후백제군이 신라를 침공하여 경애왕을 시해하였다. 이 소식을 들은 왕건은 신라를 돕기 위해 정예군 5,000명을 이끌고 경주로 출발하였다. 왕건이 대구의 공산* 동수에 이르러 후백제군과 전투를 하던 중 이곳에 매복하고 있던 후백제군에게 포위되고 말았다. 이때 장군은 왕건의 옷으로 갈아입고 왕건을 변복시킨 후, 뒷문으로 빠져나가게 하였다. 왕건의 모습으로 변장한 장군은 어가에 올라, 김락 장군 등과 함께 후백제군과 맞서 용감하게 싸웠다. 장군을 왕건으로 착각한 후백제군은

신숭겸 장군이 전사한 곳에 모셔진 표충단(表忠壇)

봉분이 세 기(基)인 신숭겸 장군의 묘

장군을 향해 총공격을 해 왔다. 장군은 이 전투에서 전사했고, 후백제군
은 장군의 목을 베어 갔다. 따라서 장군은 머리가 없는 시신으로 그곳에
남겨지게 되었다.

표충단에서 나와 장군의 영정이 모셔져 있는 표충사(表忠祠)로 갔으
나, 관리인이 문을 열어 주지 않아 장군의 모습을 보지 못하고 돌아왔다.

그 후 5월 연휴에 춘천에 있는 장군의 묘소를 보기 위해 집을 나섰다.
강릉으로 가 경포대와 오죽헌 등을 둘러본 후, 저녁 무렵 춘천으로 갔다.
숙소를 정하기 위해 시내에 있는 여러 숙소를 다녀봤지만 방이 없었다.
외곽에 있는 남이섬까지 가 봐도 방이 없다. 다시 춘천으로 돌아와 찜질방
에도 가봤지만, 하룻밤 머물 곳이 없었다. 하는 수 없이 이튿날 새벽에

대전으로 돌아오고 말았다. 춘천에 가서도 장군의 모습은 볼 수 없었다.

장군의 모습을 다시 보기 위해 평일을 택해 춘천으로 갔다. 장군의 묘소는 춘천시 서면 방동리에 있었다. 묘역으로 가는 길 입구에 장군의 동상이 세워져 있다. 동상을 지나 묘소가 있는 곳으로 갔다. 장군의 묘는 산 중턱에 자리하고 있었다. 묘역에는 하늘을 찌를 듯한 소나무들이 좌·우에 숲을 이루고 있다. 마치 많은 병사가 장군의 묘역을 지키는 것 같았다. 묘역 왼쪽으로 난 경사 길을 따라 한동안 걸으면 장군의 묘가 있다. 참으로 이상한 일이다. 일반적으로 사람이 죽으면 묘의 봉분을 하나로 만드는데, 장군의 묘는 봉분이 셋이나 된다. 세 개의 봉분 중 가운데 봉분 앞에 상석과 비가 있다. 비에는 '高麗太師壯節公申崇謙之墓(고려태사 장절공 신숭겸 지묘)'라 새겨져 있다.

공산 전투에서 장군 때문에 구사일생으로 살아 돌아온 왕건은 머리가 없는 장군의 시신을 보고 통곡하였다. 왕건은 차마 머리가 없는 장군의 시신을 그대로 묻을 수가 없었다. 없어진 머리를 황금으로 만들어 이곳에 묻어주었다. 이때 황금으로 만든 장군의 머리가 도굴되는 것을 염려해 봉분을 세 개로 만들었다고 한다. 어느 봉분에 장군의 황금 머리가 묻혀있는지 알 수 없도록 한 것이다.

이곳은 명당 중의 명당이라 한다. 풍수의 대가 도선국사가 왕건이 사후에 들어갈 묏자리로 미리 잡아준 곳이다. 왕건은 생명의 은인에게 미련 없이 자신이 묻힐 명당자리를 내주었던 것이다.

묘 아래로 길고 넓게 펼쳐진 묘역은 여느 왕릉 못지않았다. 풍수를 모르는 문외한이 봐도 좋은 자리처럼 보였다.

묘역에서 내려와 장군의 영정이 모셔져 있는 장절사(壯節祠)로 갔다. 하지만 문이 잠겨 있다. 관리인을 찾아봤지만, 외출 중이라 장군의 영정을 볼 수 없었다. 이번에도 장군은 자신의 모습을 보여주지 않았다. 아쉬운 마음을 달래며 먼 길을 달려 집으로 돌아왔다.

지난해 대구에서 '수필의 날 행사'가 있었다. 행사가 끝난 후, 대구 근교에 있는 유적지를 탐방한다고 했다. 탐방 코스에 신숭겸 장군의 유적지도 포함되어 있었다. 전에 대구와 춘천에 갔을 때 보지 못했던 장군의 모습을 이번엔 틀림없이 볼 수 있을 것 같았다. 행사를 대구광역시와 대구문인협회에서 후원하기 때문이다. 대구에 갈 준비를 해놓고 행사 날짜만 기다렸다. 하지만 이번에도 장군의 모습은 볼 수 없었다. 대구에 가기 3일 전, 복막염 수술을 해 병원 신세를 지고 말았다.

하는 수 없이 이번 행사에 참석하는 춘천에 있는 ㅂ 회장과 서울에 있는 ㅊ 선생에게 장군의 영정을 촬영해 보내 달라고 부탁을 했다. 행사가 끝난 후 핸드폰으로 사진이 왔다. 기대를 하고 파일을 열어 봤으나, 장군의 모습은 보이지 않고 표충단만 보였다. 이번 행사에서도 장군의 영정(影幀)은 보여주지 않았다고 했다.

며칠 후 춘천에 있는 ㅂ 회장으로부터 장군의 사진이 왔다. 춘천문화원에서 발행한 책자에 장군의 영정이 있어 촬영해 보낸 것이라 했다. 그렇게 보려고 해도 보여주지 않았던 장군의 모습을 볼 수 있었다.

장군은 우람한 체구에 갑옷을 입고 있었다. 호랑이 가죽을 밟고 서서 왼손은 칼을 집고, 오른손으론 갑옷의 허리띠를 잡고 병사들 앞에서 호령하는 모습이다. 꽉 다문 입술에 짙은 눈썹과 날카로운 눈매는 후백제군을 단숨에 제압하고도 남을 기세였다. 그런 장군의 모습에서 대장부의 호탕한 기개와 목숨을 바쳐 주군을 지키려 했던 충성심을 엿볼 수 있었다.

장군은 왜, 그런 용감한 모습을 내게 보여주지 않았을까? '장군의 강한 자존심이 공산 전투에서 머리 없는 시신으로 남겨진 자신의 모습을 보여주고 싶지 않았을 것이다.' 그래서 사람들에게 '내 모습을 보이지 말라' 하신 것일까?

그렇게 보려고 해도 보여주지 않았던 장군의 모습을 이제서야 볼 수 있었다. 그는 늠름하고 용맹스러운 장군의 모습 그대로였다.

* 공산 : 팔공산의 옛 이름.

(2018. 한국수필. 2월호)

단재(丹齋) 선생과 연(鳶)

―충북 청원군에 모신 신채호 선생의 묘소

신채호(申采浩) 선생의 묘소로 갔다. 일본인에게 허리를 굽힐 수 없다하여 선 채 세수를 했고, 중화일보에 자신이 쓴 글자가 한 자가 틀렸다하여 원고를 거절한 분이다. 선생의 묘소는 충북 청원군 낭성면 귀래리에 있었다. 어린 시절 꿈을 키웠던 고두미란 마을이다.

묘소 앞엔 영정을 모신 단재영각(丹齋影閣)이 있고, 그곳에 선생은 잿빛 한복을 입고 계셨다. 선생의 얼굴은 어느 한 곳도 빈틈이 없었고, 꼿꼿한 선비의 모습 그대로였다. 그래서 이광수는, '몸 어디를 두드려도 민족의 소리가 나고, 어디를 찔러도 애국의 피가 흐를 것 같다'고 했던가.

사자는 쉽게 발톱을 드러내지 않는다. 적을 만나 포효할 때만 날카로운 발톱을 드러낸다. 선생도 그러했다. 손을 양 소매에 끼고 보여 주지 않았다. 감춰진 선생의 손은 사자의 발톱보다 무서웠다. 황성신문, 대한매일신보의 날카로운 필봉(筆鋒)은 민족에겐 독립 정신을 고취시켰고, 일본인 가슴엔 비수를 꽂았다.

영각 뒤로 돌아가니 문이 하나 있다. 묘소로 통하는 문이었다. 묘소 앞엔 한용운, 오세창 등이 세웠다는 비(碑)가 있고, 오른쪽엔 유업을 기린 사적비가 있었다.

선생을 생각해 본다. 어려서 선생은 정몽주를 존경했다. 그래서 호(號)를 처음엔 일편단생(一片丹生)이라 했으나, 줄여서 단재(丹齋) 또는 단생(丹生)이라 하였다.

선생께 술 한 잔을 올리고 뒤로 돌아섰다. 앞에는 산언덕이 있고 그 위로 연(鳶) 하나가 보인다. 누군가 산 너머에서 연을 띄우는가 보다. 여기선 띄우는 사람도 실도 보이지 않는데 부는 바람 너울을 타고 떠 있는 것만 같다.

저 연의 임자는 누구일까? 저렇게 높이 띄우려면 연을 많이 만들어 보고, 띄우는 방법도 꽤 익혔을 것이다. 높이 떠 보일 듯 말듯 희미해진 연 속에서 어린 시절의 내 모습이 어슴푸레 눈에 밟힌다.

처음엔 연을 잘 날리지 못했다. 실을 풀며 달려가면 연은 땅으로 곤두박질쳐 끌려 다니기 일쑤였고, 꼬리를 달아 균형 잡고 오르던 연도, 바람이 세게 불면 떨어져 나갔다. 숨차도록 실을 쫓아 달려 봤지만 결국 연은 나뭇가지를 붙들고 맴돌이하던 기억이 있다.

다시 하늘에 떠 있는 연을 본다. 까마득히 멀리 있어도 보이지 않는 실을 따라 움직인다. 맺은 정 차마 끊지 못할 인연인 듯 실로 이어져 하늘을 난다. 연이 얼레에 감긴 실로 이어져 있다면, 정은 보이지 않는 인연으로 이어지는 게 아닐까.

단재 신채호 선생의 묘소

묘역 부근 정경

실을 끊고 날아가 버린 연을 찾듯, 세월에 묻혀 있던 인연을 찾은 적이 있다.

20여 년 전, 주인 없는 산을 정리한 적이 있다. 산주(山主)가 있어 신고하면 소유권이 인정되고 그렇지 않으면 국가 소유가 되는 조치였다.

집에서 이십여 리 떨어진 광산촌 근처에 돌아가신 선조 명의로 된 산이 하나 있었다. 소유권 이전 서류에는 산이 있는 동네의 이장을 찾아가, 소유권 이전을 보증하는 도장을 받아야 했다.

그 동네에 아는 사람이라곤 아무도 없었다. 이장네 집을 찾아갔으나 외출하고 없다. 날은 저무는 데 사람을 만나지 못해 기다릴 수도 돌아올 수도 없는 노릇이었다. 집 밖에서 망설였다. 이때 이장 아버지가 나오면서 "아무개하고는 어떤 사이냐?"고 묻는다. 순간 가슴이 뭉클해졌다. 그것은 어렸을 때 돌아가셔서 자주 들을 수 없었던 아버지의 이름이기 때문이다.

어머니한테 들은 기억으로 아버지는 금을 캐는 광부였다. 그래서 금광을 찾아 구봉, 예산, 임천 등지로 돌아다니셨다고 하는데 마지막으로 다니셨던 곳은 임천광산이었다. 그곳에서 급성 맹장으로 친구의 집에서 운명하셨다고 한다. 같이 광산에 다니던 친구 집이었다. 그 친구가 임종을 지켜줬고 장례를 치를 때까지 많은 도움을 주었다고 했다.

바로 그 친구란 분이 내 앞에 서 계신다. 그 분의 안내로 방으로 들어갔다. 그때의 상황을 듣고 보니 아버지는 이 방에서 운명하셨던 것이다. 아버지가 운명한 방에, 20년의 세월이 지나 아들이 다시 와 머물다니. 내가 어떻게 이곳에 와 있는지. 기구한 운명일까, 신의 섭리일까, 아니면 보이지 않는 인연의 고리를 찾는 것일까. 얼레에서 끊어진 실을 찾아 내가 여기에 온 것이다.

한동안 잊어버렸던 아버지를 생각하며 방을 둘러보았다. 갑자기 가슴이 뭉클해졌다. 답답해서 더는 그 방에 머무를 수가 없어 밖으로 나갔으나, 밖은 이미 어두워졌다.

마음의 안정을 찾을 때까지 걸었다. 얼마를 걸었을까, 나는 어느 정육점 앞에 와 머물고 있었다. 아버지가 친구에게 진 빚을 조금이라도 갚고 싶은 마음에 주머니를 털었다. 그날 밤, 나는 뜬눈으로 밤을 새웠던 기억이 있다.

연이 더 높이 오르고 있다. 단재 선생도 어려서 연을 날렸을까, 날렸다면 선생의 연은 내가 날렸던 연보다 실도 길고 높이 날렸을 것이다.

선생은 베이징에 있을 때, 박달학원(博達學院)에서 동포 학생들을 가르친 적이 있다. 그 학생 중 장봉순이란 여학생이 있었다. 조국을 등지고 베이징에 온 그녀는 모든 게 설고 어려웠으나, 나라를 위하는 마음 하나는 어른 못지않았다. 선생은 어린 제자의 뜻이 너무 기특하고 대견해, 양말을 사주고 격려해 주었다. 시선마저 차가운 땅에서 양말 한 켤레는 큰 선물이었다. 양말을 신는 순간 의지하고 설 곳조차 없던 그녀의 발은 따뜻해졌을 것이고, 마음도 훈훈함을 느꼈을 것이다.

세찬 바람이 불면 연도 실을 끊고 날아가 버리는지 선생과 그녀의 인연도 끝이 난다.

선생은 형기 2년을 남기고 뤼순감옥에서 숨졌고, 그녀는 해방이 되자 조국으로 돌아왔다.

바람이 멎었는가, 높이 날던 연도 느슨해진 실을 따라 점점 아래로 내려온다. 이젠 연도 보이지 않는다.

독립투사의 자손들이 그랬듯이 선생의 후손도 생활이 어려웠다. 아들은 선생의 유업을 기리기 위해 관련 자료를 찾아 헤매다 세상을 떠났고, 며느리는 거리 행상과 삯바느질로 생계를 꾸려 나갔다. 며느리 혼자 대학생 남매의 학비를 조달하기란 쉬운 일이 아니었다. 결국, 선생의 손자는 학업을 중단해야 할 처지였다.

연이 땅에 떨어지려 할 때 얼레에 실을 감았을까. 그러면 바람 없이도 실이 팽팽해지면서 오를 수 있을 텐데.

조국에 돌아온 선생의 제자는 산림녹화와 사회사업을 하다 세상을 떠났다. 그녀에겐 딸이 하나 있었다. 지난날 어머니한테, 단재 선생의 은혜에 대해 귀에 못이 박이도록 들어온 딸이다. 그녀가 어머니를 대신해 은혜를 갚기로 하였다. 선생의 후손을 찾는 일이란 쉽지 않았다. 몇 년을 수소문한 끝에 어렵게 만났다.

정이 진한 걸까, 인연이 깊은 걸까, 인연이란 녹슬지 않고 세월 따라 흐르는가 보다.

사제지간에 양말 한 켤레로 맺어진 정이 70년 세월 뒤에 인연으로 만났다. 그녀의 딸이 선생의 손자에게 학비를 조달해 주기로 한 것이다. 그녀의 딸도 보이지 않던 인연의 고리를 찾은 것이다.

바람이 불기 시작한다. 선생이 우리의 상고사를 연구하기 위해 돌아보던, 지안현(輯安縣)* 쪽에서 불어오는 북풍인가 보다. 산너머에선 연이 다시 보인다. 바람을 받은 연은 실 끝을 물고, 천심(天心)을 겨누어 오르고 있다.

아직도 내겐, 실도 인연의 고리도 잘 보이지 않는다. 내가 띄우는 연은 어떻게 날까 궁금해진다.

---

* **지안현(輯安縣)** : 고구려 중기의 수도로 환도(丸都) 또는 국내성(國內城)이라고도 부르며, 광개토왕비 등 유적이 많은 곳. 단재 선생은 '지안현에 와서 고구려 옛 유적을 한 번 돌아보는 것이, 삼국사기를 만 번 읽는 것보다 낫다'고 하였다.

(1993. 수필공원. 봄호)

왕대밭에 왕대 나고

– 최영 장군과 사육신 성삼문

　최영(崔瑩) 장군이 태어난 집에서 성삼문(成三問) 선생도 태어났다고 한다. 또한, 그 집에서 두 명의 면장이 나왔고 현재도 군 의회 의원을 지내는 분이 있다고 한다.

　그 집이 있는 곳은 홍성군 홍북면 노은리이다. 최영 장군과 성삼문 선생이 태어난 곳 노은리. 그곳을 고려 시대에는 적동(赤洞)이라 불렀고, 조선 시대에는 금곡(金谷)이라 불렀다. 노은리(魯恩里)란 지명은, 조선조 숙종 때 우암 송시열(宋時烈)이 단종의 왕호인 노산(魯山)에서 노(魯)자를, 은의(恩義)에서 은(恩)자를 따서 노은(魯恩)이라 부르게 되었다고 전한다.

　장군과 선생이 같은 집에서 태어났다는 것이 너무 신기했다. 두 분은 어떤 공통점이 있기에 한집에서 태어났단 말인가? 장군은 고려 말기 선생은 조선 초기를 사셨던 분으로 후세 사람들은 두 분을 일컬어, 충신이라 부른다.

최영과 성삼문이 태어났다는 집의 등나무

굴뚝을 감싸고 오른 두 줄기 등나무

사육신의 위패를 모신 노은단

최영 장군이 고려 500년 사직을 위해 목숨을 바친 명장이라면, 성삼문 선생은 단종의 왕위 보전을 위하여 목숨을 바친 학자다.

왕대밭에서 왕대가 나는 것일까? 최영 장군이 태어난 지 102년 만에 성삼문 선생이 태어났다.

호기심이 생겨 노은리를 찾은 것은, 매서운 봄바람이 소매 속으로 파고드는 날이었다. 그곳은 마을 입구 왼쪽으로 나지막한 산봉우리가 이어져 있었고, 그 산자락을 따라 집들이 옹기종기 모여 있는 작은 마을이었다. 마을도 송죽(松竹)의 절의(節義)를 보여주려는 것일까? 산봉우리마다 하늘의 본성을 그대로 지켜 온 노송들이 우거져 있고, 집 뒤뜰엔 동갑 숲의 대나무가 푸르게 단장하고 있었다.

길을 따라 마을 안쪽으로 삼백여 미터 걸으면 사육신 중의 한 분인 성삼문 선생의 유허비(遺墟碑)가 있다. 유허비란 어떤 장소를 표시하기 위해 세워 놓은 비석이다. 하지만 선생의 유허비는 오랜 세월을 지내 온 탓에 글자마저 희미해 읽기가 어려웠다. 비문엔, '조선조 현종 때 충청도 관찰사였던 민유중(閔維重)이 노은리를 돌아보고 선생의 생가가 허물어진 것을 쓸쓸히 생각하여, 후세 사람들에게 이곳이 선생의 집터였음을 알리고자 돌을 준비한 후, 송시열에게 비문을 지어 달라고 부탁하여 세우게 되었다고 적혀 있다.

유허비를 뒤로하고 시멘트 포장길을 따라 조금 걸으니, 장군과 선생이 살았다는 집이 나왔다. 그 집에서 몇 백 년 전의 장군과 선생이 살았을 리 없고 장군과 선생이 태어난 터에 있는 집이라야 맞을 것 같았다.

성삼문 선생은 수리봉 아래에 살았던 외조부 박첨(朴瞻)의 집에서 태어났다. 태어날 당시 어머니가 산기로 신음하고 있을 때, 수리봉 상공에서 "아이를 낳았느냐?"며 세 번 묻는 소리가 났다 하여, 이름을 삼문(三問)이라 지었다고 전한다.

집 뒤엔 노은단(魯恩壇)이 있었다. 노은단은 대원군의 서원 철거 정책에 따라, 그곳 유생들이 노은 서원에 모셨던 사육신들의 위패(位牌)를 지하에 봉안하고 단(壇)을 모아 만든 묘였다. 다시 말하면 사육신들의 이름을 나무에 적어 합장한 묘라 하겠다. 여섯 분을 함께 모신 까닭인지, 봉분의 밑 부분도 육각으로 되어 있었다. 여섯 분을 함께 모신 묘라고 하기엔 좀 작다는 생각이 들었지만, 충절들의 묘소를 만들어 그분들이 편안히 잠들 수 있도록 해준 사람들이 있다는 것에 더 고마움을 느꼈다.

노은단에서 내려와 선생이 살았다는 집 주위를 둘러보았다. 집 뒤와 옆엔 대나무 숲으로 우거져 있었다. 대나무 숲 가까이 가서 바람결에 대나무 서걱이는 소리를 들었다. 대나무들은 "선생이 평소에 매화 향기와 대나무를 좋아해 호(號)까지 매죽헌(梅竹軒)이라 지었는데, 매화는 없고 대나무만 남아 선생의 옛터를 지키고 있노라." 말하는 것 같았다.

대나무는 항상 푸른빛을 띠고 있어 굳은 지조와 절개를 상징하고 있다. 하지만 대나무만으론 장군과 선생이 이곳에서 태어났다는 이야기가 별로 실감나지 않았다. 무슨 특징이 없을까 하고, 대나무 숲을 거닐며 집 주변을 유심히 살펴보았다. 별다른 특징을 발견할 수 없었다. 아쉬운 마음으로 발길을 돌리려 할 때, 대문 바로 옆에 있던 굴뚝이 발걸음을 잡는다.

그 굴뚝을 타고 굵기가 다른 두 그루의 등나무가 나사 모양을 그리며 나란히 올라간 것이 아닌가.

비로소 나는 굴뚝을 타고 올라간 등나무에서 장군과 선생의 발 그림자를 그려 볼 수 있었다. 각각 뿌리를 달리하고 있는 두 그루의 등나무는 장군과 선생이었다. 굵기가 굵은 등나무가 장군이라면, 작은 등나무는 선생인 것이다. 장군이 태어난 후 102년 만에 선생이 태어났기 때문이다. 장군과 선생이 같은 터에서 태어난 것처럼, 크고 작은 등나무는 굴뚝 밑에 약간의 거리를 두고 뿌리를 내리고 있었다. 등나무는 굴뚝이 깨질까 봐 조심스레 감싸 안으면서 위로 올라갔다. 장군은 위태로운 고려의 종묘사직(宗廟社稷)을 온몸으로 부둥켜안았고, 선생도 단종의 왕위 보전(保全)을 위해 옥새를 껴안고 몸부림쳤다. 등나무는 굴뚝을 시계 방향으로 감고 올라갔다. 시곗바늘은 오른쪽으로 돌아야 정상적인 시간을 나타낼 수 있다. 만약 시곗바늘이 왼쪽으로 돈다면 그것은 시간의 흐름을 거꾸로 돌려놓는 결과가 되는 것이다. 정상적인 시간의 흐름이 순리의 역사라면, 흐름을 멈추거나 거꾸로 흐른 시간은 모반(謀叛)의 역사가 아닐까?

장군과 선생은 종묘사직과 왕위 보전을 위하여 충심(衷心)으로 임금을 보필했던 분이다. 두 그루의 등나무는 장군과 선생께서 추구하려 했던 정상적인 역사의 흐름을 보여주는 듯싶었다.

하지만 굴뚝의 높이는 한계가 있어 팔을 뻗쳐 더 올라가려던 두 그루의 등나무를 슬프게 했다. 굴뚝의 높이가 짧아 올라갈 수 없었다. 더 오를 것을 체념한 두 그루의 등나무는 하늘을 향해 기도를 올린다. 장군이 고려

500년 사직을 필사적으로 지키려 했고, 선생이 충심으로 단종을 보필하려 했던 그러한 기도를….

등나무가 기도만으로 더 이상 올라가지 못했던 것처럼, 역사의 수레바퀴는 두 충절의 기도만으로 굴릴 수 없었던 것일까. 고려 왕조도 단종의 왕위 계승도 오래가지 못했다.

등나무는 의지할 축을 잃고 하늘을 바라보다 힘없이 고개를 떨구고 있었다. 장군도 위화도에서 회군해 온 이성계 일파에게 죽임을 당했고, 선생도 수양 대군에 의해 죽임을 당했던 것처럼. 등나무는 잎새를 달고 있지 않았다. 장군과 선생도 직계 후손들이 모두 화를 당해 처형되었기 때문일까?

등나무는 굴뚝을 오르다 정상에서 성장을 멈췄지만, 굴뚝 끝까지 힘차게 오르던 줄기는 굴뚝 표면에 그 굵기를 뚜렷이 드러내고 있었다. 두 충절 모두 결국엔 형장의 이슬로 사라졌지만, 그들의 기개와 지조만은 아직까지 남아 후세에 귀감이 되고 있다. 굵기가 다른 두 그루의 등나무는, 종묘사직과 왕위 계승을 위해 옳은 의지를 추구하려 했던, 장군과 선생이 남긴 그림자와 같다는 생각이 들었다.

장군과 선생은 앞서 가셨지만, 후세 사람들은 '적동에는 무장이요(赤洞之武), 금곡에는 문장이라(金谷之文).' 말하지 않던가?

(1997. 수필공원. 봄호)

백마를 탄 단종(端宗)

– 비운의 왕, 단종의 유적지 영월

태백산에는 단종의 비(碑)가 있다. 망경사에서 정상 천제단* 쪽으로 올라가는 길에 '朝鮮國太白山端宗大王之碑(조선국 태백산 단종대왕 지비)'라 새겨진 비가 세워져 있는 것이다. 정상에는 하늘에 제사를 지내는 천제단이 있어 세우지 못하고, 그 아래에 세웠다고 한다.

단종의 비라면 그와 연관이 있는 영월이나 서울에 세울 것이지, 왜 태백산에 세웠는지 알 수가 없다.

영월의 영모전(永慕殿)에는 단종의 영정이 모셔져 있다. 곤룡포에 익선관(翼蟬冠)으로 정장한 단종은 백마를 탔고, 그 밑에 한 노인이 고개를 숙이며 과일 바구니를 올리고 있다.

옛사람들은 백마를 승천하는 영혼의 안내자로 믿어 왔다. 유럽이나 인도, 고구려 시대 무덤과 경주의 천마총에도 백마가 그려져 있다고 한다. 그렇다면 영정에 나타난 백마는 단종의 영혼을 싣고 가는 그림일 것이다. 단종의 영혼은 백마를 타고 어디로 가며, 그 밑에 있는 노인은 누구란 말인가?

영월의 장릉

영모전에 모셔진 백마를 탄 단종 영정
(사진 출처 일중당. 한국사 대관 4권)

왕방연 시조비

슬픔에 젖은 소나무가, 한양의 궁궐 쪽으로 더 긴 가지를 뻗치고 있다는 영월을 찾은 것은 어느 여름날 저녁이었다. 낯설고 물선 곳을 달려와 지쳤는지, 잠자리가 바뀌었는데도 쉽게 잠이 들었다.

새벽녘 빗소리가 단잠을 깬다. 밖에 내리는 비는 멀리 찾아온 나그네를 반겨 흐르는 단종의 눈물인가, 그치길 기다려도 그칠 줄 모른다.

이른 아침, 비를 맞으며 단종의 능이 있다는 장릉(莊陵)으로 갔으나 문이 닫혀 있다. 내친걸음에 청령포로 향했다. 그곳은 단종이 처음 유배되어 두 달 정도 머물던 곳이다.

휘어 감긴 안개 자락 사이로 육육봉(六六峯)은 이따금 모습을 드러내건만, 앞에 흐르는 강은 말이 없다. 서강은 흘러 남한강이 되고, 다시 북한강과 합류하여 한강으로 흘러가건만, 단종의 애달픈 사연을 서울에 있던 왕비 송 씨에게도 전해 줬을까?

강가엔 사공 없는 빈 배만 매여 있다. 때문에 금표비와 비각은 보지 못하고, 강변에 있는 소나무 숲으로 갔다.

그곳엔 회색빛 바위로 된 비 하나가 빗물로 얼룩져 있다. 그런데, 비가 잘못 세워져 있는 게 아닌가. 대부분의 비가 사람의 눈길이 쉽게 닿는 쪽을 정면으로 하여 서 있게 마련인데, 이 비는 돌아서 있는 것이었다. 길에서 볼 수 있는 쪽은 뒷면이요, 정면은 강물이 흐르는 낭떠러지 쪽으로 가서 봐야만 했다.

'어째서 비를 이렇게 세웠을까?' 하고, 비 세운 사람들을 탓하며 낭떠러지 쪽으로 조심스레 발을 옮겼다.

자연석으로 된 큰 바위에는 '왕방연 시조비'라 새겨 있고, 사각으로 된 중간석에 그의 시조가 새겨져 있었다.

千萬里 머나먼 길의 / 고은님 여희옵고 / 내ᄆᆞ음 둘듸업셔
닛가의 안쟈시니 / 뎌물도 내안ᄀᆞ도다 / 울어 밤길 예놋다.

시조를 음미해 본다.

왕방연은 금부도사로서 대세의 흐름을 거역하지 못하고 수양대군의 명을 받아 임무를 수행했지만, 진정으로 단종의 유배를 슬퍼했던 것 같다.

비가 향하고 있는 쪽을 바라보니 단종이 유배되었던 청령포다.

해바라기가 해를 향해 고개를 돌리듯, 시조비는 단종이 계셨던 곳을 바라보고 있었다. 그리 생각하니 청령포로 넘어오는 고갯마루에 있던 생육신 조여(趙旅)의 비도 청령포 쪽을 바라보고 있었다.

그제야 비를 세운 사람들의 깊은 뜻을 비로소 알 수가 있었다.

여기는 왕방연이 단종을 여의고 슬픈 마음에 단종이 유배되었던 청령포를 바라보며 눈물짓던 자리일 것이다. 이곳에 왕방연은 가고 없고 시조비만 그를 대신하여 눈물짓고 있었다.

사공이 나오려면 아직도 멀었나 보다. 강을 건너 애틋한 단종의 심사를 느껴 보고 싶었으나, 그리하지 못하고 강변을 따라 계속 걸었다.

비는 내려 땅을 적시고, 안개는 쉴 곳을 찾아 그윽한 산자락을 휘감고 있는데, 어디선가 뻐꾸기 한 마리가 구슬피 울고 있다.

촉나라 망제(望帝)가 신하에게 왕좌를 빼앗기고 쫓겨나 그 원혼이 자규가 되었다는데, 그 자규는 어디 가고 뻐꾸기만 울고 있나.

영월 지방의 전설에 의하면, '단종이 승하한 후 그 혼령이 경치 좋은 어라연을 돌아볼 때 갑자기 고기떼가 나타나 말하기를 "전하께서는 한 나라의 임금이었는데 액운으로 화를 입었사오니, 영계(靈界)에서라도 태백산 신령이 되어 태백산맥이 미치는 모든 곳을 다스려 주셔야 합니다. 이것은 하늘의 뜻이 오니 지체 마시고 곧 태백산으로 가셔야 합니다." 그리하여 단종은 용마굴에서 나타난 백마를 타고 동쪽의 태백산으로 간다. 이때 머루를 따서 단종께 진상하려고 내려오던 한 노인이 단종을 만나, "전하 어인 행차이옵니까?" 하고 물으니 단종은 "태백산으로 가는 길"이라고 말한 후 모습을 감추었다고 한다. 노인은 황급히 단종이 사는 곳으로 달려갔으나 단종은 이미 승하한 후였다. 그리하여 그도 단종을 따라 자결하여 신령이 되었'고 전한다.

영모전에 모셔진 단종의 영정은 백마를 타고 태백산으로 가는 단종의 모습이다. 그 아래 고개를 숙이고 머루 바구니를 받쳐 든 노인은 한성 부윤을 지냈던 추익한(秋益漢)으로 단종이 영월로 유배되었을 때, 자주 찾아뵙고 진상을 했다는 분이다.

단종은 자규시(子規詩)에 애달픈 심정만 남겨 두고 정말 태백산으로 떠나신 것일까.

울적한 마음으로 앞을 바라보았다. 앞엔 서강이 흐르고, 그 뒤로는 육육봉(六六峯)의 험준한 절벽이 있어, 설령 단종이 그곳을 벗어나려 해도 그리할 수 없는 천연 요새의 유배지다.

머리 위로 모여드는 구름 조각들을 보며, 단종이 청령포에서 꾸었다던 꿈 생각을 해본다. "육육봉에 구름이 머물거나 청령포의 여울 소리가 흐느껴 울 때면, 신들이 문안드리고 간 줄 아시라." 했다던 사육신의 모습이 곧 보일 것만 같다.

단종도 자규도 없는 청령포의 하늘엔, 먹구름 조각들이 머물다 동쪽으로 간다. 사육신이 모여 태백산으로 단종께 문안드리러 가는가 보다.

뻐꾸기가 다시 운다. 그 울음소리는 점점 더 처량하게 들린다.

뻐꾸기는 스스로 둥지를 틀지 않는다고 한다. 개개비나 때까치가 튼 둥지에 몰래 와서 알을 낳고는 개개비나 때까치의 알보다 며칠 먼저 부화하여, 둥지에 있던 다른 새의 알들을 모두 둥지 밖으로 떨어트린다는 것이다.

수양대군도 어린 단종의 보위를 넘겨보다 자신이 차지했고, 그 보위를 자신의 후손으로 유지케 하였다.

세월이 흐르면 지난날의 잘못을 뉘우치듯 수양대군도 자신의 잘못을 참회하고 있는 것은 아닐까.

뻐꾸기는 누구를 찾아와 저리 슬피 우는가. 이미 단종은 맺힌 한을 망향탑*에 묻어 두고, 백마를 타고 태백산으로 가셨는데. 그의 한이라도 달래고자 망향탑 주위를 맴돌고 있는 것 같다.

먹구름이 거치자 비도 그쳤고, 이제 육육봉도 서서히 안개를 걷고 얼굴을 내민다. 구슬픈 울음소리가 들리지 않는 걸 보면, 뻐꾸기도 태백산으로 날아간 모양이다.

* **천제단** : 태백산 정상에 있는 제단. 우리나라 건국 신화와 관련된 환웅 천황(桓雄天皇)이
  태백산 신단수(神檀樹) 아래로 내려와 신시(神市)를 열고 우리 민족의 터전을 잡았다 하여
  하늘에 제사를 지내는 곳이다. 그래서 단종의 비를 그곳에 세우지 못하고 그 아래쯤에다
  세웠다고 한다.
* **망향탑** : 단종이 청령포에 유배되었을 때, 서울의 궁궐을 그리워하며 산기슭에 흩어진 돌을
  주워서 쌓았다는 탑.

(1994. 수필공원. 봄호)

최고의 베스트셀러

– 토정비결의 저자 이지함 선생

해마다 정초만 되면 남녀노소를 막론하고 많은 사람이 즐겨 보는 책이 있다. 그것은 토정비결로 국내에서 이 책보다 더 많은 독자를 가진 책이 있을까? 이 책은 해가 바뀌어도 독자가 줄지 않는다. 항상 독자를 지속해서 유지하며 꾸준한 독자층을 형성하고 있다. 생활이 어렵거나 살아가기가 힘들어질 때는 독자가 더 늘어나는 게 이 책의 마력이다. 하지만 특징이 하나 있다면 독자들이 책을 끝까지 읽는 것이 아니라 자신과 관련이 있는 부분만 읽는다는 사실이다.

어렸을 적 시골 동네의 정초는 다른 계절에 비해 일거리가 적어 한가하기만 하였다. 따뜻한 사랑방에 마을 사람들이 모여 이야기꽃을 피운다. 시간이 지나고 화제가 거의 바닥이 날 즈음이면 좌중에서 누군가 이야기를 꺼내기 마련이다.

"금년의 토정비결이나 봐 달라"고.

책 표지에는 세월의 손때가 묻어 있고 종이의 색깔마저 누렇게 바랜 토정비결. 그 속에 생활이 어려웠던 시골 사람들의 일 년 소망이 모두 담겨 있고, 그들은 그것을 믿으려 하였다.

하지만 그 책은 아무나 볼 수 있는 것이 아니었다. 생년월일에 맞춰 무엇인가를 따져서 봐야 했기 때문에 글 꽤나 읽은 사람의 몫이었다.

먹고 살기조차 어려웠던 시절, 그들의 소망은 새해에 풍년이 들고, 대처에 나가 있는 자식들이 건강하게 돈 잘 벌며, 학교 다니는 자식들은 상급학교에 합격하는 일들이었다. 이렇듯 토정비결은 예나 지금이나 가난하고 불쌍한 사람들에게 꿈과 희망을 안겨주는 메신저요, 산타클로스의 역할을 하였다

불쌍한 백성들에게 작은 소망을 안겨주려 했던 이지함(李之菡) 선생. 그는 마포 강변에 흙으로 지은 집에서 살았다 하여 토정(土亭)이란 호를 얻었다. 그는 선조 6년에 주민들의 추천으로 포천 현감이 되었으나, 이듬해 사직하였다. 그 후 5년 뒤에 아산 현감이 되어 걸인청(乞人廳)을 만들어 걸인들을 구제하였으며, 노약자와 굶주린 사람들을 도와주었다. 이렇게 선생은 백성들의 어려움을 온몸으로 느꼈고, 그들과 함께 아픔을 나누며 살았던 조선의 선비요 청백리였다.

선생은 민중 속으로 뛰어들어 수십 년 동안 그들의 이야기를 듣고, 그들의 삶을 관찰한 후 토정비결을 만들어 사람들이 스스로 자신의 길을 찾아갈 수 있도록 안내했던 것이다.

토정비결을 보면 태세(太歲), 월건(月建), 일진(日辰)의 생년, 월, 일에 따라 144가지 운수를 뽑아 인간의 길흉화복을 중심으로 점괘(占卦)를 풀

토정 이지함의 묘

어 놓았고, 이것을 월별(月別)로 나누어 인간의 길흉사를 6,480구(句)의
시구로 풀이하고 있다.

선생은 인생의 문제에서 요행이나 횡재를 가르치지 않았다. 안 될 때는
철저히 준비해 때를 기다리도록 하였고, 잘 될 때는 보름달이 기우는 이치
를 깨달아 겸허히 살도록 충고했으며, 사람들에게 인내와 중용 그리고 슬
기를 깨우치도록 하였다.

선생의 청렴하고 검소한 성격은 사후(死後)에도 알 수가 있었다. 보령
시 주포면 고정리에 있는 그의 묘에 가보면 안다. 협소한 자리에 일가들의

묘가 옹기종기 모여 있다. 선조 때 팔대 문장가요 영의정을 지낸 조카 이 산해와 함께 잠들어 계시다. 어려운 백성들이 내일을 바라보며 희망을 걸 듯, 서해가 한눈에 보이는 곳에서 힘들어하는 백성들을 위해 선생은 오늘 도 무슨 생각을 하고 계실까?

(2007. 한국문인. 2·3월호)

거꾸로 선 소나무

– 우리나라 최초의 서원 소수서원

고려 시대 유학의 본향이자 조선 시대 선비들의 정신적 기반인 경북 순흥에 있는 소수서원*으로 갔다.

매표소를 지나 서원으로 가는 길옆에 늘어선 소나무가 한 폭의 그림과 같다. 호젓한 소나무에서 풍기는 그윽한 솔 내음이 코끝에 스며들자 그 옛날 선비들의 맑은 정기가 내게로 전해오는 듯싶다.

소나무 길이 끝나자 서원의 담장 밖 오른쪽에 경렴정이란 정자가 보인다. 옛날엔 이곳에서 학생들에게 호연지기의 기상을 길러주기 위해 시를 짓고 연회를 베풀었던 곳이다. 정자에 앉아 쉬면서 주변을 둘러보았다.

경렴정 뒤편으론 맑고 시원한 죽계천이 흐르고, 죽계천 건너편엔 퇴계 이황 선생이 이름을 짓고 건립했다는 취한대(翠寒臺)와 연화산이 보인다. 죽계천 맑은 물빛과 연화산의 푸른 기운에 취해 시를 짓고 풍류를 즐긴다 하여 정자의 이름을 '취한대'라 지었다 한다.

참으로 아름다운 경치다. 이렇게 좋은 곳에서 자연과 벗하며 학생들을 가르쳤던 주세붕 선생의 안목에 절로 감탄사가 나왔다.

서원 안으로 들어갔다. 정면에 학생들을 가르쳤던 강학단이 있고, 강학단 옆으로 안향의 위패를 모신 문성공묘(文成公廟)*가 있다. 그리고 그 옆에 서적을 보관했던 장서각과 주희, 안향 등 다섯 분의 초상을 모신 영정각 등 서원의 부속 건물들이 있었다. 서원을 구성했던 건물들을 하나하나 돌아본 후 옥계교를 건너 소수박물관을 둘러보았다.

이제 서원 밖으로 나가는 일만 남아 있다. 나가는 길에 경렴정에서 보았던 죽계천의 경치가 너무 좋아 다시 경렴정으로 갔다.

죽계천 건너편 바위에는 글자가 새겨져 있었다. 흰색으로 백운동(白雲洞)이라 새겨진 글자와 그 아래에 붉은색으로 경(敬)자가 새겨져 있다. '왜, 하필이면 붉은색 글씨로 경자 한 자만을 새겨 놓았을까?' 붉은색으로 새겨진 경자를 바라보는 순간, 상처에서 흐르는 피를 보는 것 같은 섬뜩한 느낌이 들었다.

붉은색으로 된 경자에 의문을 갖고 죽계천을 바라보는데 물 위에 비친 경자가 더욱 선명하게 보인다. 붉은 색깔로 새겨진 경자는 흐르는 물에도 흩어지거나 흘러가지 않고 그 자리에 그대로 머물러 있었다. 죽계천 물 위에는 붉은 색깔의 경자 외에도 또 다른 그림자가 보였다. 거꾸로 서 있는 소나무의 그림자였다. '소나무가 어째서 바로 서 있지 않고 거꾸로 서 있을까?' 거꾸로 서 있는 소나무 그림자를 보면서 여러 가지 생각을 해 보았다.

소나무는 세찬 비바람과 눈보라 속에서도 늘 푸른 모습을 간직한다 하

죽계수 옆 경자 바위

거꾸로 선 소나무

여 우리는 꼿꼿한 선비의 절개와 기개로 비유해 왔다. 기개와 지조를 갖춘 선비가 왜 바르게 서 있지 못하고 거꾸로 서 있단 말인가? 거꾸로 서 있는 소나무는 정상적인 소나무의 모습이 아니다. 소나무 그림자에 대한 미련을 떨치지 못한 채 소수서원을 나와 길 건너편에 있는 금성대군 신단(錦城大君神壇)으로 갔다.

금성단이란 현판이 걸려있는 정문을 들어서는데 갑자기 비가 내리기 시작한다.

금성대군의 신단은 사각으로 둘리어 있는 담장 안에 있었다. 정면에 금성대군의 넋을 기리는 제단이 있고 바로 옆에 순의비(殉義碑)*가 세워져 있다. 그리고 정면의 왼쪽으로 순흥 부사 이보흠을 모시는 단이 있고, 오른쪽에 많은 유생을 모시는 단이 있었다.

세종의 여섯째 아들로 태어난 금성대군은 단종의 복위 사건에 연루되어 이곳 순흥 땅으로 귀양을 왔다. 그는 이곳에 와서도 순흥 부사였던 이보흠과 더불어 지역에 있는 유림과 함께 다시 단종의 복위운동을 시작했던 것이다. 하지만 순흥부에 있던 노비의 고발로 단종복위 운동은 실패로 끝났고, 복위운동에 참여했던 많은 사람이 참형을 받아 죽게 되었다. 또한, 그 사건으로 인해 당시의 행정구역이었던 순흥부마저 그때 폐지되고 말았다.

그 후 세월이 흐르면서 그들에게 씌워졌던 죄도 서서히 벗겨지기 시작하였다.

숙종 때에 와서 그들의 명예가 회복되었고 그동안 폐지되었던 순흥부도 다시 부활되었다. 그때 순흥 부사로 부임해 왔던 정중창이 금성대군이 귀양 왔던 자리에 처음으로 단(壇)을 만들어 주었고, 그 뒤 영조 때 경상감사로 있던 심성희가 단을 서쪽으로 30~40보 정도 옮긴 후, 단을 새로 정비하고 순의비를 세워줬다고 한다. 목숨을 바쳐 불의에 맞서 종묘사직을 옳게 지키려 했던 그들의 값진 희생이 빛을 보게 된 것이다.

죽계천 물 위에 비친 붉은 색깔의 경자와 거꾸로 보였던 소나무가 다시 생각이 났다.

이곳 순흥에서 단종 복위운동에 참여했던 사람들의 시신은 죽계천에 던져졌고 그들이 흘린 피가 죽계천을 붉게 물들였다. 얼마나 많은 사람이 죽임을 당했기에 그들이 흘린 피가 7km나 떨어진 곳까지 흘러갔다 한다.

그때 억울하게 죽었던 사람들의 원혼이 죽계천에 머물렀던 것일까? 밤이면 슬픈 원혼들의 울음소리가 죽계천에서 들려 서원에서 공부하던 학생들은 무서워서 밖으로 나가지도 못하였다.

이에 주세붕 선생이 경천애인(敬天愛人)*의 첫 글자를 따 바위에 경(敬)자를 새기고 붉은 색칠을 한 후, 원혼들의 넋을 달래는 제를 지내니 울음소리가 그쳤다고 전한다.

이제 죽계천에서 거꾸로 보였던 소나무에 대한 의미를 알 것만 같다. 충의로운 선비들이 죽었으니 그 모습이 바로 서 있을 리가 없다. 그래 자신들의 쓰러진 모습을 그림자로 보여 주려 했던 것 같다. '불의에 맞서 항거 한 번 못하고 죽임을 당했으니 그 한이 얼마나 컸을까?' 그리 생각하며 금성단을 나오는데 가늘게 내리던 빗줄기가 갑자기 굵어졌다. 금성단에 내리는 비는 이곳 순흥에서 단종을 다시 모시려 했던 금성대군을 비롯한 많은 의사(義士)들이 흘린 눈물이 비로 변한 것 같다.

대전으로 돌아오는 길에도 앞이 보이지 않을 정도로 비가 많이 내렸다. 조심스레 운전을 하며 얼마를 달렸을까. 순흥 땅을 벗어나자 비가 그치고 언제 그랬느냐는 듯 해가 떴다.

* 소수서원(紹修書院) : 우리나라 최초의 서원으로 풍기군수였던 주세붕 선생이 안향의 연고지에 사당을 세우고 위패를 봉안한 후, 다음 해에 학사(學舍)를 건립하고 백운동서원이라 하였고, 퇴계 이황 선생이 경종 임금께 건의하여 임금으로부터 소수서원(紹修書院)이란 사액(賜額)을 받아 소수서원이라 하며 국가에서 공인한 사립 고등교육기관이다.
* 문성공묘(廟) : 보물 제1402호로 안향 선생의 위패를 모신 사당으로 후에 안보와 안축, 주세붕을 함께 모셨다.
* 순의비(殉義碑) : 의(義)를 위하여 죽은 사람을 기리기 위해 세운 비석.
* 경천애인(敬天愛人) : 하늘을 숭배하고 사람을 사랑함.

(2011. 월간문학. 11월호)

세 번 피는 꽃

— 이순신 장군을 모신 최초의 사당, 여수 충민사

여수에 있는 충민사(忠愍祠)로 갔다. 충민사는 전국에 있는 이순신 장군의 사당 중 맨 처음으로 건립된 사당이다. 너른 경내에 있는 길을 따라 오르다 보면 충민사가 나온다. 이곳엔 임진왜란 때 큰 공을 세운 세 분의 위패와 영정이 모셔져 있다. 이순신 장군을 중심으로 오른쪽엔 우수사 이억기 장군을 모셨고, 왼쪽엔 보성군수 안홍국을 모셨다. 향불을 사르고 인사를 올린 후 내려오는 길에 충민사 유물관으로 갔다.

이곳에는 이순신 장군의 친필과 임진일기, 인조 임금께서 이순신 장군에게 '충무공'이란 이름을 처음으로 내린 문서인 증시 교지(贈諡敎旨) 등, 많은 유물이 전시되어 있다. 전시물 중 유독 증시 교지가 눈에 들어온다. 이 문서가 내려진 후부터 사람들은 이순신 장군을 '충무공'이라 부르기 시작하였다.

유물관에서 나오는데 어디선가 "뚝" 하는 소리가 난다. 동백나무에서 동백꽃이 떨어지는 소리였다. 동백꽃은 땅에 떨어진 후에도 시들지 않고

맨 처음 이순신 장군을 모신 사당인 여수의 충민사

피어있던 모습 그대로였다. 어쩌면 꽃이 시들지 않고 이렇게 아름다운 모습으로 질 수 있을까? 땅 위에서 꽃이 다시 핀 것 같았다.

대부분 꽃은 한 번 피고 나면 시들어진다. 고운 자태로 오랫동안 피어있고 싶지만, 그 기간이 길지 않다. 그래 화무십일홍(花無十日紅)이라 했던가. 하지만 꽃에 따라선 두 번 또는 세 번 피는 꽃도 있다고 한다. 한번 피고 지는 것이 안타까워 사람들이 지어낸 말이지만 그 의미도 그럴듯하다.

두 번 피는 꽃으로는 목화가 있다. 꽃으로 피고 나서 열매가 익어 흰 꽃으로 다시 핀다. 하얀 솜이 부드럽고 고와 꽃으로 보였을까?

그러면 세 번 피는 꽃은 무엇이 있을까? 바로 내 앞에 있는 동백이다. 동백은 삼백(三柏)이라 하여 목백(木柏), 지백(地柏), 심백(心柏)이라 부른다. 그렇게 세 번 꽃을 피운다는 뜻이다. 나무에서 피고, 땅 위에 떨어져서 피며, 보는 사람의 마음속에서 다시 한 번 핀다고 한다. 세 번 피는 동백꽃을 보며 충민사에 모셔져 있는 장군을 생각해 보았다. 장군께서도 어쩌면 꽃을 세 번 피웠다고 할 수 있겠다. 부모님으로부터 태어나서 한 번, 나라를 위한 싸움에 승전해서 한 번, 돌아가신 후 충민사를 비롯한 전국의 각 사당이나 장군의 동상이 있는 공원에서, 사람들이 장군의 뜻을 기리고 있으니 다시 한 번 핀 것이 아닌가.

땅 위에 떨어진 붉은 동백꽃은 흐트러짐 하나 없이 그 자태가 아름답다. 장군께서도 노량해전에서 전사했지만, 나라를 위했던 충심만은 후세 사람들의 가슴속에 아직도 살아 숨 쉬고 있다.

충민사에 있는 동백꽃은 보는 사람들의 마음을 붉게 물들이고 있었다.

(2016. 수필문학. 3월호)

귀신 잡는 해병

– 해병대 통영상륙작전 기념관

　통영의 원문고개로 오르는 길옆엔 '통영지구 전적비'가 있다. 통영상륙
작전의 전적을 기념하기 위해 세운 비다. 이 고개가 한국전쟁 때 통영상륙
작전의 치열한 격전지였다. 원문고개 위에는 '해병대 통영상륙작전 기념
관'이 있다. 기념관은 2층 건물로 실내 전시관, 체험시설, 야외 전시장으
로 되어 있다. 전시관 안에는 통영상륙작전의 주역인 김성은 장군의 흉상
이 있다. 그리고 해병대 역사자료 및 한국전쟁, 베트남 전쟁 등 해병대
7대 작전의 사진과 전황이 있고, 김성은 장군과 이성호 함장의 사진과 유
품 등이 전시되어 있다. 해병대 7대 작전 중 하나인 통영상륙작전을 생각
해 보았다.

　한국전쟁 중 북한군에게 밀려온 국군이 낙동강을 최후의 방어선으로 하
여 반격을 할 때, 북한군 제7사단은 국군의 전략요충지인 마산과 진해를
해상에서 봉쇄하기 위해 먼저 통영으로 들어왔다. 이에 해병대 김성은 부
대는 1950년 8월 17일 18시, 7척의 함정으로 통영의 장평리 해안에 상륙하

원문고개에 있는 통영지구 전적비

해병대 통영상륙작전 기념관

여 2일 만에 통영을 탈환하고, 적의 유일한 공격로였던 원문고개에서 적을 격퇴하여 낙동강 방어선에서 서쪽의 위험을 완전히 제거했던 것이다.

이때 '뉴욕 헤럴드 트리뷴' 지의 도쿄 특파원인 '마거릿 히긴스' 기자가 통영상륙작전에 종군기자로 참여하였다. 그녀는 그때 우리 해병 장병의 활약상을 '귀신도 때려잡는 해병(They might even capture the devil)' 이란 기사를 써서 전 세계에 타전하였다. 그 기사로 인해 우리 해병대가 '귀신 잡는 해병'이란 이름이 생기게 되었다고 한다.

전시관을 관람하며 통영상륙작전은 한국전쟁 최후의 보루였던 낙동강 방어선을 확고하게 지키는 한편, 국군이 낙동강까지 밀리며 방어에만 급급했을 때 유일한 공격작전이었다. 그리고 우리 해병대에 '귀신 잡는 해병'이란 신화를 수립했던 작전이었음을 알게 되었다.

(2016. 현대수필. 겨울호)

충정으로 피워 낸 혈죽(血竹)

– 충정공 민영환 선생의 혈죽

대나무는 충신의 절개와 지조를 상징하는가.

포은 정몽주 선생의 절개가 선죽(善竹)을 키웠다면, 충정공 민영환 선생의 지조는 혈죽(血竹)으로 피어났다. 선생의 맺힌 한이 얼마나 컸길래, 순절(殉節)한 곳에서 대나무가 자라났단 말인가?

초등학교 시절, 두꺼운 갈색 표지로 된 '간추린 국사' 책을 본 적이 있다. 무슨 책일까 하는 호기심으로 책장을 넘기다가, 충정공 민영환 선생의 유서에서 그만, 시선이 머물고 말았다.

'이 천만 동포에게 고함'이란 제목의 유서는, 어린 내게도 적지 않은 감동을 주고 말았다.

선생은 명성황후의 친정 조카로 고종 황제에게는 내외 종간이었다. 이렇게 좋은 가문에서 태어난 선생은 높은 관직을 두루 거치며, 말년에 고종 황제의 특명전권공사로 임명되어 러시아를 비롯한 서구 유럽을 순방하면서 국제 정세에도 밝은 안목을 갖추게 된다.

그 무렵 청일전쟁과 러일전쟁에서 승리한 일본은, 청나라와 러시아 세력을 누르고, 우리의 의사를 무시한 채 을사늑약을 체결해 버렸다. 이에 우리의 외교권은 일본에 강제로 박탈되고, 우리의 선각자들은 빼앗긴 외교권을 찾기 위해 울분을 토하기 시작하였다. 장지연이 황성신문에, '오늘 목노아 통곡하노라(是日也 放聲大哭)'며 울부짖을 때, 선생을 비롯한 다른 선각자들은 을사 늑약의 체결이 무효임을 주장하는 상소를 올렸건만 소용이 없었다.

빼앗긴 외교권은 다시 돌아오지 않았다. 그렇다면 일본에 의해 외교적으로 고립된 우리 민족은, 억울한 사정을 어디에다 호소해야 한단 말인가?

선생은 점점 기울어져 가는 나라의 운명을 차마 눈 뜨고 볼 수 없었다. 나라의 앞날을 생각하면 가슴만 답답할 뿐 달리 해결할 도리가 없었다. 선생은 서대문 밖에 있던 전동* 집으로 돌아가 가족을 만나 본 후, 울분으로 타오르는 가슴을 말없이 달래며 며칠을 보냈다. 그렇게 지내봤지만, 나라를 구할 수 있는 뾰족한 방법은 떠오르지 않았다. 선생은, 자신의 힘으로는 이미 기울어진 나라를 일으켜 세우기에 역부족임을 알고 자결하기로 결심하였다.

마지막 가는 길에도 선생의 심정은 착잡했다. 나라의 앞날이 걱정되었기 때문이다. 선생은 괴로운 심정으로, 이천 만 동포와 해외 공관장, 그리고 고종 황제께 드리는 유서를 써 놓았다. 그리고는 평소 간직하고 있던 단도를 꺼내어 할복(割腹)한 후, 목숨이 끊어지지 않자 다시 목을 찔러 순절하였던 것이다. 이때가 1905년 11월 30일 오전 6시. 선생의 나이 45세였다.

민영환 선생의 묘소

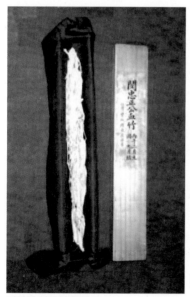

민영환 선생의 혈죽

민영환 선생의 유품

선생의 순국 소식이 세상에 알려지자, 삽시간에 많은 사람이 선생의 집에 몰려와 '나라의 기둥이 쓰러지고, 큰 별이 떨어졌다'며 통곡하였다. 그 후 선생의 뒤를 따라 뜻있는 많은 사람이 목숨을 끊기도 하였다.

이렇게 어수선한 시국으로 1년이 지났다.

선생의 부인도 선생을 잃은 슬픔에 잠겨 무료한 세월만 보내고 있었다. 그러던 7월 어느 날, 선생의 유품을 보관해 두었던 방에 환기라도 시킬까 하고 문을 열었을 때, 깜짝 놀랄 사건이 벌어진 것이다. 난데없이 방 한가운데에 대나무가 자라고 있는 게 아닌가. 선생이 살아 계실 때까지만 해도 아무렇지 않던 방에 대나무가 자라다니. 무슨 까닭일까? 선생이 유서에 남긴 유언처럼, '영환은 죽어도 혼(魂)은 죽지 않는다고 하신 말씀이 결코 헛되지 않았단 말인가.

이상한 일이었다. 우리의 민속 신앙에도 대나무는 신간(神竿)이라 하여 신이 여기에 강림한다고 믿었으며, 사철 푸르고 곧게 자란다 하여 대쪽 같은 절개를 소중히 여기는 경향이 있었다. 어쩌면 '선생의 유품을 보관했던 방에서 자란 대나무에, 선생의 영혼이 깃들어 있는지도 모를 일이었다.'

하지만 대나무는 오래 가지 못했다. 선생의 방에서 대나무가 자라났다는 소문을 듣고, 그걸 보기 위해 전국 각지에서 사람들이 몰려들었다. 나라의 주권을 빼앗겨 슬픔에 젖어 있던 사람들은, "대나무가 선생이 순절할 때 흘린 피의 대가로 얻어진 것이라" 하여, '혈죽(血竹)'이라 부르며 용기를 갖기 시작하였다.

많은 사람이 혈죽에 어떤 믿음을 갖고 합심 단결하여 독립하려는 의지를 보이자, 당황한 일본군은 혈죽을 구심점으로 우리 민족이 단결할 것을 우려한 나머지 혈죽을 뽑아 버렸다. 하지만, 선생의 순국은 사람들에게 나라의 소중함을 일깨워 주었고, 혈죽 또한 흩어진 민심을 하나로 모아 주는 원동력이 되어, 후 일에 있을 독립운동의 초석이 되기도 하였다.

선생의 영혼이 피워 낸 혈죽을 보고 싶었다. 하지만 90여 년 전에 뽑힌 혈죽을 어떻게 찾을 수 있단 말인가?

선생의 묘소에 가면 혈죽이 있을까 하여 경기도 용인*으로 갔다. 선생의 묘소에 참배한 후 주변을 둘러 봤지만 혈죽은 보이지 않았다. 상석 위에 켜 놓은 촛불만이 애통함을 참지 못해 촉루가 흘러 대나무 잎과 같은 무늬를 만들고 있었을 뿐이었다.

그 후에도 계속 관심을 갖고 선생에 관련된 서적을 읽으면서 수소문한 결과 혈죽의 소재를 알게 되었다.

다행이었다. 일본군에 의해 강제로 뽑힌 혈죽은 선생의 부인이 몰래 보관해 오다가, 선생의 손자에 의해 고려대학교 박물관에 기증하게 되었다.

혈죽은 어떻게 생겼을까? 궁금한 마음을 안고 서울로 갔다.

미리 전화해 놓은 까닭에 박물관이 쉬는 날인데도, 김 연구사를 비롯한 여러 직원이 친절하게 안내를 해주었다. 그곳에 진열된 많은 선생의 유품 중 제일 먼저 눈에 띈 것은 진열장 안에 걸려 있는 화려한 선생의 관복이었다. 개화기 신식 군대의 시종무관장(侍從武官長)*을 지냈던 선생의 관복은, 영국 왕실의 근위병 복장과 비슷한 것이었다.

관복 옆에 있는 선생의 사진을 보았다. 가슴에 훈장을 달고 있는 선생은 늠름한 장군이었다. 예리한 눈으론 일본군의 흉계를 꿰뚫어 보고 있었지만, 표정 한구석엔 무언지 모를 우수가 짙게 깔린 듯 보였다. 선생은 방에서 솟아 나온 혈죽 사진과 함께 있었다. 일본인 기쿠다(菊田)가 찍었다는 혈죽 사진에다, 선생의 모습을 함께 합성해 걸어 놓은 것이었다.

선생은 영광스러운 명예를 갖고 높은 관직에 머물면서 남 부러울 것 없이 생활했을 텐데, 왜 자결을 했을까? 개인의 부귀영화보다 나라를 먼저 생각했기 때문이다. 선생은, '높은 관직에 있으면서 나라를 지키지 못한 책임을 만백성 앞에 사죄하고 나라로부터 입은 은혜에 보답하고자' 자결하였던 것이다.

사진 밑으로 선생의 명함이 보인다. 선생은 순국하기 전, 이 명함에 "이천만 동포에게 고함"이란 유서를 써 놓았던 것이었다.

그러면 혈죽은 어디에 있는 걸까? 명함 앞에 '閔忠正公血竹(민충정공혈죽)'이라고 쓴 표지와 함께 있었다. 이것이 바로 내가 찾던 그 혈죽이 아니던가. 혈죽을 보는 순간 가슴이 울렁거리며 얼굴이 상기되어 옴을 느꼈다. 풍전등화와 같은 참담한 나라의 운명을 울분으로 삭여야 했던, 선생의 자결 순간이 내게로 전이되어 오는 것일까. 어쨌든 이상한 느낌이 들었다. 혈죽은 표지 옆에 길게 네모진 상자 안에 남보라색 융단을 깔고 누워 있었다.

90여 년을 말없이 지내 온 혈죽은, 갈색으로 변해 버린 대나무 가지와 마른 잎들이었다. 이 혈죽이 그토록 많은 사람의 심금을 울렸고, 그들의 가슴에 독립 의지를 심어 주었던 것이 아니던가.

다시 선생의 방에서 피어난 사진 속의 혈죽을 자세히 들여다보았다. 4
줄기 9가지에서 피어난 45장의 잎은 무엇을 상징하는 것일까? 선생의 나
라 사랑하는 마음 진정 깊었을 텐데, 선생은 분명 혈죽으로 무엇인가를
나타내고자 하였을 것이다. 혈죽이 의미하는 것은 과연 무엇일까?

옛 어른들은 미래를 암시할 때 쉬운 글자보다는 사람들이 쉽게 알아볼
수 없는 파자(破字) 등을 이용해, 그 의미나 뜻을 후세 사람들에게 전하기
도 하였다. 그렇다면 선생도 그렇게 하셨단 말인가. 둔한 머리로는 혈죽
이 의미하는 뜻을 이해할 수가 없었다. 하지만, "궁하면 통한다"는 말도
있지 않던가.

'4에다 9를 곱하면 36이 된다. 그렇다면 36이란 숫자는 우리 민족이 36
년간 일본의 식민지 통치를 받을 것이고, 혈죽 가지마다 웃는 듯 활짝 피
어난 45장의 잎은, 45년이 되는 해에 해방된다는 뜻을 암시한 것 같다'는
생각이 들었다.

선생이 고귀한 피를 흘리며 순절하신 지 90여 년, 선생의 충정(忠貞)으
로 피워 낸 혈죽의 가치를 아는 사람은 과연 얼마나 될까.

---

* **전동** : 민영환 선생의 집이 있던 곳으로, 오늘의 종로구 견지동의 옛 이름이다.
* **경기도 용인** : 민영환 선생의 묘소가 있는 곳으로, 선생의 묘소는 경기도 용인시 구성면 마북
   리에 있다.
* **시종무관장**(侍從武官長) : 1904년에 설치한 조선 시대의 관직으로 임금의 좌우(左右)에서
   시종하는 일을 맡은 우두머리로 대장(大將) 또는 부장(副長)으로 임명하였다.

(1998. 육군. 5 · 6월호)

충정공 민영환 선생의 꿈

-민영환 선생 동상과 자결터

사람은 누구나 꿈을 꾸며 산다. 꿈에는 여러 가지 종류의 꿈이 있겠지만, 미래에 일어날 일들을 상징적으로 예시해 주는 예지몽(豫知夢)이란 꿈도 있다.

어느 날 한 독자로부터 전화가 왔다. 전에 쓴 나의 졸작 '충정으로 피워낸 혈죽'이란 글을 읽고 감명을 받았다며, 민영환 선생이 자신의 선조에게 보낸 편지가 있다는 것이었다. '무슨 내용일까?' 궁금한 마음이 들어 그 편지를 복사해 달라고 했다. 편지를 읽어 본 후 선생에 관한 글을 다시 한 편 써 보고 싶었기 때문이다.

선생의 편지는 한문의 초서로 되어 있어 쉽게 읽을 수가 없었다.

마침 대전에서 진품명품의 출장 감정이 있어 편지 해독(解讀)을 의뢰하려고 나갔으나 담당 위원이 출석하지 않아 허사였다. 하는 수 없이 한학을 공부하는 선배의 도움을 받아 편지를 해독할 수 있었다.

편지의 내용은, 선생은 자결하기 3일 전 이상한 꿈을 꾸셨다. 그 꿈이

민영환 선생의 동상 앞에서 저자

마음에 걸려 친구인 정운호에게 편지를 보내 그의 아버지(정술교)*께 해몽을 해 달라는 부탁을 하였다. 선생이 꾼 꿈은 '은대(銀帶)*를 한 두 명의 군인이 선생이 하고 있던 금대(金帶)*를 빼앗으려 하자 몸싸움을 하면서 끝까지 빼앗기지 않았다'는 내용이었다.

그즈음 선생은 고종 황제께 이완용 등 을사오적을 처형하고 을사늑약을 파기해 달라는 상소를 올렸다. 하지만 일제의 감시와 위협을 받고 있던 고종 황제는 선생의 상소를 받아들이지 못했다. 뜻을 이루지 못하자 선생은 이미 나라의 운명이 기울어졌다는 것을 알게 되었다. 그리하여 그동안 황실로부터 입은 은혜에 보답하고, 현실을 모르는 백성들을 깨우쳐 나라가 자주독립을 하는데 조금이나마 도움을 주고 싶었다.

그래 1905년 11월 30일 오전 6시경, 45세의 나이로 자결하신 것이다. 선생은 나라를 걱정하는 내용의 유서를 고종 황제와 이천만 동포, 그리고 각국 공사들에게 남기셨다.

선생의 편지를 읽고 과거로의 여행을 위해 타임머신을 타고 100여 년 전으로 돌아가 보기로 하였다.

먼저 서울로 가서 선생의 동상이 있는 조계사 옆 우정총국으로 갔다. 1957년 선생의 동상은 본래 안국동 로터리에 세워졌으나 도로 확장공사로 창덕궁 돈화문 왼쪽으로 옮겨졌다가, 2003년 조계사 옆에 있는 우정총국 뒤편으로 옮겼다.

선생의 동상은 충절을 상징하듯 푸른 대나무 빛깔을 띠고 있었다. 동상에는 '桂庭閔忠正公泳煥之像(계정 민충정공 영환 지상)'이라 새겨져 있다. 선생은 화려한 관직에도 불구하고 나라의 안위를 걱정하다가 최후의 수단으로 자결을 선택하신 것이다. 하지만, 우리 후손들은 선생의 동상이 있어야 할 자리마저 제대로 정하지 못하고 두 차례나 옮겨 다니게 하였다. 후세를 살아가는 한 사람으로서 부끄러운 일이라 생각하였다. 동상의 좌대 아래쪽에는 선생이 나라의 안위를 걱정하며 이천만 동포에게 남긴 유서가 새겨져 있었다.

그토록 나라의 장래를 걱정했음인지 선생은 근심 어린 표정으로 먼 곳을 바라보고 계셨다. 그런 선생의 표정이 내 마음마저 우울하게 하였다.

그곳에서 나와 길가에 있는 선생의 생가 터임을 표시하는 표지석을 본 후, 인사동 공평 빌딩 부근에 있는 ㅎ 여행사 쪽으로 갔다. ㅎ 여행사 건물 앞 길가에 선생의 자결 터임을 상징하는 조형물이 세워져 있다. 많은 사람이 오가는 길옆이었다.

이곳은 본래 홰나무골 이언식 씨의 사랑방 자리였다. 1905년 선생은 을사늑약의 무효와 을사오적의 처단을 요구하는 상소를 올린 후, 그 뜻을 이루지 못하자 11월 30일 이곳에서 자결을 하셨다. 선생의 집에는 어머니가 계셨기 때문에 집에서 불효를 저지를 수가 없어, 이곳에 와 자결을 하신 것이다.

자결한 옛터에 세워진 조형물은 옛날 방문(房門) 모형에 '충정공 민영환 어르신께서 자살하신 옛터'라고 표기되어있다. 방문 밑 좌대엔 혈죽을 상징하는 대나무와 선생께서 남기신 유품인 장검과 제복, 그리고 친필 유서를 썼던 명함 등을 모형으로 만들어 놓았다. 이곳을 오가는 사람들은 많았지만 암울했던 그 날의 역사 현장을 의식하지 못하고 있다.

선생의 동상에서 보았던 근심 어린 표정이 아직도 내 가슴에 남아 있다. 선생은 왜 그런 표정을 지으신 것일까?

선생은 일찍 미국을 비롯한 영국, 프랑스 등 구미 선진국을 탐방한 적이 있어 국제정세에도 밝았다. 그래 일본이 무력을 사용해 우리의 주권을 빼앗은 후, 그들의 속국으로 만들려는 계책도 미리 알았다. 선생의 나라 사랑하는 마음이 얼마나 가슴에 사무쳤기에 나라의 운명을 꿈속에서 미리 보셨고, 그 꿈으로 인해 근심이 시작되었던 것일까.

선생은 꿈속에서 두 군인에게 금대를 빼앗기지 않으려고 그들과 몸싸움까지 하면서 끝까지 금대를 지키셨다. 우리 민족도 36년 동안 일본에게 나라를 빼앗기지 않으려고 많은 독립투사들이 목숨을 바쳐 나라를 지켰다. 선생은 그런 시련이 우리 민족에게 닥쳐올 것을 미리 아시고 근심을 하셨던 것 같다.

'선생은 언제까지 근심 어린 표정을 하고 계실까?'

선생이 생전에 소망하셨던 꿈처럼 우리 민족이 서로 단결해 부강한 나라가 되고, 외세의 침략을 받지 않는다면 선생의 표정도 점점 밝아지실 것 같다.

* 금대(金帶) : 정이품, 종이품 이상의 관리가 허리에 띠던 금으로 장식된 띠.
* 은대(銀帶) : 정삼품에서 종육품까지의 관리가 허리에 띠던 은으로 장식된 띠.
* 정술교(鄭述敎) : 구한말 전행의금부도사로 민영환 선생의 정신적 스승이다.

(2015. 에세이문학. 여름호)

3

북방한계선(NLL)을 사수하라

국방 장관과 두 용사

– 국립대전현충원(1)

죽어서까지 서울을 지키다가 45년 만에 대전으로 내려온 용사들이 있다. 그 용사들의 유해가 지난 6월 대전현충원으로 이장된다고 했다. 벌써 두 달이 지났으니 지금쯤 두 용사는 대전현충원에서 편안히 잠들어 계실 것이다.

대전현충원으로 갔다. 대전에 살면서도 대전현충원을 한 번도 가 본 적이 없다. 가보고 싶었지만, 선뜻 마음이 내키지 않아 가지 못한 것이다.

용사들이 안장(安葬)되어 있는 곳을 찾기 위해 관리소에 들렀다. 그러나 아직 안장 절차를 마치지 않아 봉안실에 계시다고 했다. 봉안실은 병원의 영안실과 같은 곳으로 죽은 사람의 시신이나 유해를 안장하기 전까지 모시는 곳이다.

두 병사가 문을 지키고 있는 봉안실. 그곳은 짙은 향 내음만 밖으로 흩날릴 뿐 사람들의 출입이 거의 없는 한적한 곳이었다. 오게 된 동기를 말하니, 문을 지키고 있던 한 병사가 안으로 들어간다. 잠시 후 책임자인 듯한 사람이 나와 아무나 들어갈 수 없는 곳이라 한다. 나는 "두 용사의 충정(忠貞)에 마음이 끌려 술을 한잔 올리고자 왔다"고 했다. 밖에서 기다리라 한다. 안으로 들어간 책임자는 어디선가 두 구(具)의 유해를 모셔다가, 차례로 단 위에 올려놓고는 들어오라 했다.

봉안실 정면에는 병풍이 드리워져 있고, 그 앞쪽으로 유해를 모시는 단(壇)과 제물을 올려놓는 제상(祭床)이 하나 있다. 두 용사의 유해는 '故 무명용사'란 이름으로 태극기에 싸여 있었다. 대전현충원에 올 때만 해도 나는 그분들의 유해를 볼 수 있으리란 생각은 하지 못했다. 다만 그분들이 안장된 묘역에 가서 술이라도 한 잔 올리고자 마음먹었다. 하나 이곳에 와서 뜻밖에도 그분들의 유해를 보니 마음이 더 착잡해졌다.

두 달 전, 어느 신문에서 '백운 산장의 두 국군'이란 기사를 읽은 적이 있다.

한국전쟁이 나자 정부는 3일 만에 서울을 포기하고 수도를 대전으로 옮겼다. 따라서 27일엔 대통령 이하 모든 정부의 고위 관료들도 대전으로 후퇴하게 되었다. 그날 밤 미아리에선 인민군에게 패배한 국군 이 백여 명이 북한산 백운 산장으로 후퇴하고 있었다. 후퇴한 국군이 주먹밥과 간장으로 허기를 면하고 있을 때, 인민군 탱크와 기관포는 밤새 북한산을 향해 포격을 가하며 점점 앞으로 다가왔다. 모든 연락과 보급로가 끊긴 국군은 인민군의 막강한 화력 앞에 제대로 대항도 못 하고 뿔뿔이 흩어져 북한산을 떠나야만 했다.

이때 한 장교와 연락병만이 북한산을 떠나지 않았다고 한다. 서울을 지

국립대전현충원 입구

국립대전현충원 현충탑

키지 못했다는 자책감에서였다. 더 나은 작전을 위해선 후퇴도 할 수 있지만, 그들은 서울 시민을 남겨 두고 후퇴할 수 없다는 투철한 군인 정신을 갖고 있었다.

하지만 그들의 힘으로 서울을 지킨다는 것은 무리였다. 그렇다고 목숨을 보전하기 위하여 후퇴할 수도 없었다. 그들은 인민군이 눈앞에 보일 때까지 최선을 다해 용감하게 대항했지만 역부족이었다. 그래도 서울은 지켜야 했다.

선열(先烈)들이 나라에 어려움이 있을 때 목숨을 바쳐 나라를 구하려 했듯이, 그들도 그러했다. 그들이 서울을 지키기 위해 취할 수 있는 최후의 수단은 자결뿐이었다. 자결하여 그 영혼이라도 서울을 지키겠다는 굳은 의지였다.

장교는 자결하기 전 백운 산장에 있던 한 청년에게 자신의 유품을 맡기며 가족에게 전해 달라고 하였다. 하지만 청년도 상황이 급했던지라 피난을 떠나야 했다. 따라서 그들의 시신도 돌보지 못한 채, 유품만 기와지붕 속에 숨기고 백운 산장을 떠났다.

거두어 줄 사람 없는 장교와 연락병의 시신은 그렇게 백운 산장 앞에서 한 줌의 흙으로 돌아갔다.

휴전 후, 청년은 장교의 유품을 전해 주기 위해 주소가 적혀 있는 서울 삼선교 부근으로 갔으나, 유족을 찾을 수가 없었다. 전쟁 직후 혼란한 사회에서 사람을 찾기도 어려웠지만, 그보다 더 큰 문제는 장교의 이름을 잊어버렸기 때문이었다. 그런 까닭으로 장교와 연락병은 이름 없는 무명

용사가 되어 버린 것이다.

그해 가을, 장렬하게 산화한 두 용사의 소식을 전해들은 한 장교가 마을 주민과 더불어 그들의 유해를 산장 부근에 묻어 주고 영혼을 위로해 주었다. 그 후, 1959년 6월에는 그 장교가, 그들이 산화한 백운 산장 마당에 '백운의 혼'이란 추모비를 세워줬다고 한다.

이러한 사실을 알게 된 국방부가 마침 한국전쟁 45주년을 맞아 두 용사의 유해를 대전현충원으로 이장하기로 했던 것이다.

태극기에 싸여 있는 두 용사의 유해를 다시 본다. 이름도 영정도 하나 없이 '故 무명용사'라 쓰인 글씨가 더욱 애처롭게 보인다.

"용사들이시여, 그 날의 굳센 용기와 의지는 다 어디에 두고, 빛나는 훈장 대신 무명용사란 이름으로 돌아오셨단 말입니까."

향을 태운 연기가 두 용사의 유해를 맴돌고 있다. 이윽고 그 연기는 유해를 감싸 안고는 흩어질 줄 모른다. 유족이나 연고자가 찾아올 때까지 흩어지지 않을 모양이다. 곁에서 영혼을 밝혀 주던 황 촛불도 그 광경이 서러운 듯 참았던 눈물을 흘리고 있다.

준비해 간 제물을 상 위에 차려 놓고 술잔을 올렸다.

"영령이시여, 이제 그만 슬픔을 거두시고 아늑한 계룡산 자락에 안겨 고이 잠드소서. 그리고 틈이 나거든 그리워하던 전장(戰場)의 전우들도 만나 보소서."

산 자와 죽은 자의 만남도 인연이라면 인연일까. 더 늦게 대전현충원을 찾았더라면 두 용사의 유해를 볼 수 없었을 것이다. 이미 안장 절차를 마친 두 용사의 유해는 현충탑 아래에 있는 봉안당에 모셔졌을 것이고, 그곳은 통제구역이라 내가 들어갈 수가 없는 곳이기 때문이다.

봉안실을 나와 애국지사들이 잠들고 있는 묘역으로 갔다. 묘비를 둘러봐도 처음 보는 이름들뿐이다. 혹시 아는 이름이라도 있을까 싶어 위쪽으로 올라가는데, 낯익은 이름이 하나 있다. '애국지사 ○○○의 묘'라 새겨진 비문이 발걸음을 멈추게 한다. 여기 계신 ○○○이란 분은 한국전쟁 당시 국방 장관으로 계셨던 분이 아니던가. 그렇게 되면 국방 장관과 두 용사가 대전현충원에서 만나게 되는 것은 아닐까.

국방 장관께도 술을 한 잔 올렸다. 그리고 국방 장관 앞에 부동자세로 서서 신고하는 두 용사를 그려보았다.

"신고합니다. 장교 ○○○외 사병 일 명은 45년간 서울을 사수하다 이제서야 대전으로 후퇴하게 되었습니다. 이에 신고합니다."

두 용사는 나라를 위해 귀한 목숨을 바친 후, 북한산 찬바람 속에서 45년간 서울을 지켜 왔다. 미처 시민들이 피난을 떠나지 못했던 수도 서울만을 지키려 했던 용사들이다.

국방 장관은 두 용사를 보고 무슨 생각을 하고 계실까?

불가피한 사정으로 3일 만에 서울에서 후퇴한 국방 장관과 45년 만에 후퇴한 두 용사가 대전현충원에 와서 만나게 되었다. 참으로 묘한 인연이다.

(1995. 수필문학. 11월호)

북방한계선(NLL)을 사수하라

– 용산 전쟁기념관의 참수리 357호정

용산에 있는 전쟁기념관의 실외 전시관에는 육·해·공군의 많은 군 장비들이 전시되어 있다. 통행로 좌·우에 있는 군 관련 장비들을 보며 걷다 보면 우측에 '참수리 357호정 안보전시관'이 있다. 본래 참수리 357호정은 평택에 있는 2함대 안보 공원에 전시되어있다. 하지만 이곳은 제2연평해전의 참상과 용사들의 전투 의지를 실감나게 보여주기 위해 참수리 357호정과 똑같은 고속정을 제작하여 전시해 놓은 곳이다.

고속정 옆면에는 많은 포탄 자국으로 얼룩이 져 있다. 해전 당시 북한 경비정의 공격으로 뚫린 포탄 자국을 붉은색으로 표시해 놓아 그 흔적을 쉽게 볼 수 있었다. 관람객으로 만원인 고속정으로 올라갔다. 그곳에는 제2연평해전에서 싸우다 전사한 여섯 명의 용사가 전사했던 위치를 각각 표시해 놓았다.

고속정의 제일 높은 곳에 있는 지휘 통제시설인 함교(Bridge)로 갔다. 이곳은 고속정의 정장인 고 윤영하 소령이 작전을 지휘했던 곳이다.

온 나라가 월드컵 열기로 들떠 있던 2002년 6월 29일 오전 9시 54분. 북한 경비정이 연평도 서쪽 해상에서 우리의 북방한계선(NLL)을 침범해 왔다. 이에 우리의 참수리 357호, 358호 고속정이 출동하여 경고 방송을 하며 접근했다. 그래도 북한 경비정은 남하를 계속하였다. 10시 25분. 가까운 거리에서 북한 경비정이 더는 남쪽으로 내려오지 못하도록 밀어내기 작전을 시도하던 참수리 357호정을 향해, 북한 경비정이 85mm 포를 비롯한 모든 포를 동원하여 공격해 왔다. 이에 적의 선제공격에 속수무책이었던 당시의 교전 규칙에 따라 작전을 지휘하던 고 윤영하 소령이 북한 경비정이 발사한 85mm 포탄을 맞고 전사하였다. 전사한 윤 정장을 대신해 부정장이었던 이희완 중위는 다리를 절단해야 할 중상을 입고도 교전이 끝날 때까지 부하들을 독려하며 지휘하였다. 참으로 눈물겹도록 안타까운 상황이었다.

함교에서 나와 다섯 용사가 목숨을 바쳐 싸웠던 장소를 하나씩 찾아보기로 하였다.

함교 아래에 있는 조타실로 들어갔다. 이곳은 함정의 키를 조종하는 곳으로 고 한상국 중사는 가슴에 관통상을 입고도 배의 방향을 조종하는 조타키를 마지막까지 놓지 않고 잡은 채로 전사했던 곳이다. 조타실에서 나와 함교 뒤쪽에 함포가 있는 곳으로 갔다. 이곳에서 고 황도현 중사는 머리에 직격탄을 맞고 숨을 거둔 후에도 끝까지 함포의 방아쇠를 놓지 않았다 한다. 참으로 용감했던 용사들이다.

상갑판에서 내려와 하갑판의 20mm 포가 있는 곳으로 갔다. 그곳의 포

참수리-357호정의 총탄 자국

국립대전현충원의 제2연평해전 6용사 묘역

실(砲室)은 적의 포탄 공격으로 구멍이 여러 군데 뚫려 있었다.

고 조천형 중사는 이곳 포실 안에서 여러 발의 포탄을 맞고 불길에 휩싸여 숨을 거두는 순간까지도 함포의 방아쇠를 당기며, 태어난 지 백일 된 딸의 이름을 부르며 산화했다.

용사들이 전사했던 자리를 돌아보며 가슴이 아파 걸음을 멈추고 우두커니 서서 한동안 허공을 바라보았다. 그렇게라도 착잡한 마음을 달래고 나서야 무거운 발걸음을 옮길 수 있었다. 갑판으로 갔다. 고 서후원 중사는 몸을 숨기기조차 어려운 갑판 위에서 적을 향해 대응 사격을 하다가 산화하였다.

이러한 아비규환 속에서도 다친 전우들을 구하기 위해 동분서주했던 의무병 고 박동혁 병장은, 고 서후원 중사의 옆에서 적의 포탄을 맞고 중상을 입었다. 그는 국군수도병원에서 84일간을 사투하다가 끝내 숨을 거두고 말았다. 그는 병원에서 100여 개의 파편을 제거했고 사망한 후에도 화장한 유골에서 3kg나 되는 파편이 나왔다고 한다.

이곳 갑판 위에서 문득 "너는 반드시 살려내겠다"고 했던, 고 박동혁 병장의 치료를 맡았던 군의관의 말이 뇌리에서 쉽게 떠나질 않았다.

고속정에서 여섯 용사가 전사했던 자리를 돌아본 후, 국립대전현충원에서 여섯 용사의 묘비를 찾았던 기억이 떠올랐다.

고 윤영하 소령은 장교 제2 묘역 211 묘판에 계셨고, 고 조천형 중사, 고 황도현 중사, 고 서후원 중사는 사병 제2 묘역 128 묘판에 나란히 잠들어 계셨다. 세 분 용사들은 돌아가신 후에도 묘비가 나란히 있어 서로 깊은 전우애를 나누고 있는 것 같았다. 또한, 같은 묘판이었지만 세 분의 묘비에서 좀 떨어진 곳에 고 한상국 중사의 묘비가 있었다. 고 한상국 중사는 시신이 늦게 인양되어 세 분 용사들과 같이 있지 못하고 좀 떨어진 곳에 계셨다. 그리고 고 박동혁 병장은 묘판이 다른 129 묘판에 잠들어 계셨다. 그는 제2연평해전에서 중상을 입고 84일간 국군수도병원에서 사투하다 사망했기 때문에 다른 묘판에 계신 것이었다.

그들은 왜 젊은 나이에 이곳에 잠들어 계셔야 하는가? 그들은 나라의 부름을 받고 조국의 바다를 지키다가 하나뿐인 고귀한 목숨을 나라에 바쳤다.

하지만 그 당시 국가의 최고 통수권자는 여섯 용사의 영결식에도 참석하지 않고, 일본의 요코하마에서 열린 브라질과 독일의 월드컵 경기를 관람하고 있었다. 또한, 위정자들은 북한을 자극해선 안 된다는 정치적 논리를 앞세워 그들의 죽음을 홀대하였다. 그러한 이유로 고 한상국 중사의 부인은 조국을 등졌고, 다른 유가족들은 서러워 눈물을 흘렸으며, 많은 국민은 가슴으로 함께 울어야 했다.

세월이 흘러 그들의 값진 희생에 대한 인식도 바뀌면서 따뜻한 마음의 손길도 이어지기 시작했다. 그들의 묘비 앞엔 사진과 함께 기념패가 만들어졌고 그 옆엔 묘비를 표시하는 작은 깃발도 세워졌다. 그리고 그들이 잠들어 있는 언덕을 고속정의 이름을 따 '357 언덕'이라 부르고, 여섯 용사의 이름을 붙인 나라꽃 무궁화도 여섯 그루 심어놓았다. 그렇게나마 유가족들이 흘렸던 눈물을 닦아주기 시작하였다. 또한, 처절하게 가슴 아팠던 그 날의 이름도 '서해교전'에서 '제2연평해전'으로 바뀌었고, 추모행사도 해군 2함대 사령부에서 정부주관행사로 승격되었다.

그들의 숭고한 희생은 결코 헛되지 않아 많은 국민이 그들의 이름을 기억하게 되었다. 여섯 용사의 이름으로 건조된 최신형 고속함인 윤영하함, 한상국함, 조천형함, 황도현함, 서후원함, 박동혁함이 다시 태어난 것이다. 이제 제2연평해전에서 여섯 용사가 목숨을 바쳐 사수했던 북방한계선(NLL)을, 선·후배 장병들이 다시 태어난 고속함을 타고 그들의 이름으로 지키고 있다.

참수리 357호정을 돌아보면서 나라를 위해 목숨을 바친 여섯 용사의 영혼도, 이젠 국립대전현충원에서 편히 잠들어 계실 것이란 생각이 들었다.

---

* 제2연평해전 전사자 묘역이 서로 떨어져 있었던 것을 유가족과 참배객의 편의를 위하여, 2015년 9월 21일 국가보훈처에서 제2연평해전 6용사와 연평도 포격전 전사자를 장·사병 제4 묘역 413 묘판에 합동묘역을 조성하여 새로 모셨다.

(2015. 수필문학. 4월호)

지척에서도 만나지 못했던 작은 외숙

– 대전현충원의 육군 소령 신동규

대전현충원으로 가 제2연평해전에서 전사한 용사들의 묘비를 찾았다. 먼저 장교 제2 묘역의 211 묘판에 계시는 고 윤영하 소령의 묘를 찾아 참배한 후, 사병 제2 묘역으로 가 다섯 용사의 묘도 참배했다. 그 후 천안함 46용사의 묘역도 참배한 후 집으로 돌아왔다.

잠자리에 들면서 생각해 보니 작은 외숙도 대전현충원에 모셔져 있다는 것이 생각났다. 참으로 부끄러웠다.

그래 작은 외숙의 하나밖에 없는 혈육인 외사촌 누나에게 전화를 해 묘역을 물어보았다. 외사촌 누나는 장교 제2 묘역만 알뿐 묘판과 묘비의 번호는 모르고 있었다. 가끔 찾아가는 곳이지만 묘비가 있는 위치만 알고 있다 하였다. 참으로 난감했다. 대전현충원에 가 묘판과 묘비의 번호를 모르고 묘비를 찾는 것은, 큰 아파트 단지에서 동·호수를 모르고 집을 찾는 것과 같다.

한동안 고민하다 대전현충원의 홈페이지에 들어가 보았다. 마침 그곳에는 안장된 분의 이름만 입력하면 묘역과 묘판 그리고 묘비의 번호까지 안내해주는 프로그램이 있었다. 그곳에서 작은 외숙의 묘비를 찾을 수 있었다.

'육군 소령 신동규' 장교 제2 묘역의 211 묘판에 묘비 번호는 4555호였다. 아니 어떻게 된 일일까? 211 묘판이라면 내가 오늘 찾아갔던 고 윤영하 소령의 묘비가 있던 곳이 아닌가? 고 윤영하 소령의 묘비 번호가 4376호이니까 바로 그 옆에 작은 외숙의 묘비가 있었는데 찾아뵙지 못하고 돌아온 것이다. 참으로 송구스러웠다.

그날 밤, 내일 작은 외숙의 묘를 참배한다는 생각에 왠지 마음이 설레 밤잠을 설쳤다.

이튿날 새벽 까치 우는 소리에 일찍 잠에서 깼다. 묘소에 가져갈 간단한 제수를 준비해 집을 나섰다. 그리고 대전현충원 근처에서 반쯤 핀 장미 한 다발을 샀다. 젊은 나이에 세상을 떠났기 때문에 덜 피운 인생의 꽃을 활짝 피우시라는 생각에서 그리하였다.

대전현충원의 장교 제2 묘역으로 갔다. 그곳에서 묘비를 찾으려는데 소나무 숲에서 까마귀가 울었다. 참으로 묘한 일이다. 집에선 반가운 손을 맞으러 간다 해서 까치가 울었는데, 이곳에선 까마귀가 울다니…. 까마귀는 저승을 오가는 사자(使者)라고 한다. 작은 외숙께 내가 왔다는 것을 알려주려는 것일까?

나는 작은 외숙을 한 번도 본 적이 없다. 내가 태어나기도 전에 돌아가셨기 때문이다. 하지만 작은 외숙의 묘비를 보는 순간 하염없이 눈물이 흐른다.

장교 제2 묘역 211묘판

국립대전현충원에 있는 작은 외숙 묘비 전면

작은 외숙 묘비 후면

어머니는 항상 작은 외숙을 그리워하며, 살아생전에 작은 외숙의 이야기를 자주 하셨다. "내 동생이 살아있다면 지금쯤 높은 자리 하나는 하고도 남았을 것"이라며 늘 작은 외숙의 전사를 아쉬워하셨다. 그런 어머니의 생각이 내게로 전이된 것일까? 마치 어머니가 그리워하던 작은 외숙을 만난 것처럼 반가워서 흘리는 눈물인 것 같다.

작은 외숙의 묘비를 보았다. 앞면에는 '육군 소령 신동규의 묘'라 새겨져 있고 뒷면엔 4555란 묘비 번호와 함께, '1951년 1월 1일 파주에서 전사'라고 새겨져 있다.

대전현충원의 기록에 의하면 작은 외숙은 '육군 제1사단에서 복무했으며, 낙동강 방어 작전 임무를 수행하였고, 1950년 10월 평양탈환전투에 참전하였으나, 1951년 1월 1일 중공군의 신정 공세로 작전 임무를 훌륭히 수행하고 경기도 파주지구 전투에서 전사하였다고 되어 있다. 이러한 전공으로 인해 전사하기 전에 금성을지무공훈장을 받았고, 대전현충원에서는 2013년 1월의 인물로 선정하기도 하였다.

작은 외숙의 묘는 본래 야트막한 외갓집 뒷산에 모셔져 있었다. 후손으로는 딸이 하나 있는데 큰 외숙의 둘째 아들을 양자로 들여 작은 외숙의 제사를 모셔 왔다. 하지만 작은 외숙의 딸인 외사촌 누나는 그것이 좀 어색했던지 자신이 아버지 제사를 모시겠다고 했다. 출가외인이라지만 작은 외숙에겐 하나밖에 없는 혈육이었다.

하지만 내 생각엔 외사촌 누나가 살아있을 때는 작은 외숙의 제사를 잘 모실 수 있지만, 사후에는 자식들이 외조부의 제사를 잘 모실지 걱정이 되었다. 그래 작은 외숙을 대전현충원으로 모시게 된다면 자손들이 자주 찾지 못하더라도 국가에서 관리를 해주기 때문에 좋을 것 같았다.

외사촌 누나에게 전화를 해 "작은 외숙을 대전현충원으로 모시는 것이 어떻겠냐?"고 물어보았다. 그때 외사촌 누나의 반응은 시큰둥했다. 그런 일이 있은 지 몇 년 후, 작은 외숙을 대전현충원으로 모셨다는 이야기를 들었다.

작은 외숙의 묘비를 어루만지며 어머니가 살아계실 때 하셨던 이야기가 생각났다. 작은 외숙은 육군사관학교를 졸업한 후 육군 소위로 임관되어 지금의 전진 부대에서 복무를 하셨다. 그 후 6·25 한국전쟁이 발발했고, 국군이 후퇴할 때 작은 외숙의 고향에선 좌익세력이 득세하였다. 그때 외갓집에도 시련이 닥쳐왔다. 그들은 작은 외숙이 국군 장교라는 이유로 큰 외숙을 데려가 처형하였다. 큰 외숙의 사망 소식을 작은 외숙노 들었다. 그래 국군이 북진할 때 큰 외숙의 장례를 치르기 위해 작은 외숙이 잠시 고향으로 돌아오셨다. 어머니의 말씀에 의하면 "전시라서 그랬던지 작은 외숙은 허리에 권총을 차고 말을 타고 고향으로 왔다."고 하셨다. 큰 외숙의 억울한 죽음에 작은 외숙은 화가 머리끝까지 치밀었으나, 그 화를 이기지 못해 허공을 향해 권총을 세 발 쏜 후 분한 마음을 가슴에 새기며, 그 길로 다시 북진을 하셨다고 한다. 그것이 어머니께서 보신 작은 외숙의 마지막 모습이었다. 그렇게 고향을 떠난 지 얼마 후, 작은 외숙의 전사 소식과 함께 유해가 고향 집에 도착했다.

외할머니는 작은 외숙이 전사해 한 줌의 유해로 돌아와 외갓집 뒷산에 묻혔지만, 작은 외숙의 죽음을 인정하지 않으셨다. 가끔 점집을 찾아 가 아들의 행방을 묻곤 하셨다. 아마 그때 무당이 "살아있다"는 말을 했던가보다. 그러한 탓인지 어머니도 그렇게 씩씩하고 대장부답던 작은 외숙의 죽음을 믿으려 하지 않으셨다. 전쟁 중 포로가 된 동생이 북녘땅 어느 곳엔가 살아 있을 것이란 희망을 버리지 않으셨다. 그렇게 살아가면서 작은 외숙이 돌아오기만을 기다리던 외할머니가 오래전에 돌아가셨고, 어머니도 몇 해 전에 돌아가셨다. 외할머니와 어머니는 왜 작은 외숙의 죽음을 믿으려 하지 않으셨을까? 그것은 전사했다는 절망보다 막연하게나마 살아있을 것이란 희망으로 큰 슬픔을 잊으려 하셨는지 모른다.

묘비를 손으로 어루만질 때마다 북받쳐 오르는 슬픔과 눈물을 참을 수가 없었다. 오늘 이 자리가 내가 작은 외숙을 처음 만나는 자리다. 준비해간 제수를 올리고 향불을 피웠다. 그리고 술 한 잔을 따른 후 큰 절로 인사를 올렸다.

작은 외숙의 묘비는 고 윤영하 소령의 묘비에서 불과 7m 정도밖에 떨어져 있지 않았다. 어제 장교 제2 묘역에 와서 고 윤영하 소령의 묘만 참배하고 돌아갔을 때, 지척의 거리에 계셨던 작은 외숙께서는 얼마나 야속하셨을까? 작은 외숙께 죄송하다는 사죄의 말씀도 같이 올렸다.

작은 외숙이 경기도 파주 전투에서 전사하신 지 63년이 지났다. 이제 작은 외숙은 그렇게 작은 외숙을 그리워하시던 외할머니와 어머니도 저 세상에서 만나, 그동안 나누지 못했던 이야기를 하고 계실 것 같다. 또한, 못난 생질도 왔다 갔다는 말씀도 하셨을까?

* 장교 제2 묘역 211묘판에 있던 윤영하 소령의 묘비와 사병 제2 묘역에 있던 조천형, 황도현, 서후원, 한상국, 박동혁의 묘비는 2015년 9월 21일 장사병 제4 묘역 413묘판의 합동묘역으로 옮겼다.

(2014. 육군. 12월호)

현충원에서 부르는 아들의 이름

– 국립대전현충원(2)

호국보훈의 달 6월이다. 많은 사람이 순국선열과 전몰 호국 용사의 숭고한 애국애족 정신을 기리고, 그분들의 명복을 빌기 위해 현충원이나 현충 시설을 찾는다.

예로부터 우리 조상들은 손이 없다는 청명과 한식에는 사초와 성묘를 하고, 망종(芒種)에는 제사를 지내는 풍습이 있었다. 고려사에도 고려 현종 5년(1014년) 6월에 군인이 국경을 지키다가 죽은 자가 있으면, 관청에서 장례 도구를 주어 그 유골을 집으로 보내주었다는 기록이 있다. 따라서 정부에서는 한국전쟁에서 전사한 군인들의 숭고한 뜻을 기리기 위해 1956년 '현충기념일'을 제정할 때 마침 망종이 6월 6일이었다. 그래서 현충일을 6월 6일로 정했다고 한다.

작은 외숙이 잠들어 계신 국립대전현충원을 찾았다. 들어가는 길 양쪽에 천마상(天馬像)이 세워져 있고, 많은 태극기가 줄지어 게양되어 있다. 천마는 하늘과 땅을 연결해주는 신성한 영물(靈物)이라 한다. 따라서 천

국립대전현충원 입구의 천마상

고 손성곤 병장의 부모

마가 여기에 계신 많은 호국영령을 하늘나라로 인도하는 역할을 한다는 의미인 것 같다.

계룡산 정기를 받은 천하제일의 명당 국립대전현충원은, 330만㎡의 면적에 국가와 사회를 위해 희생하신 순국선열과 호국영령 11만 6천여 위(位)가 잠들어 계신, 보훈의 성지요, 나라 사랑 교육의 현장이다. 이곳에는 국가원수, 애국지사, 장군, 장교, 사병, 경찰관 외에도 여러 묘역이 있다. 그리고 시설로는 현충문, 현충탑, 호국분수탑, 현충관, 봉안관, 보훈미래관, 보훈장비전시관, 호국철도기념관 등이 있다.

먼저 현충문으로 갔다. 문 앞 양쪽에 호랑이상이 세워져 있다. 예로부터 호랑이는 충신과 효자를 지켜준다는 이야기가 있다. 호랑이상을 현충문 입구에 세워 호국영령들을 지켜주려는 것 같다. 현충문을 지나 현충탑으로 갔다. 탑 중앙에 승리의 영광상이 있고, 그 아래에 헌시 비와 향로, 향합이 있다. 현충탑 내부의 위패봉안실에는 유골이나 시신을 찾을 수 없는 전몰자 등 호국영령들의 위패 41,000여 위(位)가 봉안되어 있고, 신원을 확인할 수 없는 무명용사 33위의 유해가 모셔있다고 한다. 향합에서 향을 한 줌 집어 향로에 넣고 호국영령께 고개 숙여 명복을 빌었다.

현충문을 나와 작은 외숙의 묘비가 있는 곳으로 갔다. 작은 외숙께 술잔을 올리고 참배를 했다. 그리고 묘비 앞에 앉아 주변을 둘러보았다. 이때 한 남자가 어느 묘비 앞에서 맥주와 음료수를 놓고 비를 어루만지며 다정다감하게 이야기를 한다. 마치 살아있는 사람과 이야기하는 듯했다. "성곤아 그동안 잘 있었니?" 그리고는 계속 무어라 이야기를 하고 있다. 아마 아버지가 아들의 묘비를 찾아와 이야기를 나누는 것 같다. 자식을 찾아온 부모니까 그러려니 하고 있었는데, 그는 또 다른 병사의 묘비로 가더니 조금 전에 했던 것처럼 이름을 부르며 이야기를 나누고 있는 것이 아닌가. 아마 또 다른 인척의 묘비려니 하고 생각을 했다.

하지만 그의 이야기는 그곳에서 끝나는 것이 아니었다. 이곳저곳 여러 곳에 있는 묘비를 찾아다니며 같은 이야기를 하는 것이다. 여러 곳을 찾아다니는 것으로 봐서 그 옛날 전쟁터에서 생사를 같이했던 전우나 부하의 묘비를 찾아다니는 것이라 생각을 했다.

그는 마침 내가 있는 곳 근처까지 와서 어느 병사의 묘비를 쓰다듬으며 자상하게 안부를 묻는 게 아닌가? 참으로 마음이 넓은 분이라 생각했다.

하지만 궁금한 생각이 들어 그가 있는 곳으로 갔다. 그리고 앞에 있는 묘비를 보았다. 그의 나이로 봐서 묘비의 병사가 부하였다면 사망 연도가 꽤 오래되었을 텐데 그렇지 않다. 최근에 사망한 병사의 묘비였다. 그의 부하라고 보기엔 너무 젊은 병사의 묘비다. 그렇다면, 그는 왜 여러 곳의 묘비를 찾아다니며 음료수를 앞에 놓고 이야기를 나누었을까? 그 이유가 더 궁금해졌다.

그에게로 다가가, "왜, 아저씨는 여러 곳의 묘비를 찾아다니십니까?" "찾아다닌 분들과 무슨 관계가 있는 것이냐?"고 물었다.

그는 겸연쩍어하며 이야기를 하였다. 자신은 대구에서 사는데 "이곳에 둘째 아들이 묻혀있다"며, "아들은 인천 부근에 있는 모 부대의 GOP에서 근무하던 중 심근경색으로 사망했다"고 말했다. 하지만 아직도 아들이 사망했다는 사실이 실감나지 않아 이웃 사람들에게도 사망 소식을 알리지 않았다고 했다. 그래 아들을 만나기 위해 이곳에 오다 보니 여기서 자주 만나는 사람들과 모임을 같이하게 되었다고 한다. 그는 한 달에 한 번 이곳을 찾아오는 데 그때마다 이곳에서 알게 된 사람들의 자제(子弟)분들의 묘비를 찾아 자기 아들처럼 돌아보고 있다고 했다. 그의 아들이 잠들어 있는 곳으로 가보았다. 그곳에는 그의 아내가 아들의 묘비 주변에 있는 잡초를 뽑으며 묘비와 기초석을 깨끗이 닦고 있었다.

아들의 묘비에는 '육군 병장 손성곤의 묘'. '2002년 2월 24일 김포에서 순직'이라고 새겨있다. 전역 3개월을 남겨두고 순직한 귀한 아들이다. 부모에게 자식은 자신의 분신처럼 언제나 소중한 존재다. 그런 귀한 자식을 먼저 보낸 부모의 마음을 그 누가 알아줄까….

노부부는 아들을 보기 위해 한 달에 한 번 국립대전현충원을 찾아와 이곳에서 만났던 사람들의 자제(子弟)분들의 묘비를 찾아가 안부를 묻고, 그 영령들이 목이 마를까 봐 음료수와 술을 나누어 주고 있었다. 참으로 보기 좋은 모습이었다. 어느 노부부의 넓은 마음을 국립대전현충원에서 보았다. 현충원에서 돌아오는 길에도 아들의 이름을 부르는 노부부의 목소리가 아직도 귓가에 맴돌고 있다.

(2017. 육군. 6월호)

현충원에서 잠든 두 해병 용사

– 연평도 포격전 전사자

　민족의 성역이요, 보훈의 성지인 국립대전현충원을 찾았다. 들어가는 길 양쪽에 많은 태극기가 게양되어 있어 가슴이 설레며 마음도 든든하다. 먼저 현충탑으로 갔다. 그곳에 있는 향합에서 향을 한 줌 집어 향로에 넣고 호국영령께 고개 숙여 명복을 빌었다.

　대전현충원 합동묘역엔 연평도 포격전 전사자인 두 해병 용사의 묘비가 있다. 상석 앞면에 두 용사의 사진이 새겨있다. 그 모습을 보며 당시의 상황을 생각해 보았다.

　2010년 11월 23일 오후 2시 34분경. 북한군의 해안포 기지에서 서해 연평도를 향해 해안포와 방사포로 무차별 포격을 가해 왔다. 이 사건으로 해병용사 2명이 전사하고 16명이 중경상을 입었다.

　서정우 하사는 전역을 20여 일 앞두고 마지막 휴가를 가기 위해 가벼운 걸음으로 연평도 선착장으로 갔다. 그곳에서 육지로 가는 배를 기다리던 중 부대에서 포격 소리가 났고 불길이 번졌다. 그는 그동안 손꼽아 기다렸

고 서정우 하사와 고 문광욱 일병의 묘비

던 말년휴가를 포기하고 자신이 소속되어있던 연평부대를 향해 달려가던 중 포탄에 맞아 중상을 입고 쓰러졌다. 그때 머리에 쓰고 있던 모자도 어디론가 날아가 버렸다. 이때 모자에 붙어있던 모표가 떨어져 날아가면서 옆에 서 있던 소나무 기둥에 박혀 버렸다. 그가 포탄을 맞고 산화할 때 그의 모습을 옆에서 지켜봤던 소나무다. 참으로 묘한 사연이다. 그는 비록 산화했지만, 영혼은 푸른 소나무처럼 변치 않고 항상 충성스런 마음으로 나라를 지키겠다는 굳은 의지였을까?

그는 산화하기 전날 밤 미니 홈페이지에 '내일 날씨 안 좋다던데 배 꼭 뜨길 기도한다.'라는 글을 남겼다. 얼마나 부모님이 보고 싶고, 고향 집에 가고 싶었을까…

또한 고 문광욱 일병은 어떠했던가? 그는 2010년 8월에 자원입대한 3개월밖에 되지 않은 신병이었다. 그는 포병 사격훈련장에서 누구보다 먼저 신속하게 달려가 전투준비를 하던 중 북한군 포격에 파편상을 입고 전사했다. 그는 친구의 미니홈페이지에 '○○아 군대 오지 마. 한반도 평화는 내가 지킨다.'라는 글을 마지막으로 남겼다. 그는 친구에게 남겼던 말처럼, 한반도의 평화를 지키다가 산화한 것이다.

참으로 안타까운 두 용사의 사연이 가슴을 무겁게 한다. 두 용사의 묘비 앞에 술잔을 올리고 명복을 빌었다.

(2016. 수필문학. 8월호)

정발 장군 약전(略傳) 수정기
– 부산진성 옛터의 정발 장군 동상

부산에 있는 국립해양박물관에 가기로 했다. 가기 전날 모든 여행 준비를 마치고 잠자리에 들었다.

이튿날 새벽이다. 비몽사몽 간에 정발이란 이름이 떠올랐다. 참 이상한 일이다. 생각지도 못한 정발 장군의 이름이 갑자기 떠오르다니….

정발 장군이라면 초등학교 때 사회 시간에 배웠던 기억이 있다. 임진왜란이 발발하자 부산진 첨사였던 장군은 맨 처음 왜군을 맞아 용감하게 싸우다 전사한 것으로 알고 있다. 이번에 부산에 가면 정발 장군의 유적도 함께 돌아보기로 마음먹었다.

부산으로 가 국립해양박물관을 돌아본 후 정발 장군의 동상이 있는 곳으로 갔다. 이곳은 초량역 부근으로 옛날에는 부산진성의 남쪽 지역이다. 여기서 장군이 왜적과 치열한 전투를 했던 곳이다. 장군은 임진왜란이 발발하자 제일 먼저 많은 왜군을 맞아 부산진성의 백성과 함께 장렬하게 싸웠으나, 중과부적으로 안타깝게 패하고 말았다. 장군은 싸울 때 검은 갑

충장공 정발 장군상

정발 장군 약전 수정 전(일천육백오십칠 년)

정발 장군 약전 수정 후(일천육백팔십육 년)

옷을 입고 싸웠다 하여 흑의(黑衣) 장군이라 불렀다. 장군의 용맹이 얼마나 뛰어났던지 전란이 끝난 후 왜군들 사이에선, 조선에서 가장 용감했던 장군은 흑의 장군이라 전하고 있다.

장군의 동상 가까이 가 보았다. 동상의 좌대(座臺) 앞에는 '忠壯公鄭撥將軍像(충장공 정발 장군 상)'이라 쓰여 있고, 뒤에는 정충장공의 생애와 약력을 기록한 약전(略傳)이 새겨져 있다. 약전을 읽어 보았다. 내용 중에는 '환란 중에 나라를 잊지 않음이 충(忠)이요, 전쟁터에서 싸우다 죽음은 장(壯)이라 하여, 1657년에 충장(忠壯)'이란 시호가 내려졌다'고 하였다.

집으로 돌아와 장군에 관한 글을 쓰기 위해 조선왕조실록을 읽어보았다. 동상에 있는 약전에는 1657년 정발 장군에게 '충장'이란 시호가 내려졌다고 되어 있다. 조선왕조실록을 읽으며 발견한 것은 1657년은 동래부사 송상현 공에게 '충렬(忠烈)'이란 시호가 내려졌던 해였다. '그렇다면 장군에게 충장이란 시호가 내려진 것은 언제였을까?' 조선왕조실록을 더 읽어보았다. 드디어 장군에게 시호가 내려진 연도를 찾을 수 있었다. 장군에게 시호가 내려진 것은 숙종 12년(1686년) 12월 21일이었다. 장군의 동상에 새겨진 약전이 잘못된 것을 알았다.

인터넷에 들어가 '정발 장군 동상'을 쳐보면 많은 사람이 잘못된 내용을 그대로 올려놓은 것을 보았다. 잘못된 내용이 39년 동안 많은 사람에게 알려져 왔던 것이다. '어떻게 해야 할까?'하고 생각해 보았다. 틀린 것을 보고 모른 체할 수는 없는 일이다.

장군의 약전을 수정해야겠다고 생각하였다. 가장 빠른 방법은 인터넷에 올리거나 중앙 일간지에 투고하는 방법일 것이다. 그리하면 관련 관청인 부산광역시청과 부산 시민들에게 누가 될 것 같았다. 어떤 방법으로 수정해야 할까? 고민을 해 보았다. 먼저 부산광역시청으로 전화해 수정해 줄 것을 건의하기로 하였다. 그 후 부산광역시청으로 전화하는 것을 차일피일 미루어 왔다.

가끔 글을 쓰기 위해 호젓한 보문산 길을 걸을 때가 있다. 글을 쓰다 알맞은 문장이나 단어가 생각나지 않을 때 산길을 걸으며 그것을 되뇌다 보면, 평소에 생각지 못했던 좋은 생각이 떠오를 때가 가끔 있었다.

오늘도 산길을 걷는데 갑자기 정발 장군의 약전 생각이 났다. 몇 달 전 장군의 약전에 대해 부산광역시청에 전화해야겠다는 것을 미루고 있었다. 마침 오늘 그 생각이 났다.

'소뿔도 단김에 뺀다'는 말처럼 집으로 돌아와 부산광역시청으로 전화를 했다. 장군의 약전이 틀렸다는 것과 그것을 수정해 줄 것을 건의하였다.

시청에선 자기들도 확인을 해본 후에 답을 주겠다고 했다. 며칠 후 시청에서 전화가 왔다. 조사를 해 본 결과 내가 건의했던 내용이 맞는다는 것이다. 잘못된 것을 아직까지 발견하지 못해서 미안하다는 말과 함께 약전을 바르게 수정하겠다고 하였다. 하지만 올해는 예산이 없어 시행하지 못하고 내년에 예산을 편성해서 수정하겠다고 했다. 그래 수정이 되는 대로 수정된 내용을 사진으로 보내 달라고 하였다.

몇 달이 지났다. 어느 날 낯선 지역에서 전화가 왔다. 타 지역 번호라 망설이다가 전화를 받았다. 부산광역시청이라 했다. 내가 전에 요구했던 정발 장군의 약전을 수정해 놓았다고 한다. 참으로 반가웠다. 시청에서 수정된 약전의 사진을 보내왔다.

부산광역시청 담당자한테 고맙다는 이야기를 하고 싶다.

사람들이 무관심 속에 39년 동안 지내왔던 잘못된 내용이 바르게 수정되었다.

정발 장군 동상의 약전에는 '충장'이란 시호가 1686년에 내려졌다고 새겨져 있다. 이제 장군께서도 기뻐하실 것 같다.

(2017. 한국수필. 5월호)

갈 수 없는 낙화암

　제수(祭需)를 싣고 백마강으로 갔다. 정초만 되면 어머니는 제수를 정성껏 마련하여 강에 가서 치성을 드리셨다. 현실에 맞지 않는 일이지만 도와 드리지 않을 수 없는 게 또한 내 처지였다. 전에는 제수를 지게에 지고 다녔다. 사람이 많은 곳을 지날 때는 부끄러워 얼굴이 달아올랐지만 고개를 숙인 채 뒤 따라 다녔다.

　내가 태어난 곳은 나루터가 있던 강마을이었다. 나루터는 만남과 이별이 함께하던 곳이다. 장에 간 부모를 기다리던 아이들에겐 즐거웠던 만남의 장소였지만, 자식이나 연인을 보내는 사람들에겐 슬픈 이별의 장소였다.

　그러나 강물은 말없이 흘렀다. 흐름 속에는 마을 사람들의 애환도 섞여 있었건만 세월 따라 도도히 흘렀다.

　강은 자식을 둔 부모들의 마음을 항상 불안하게 만들던 곳이었다. 여름철에는 더욱 그랬다. 강에 가지 마라 그렇게 주의를 시켜도 아이들은 시원한 강의 유혹을 뿌리치지 못했다. 부모의 눈을 피해 강으로 갔고 그곳에서 더위를 식혔다.

초등학교 때에는 친구가 강에서 익사한 일이 있었다. 마침 장날이라서 그의 아버지는 장에 갔었다. 돌아오던 길에 소식을 듣고 아들 주려고 샀던 크레용, 공책들을 강물에 던지며 넋 나간 사람처럼 아들의 이름을 부르던 일.

중학교 다니던 후배가 헤엄치다 물속에 잠긴 후 시체가 떠오르지 않자 넋을 건지기 위해 강가에서 굿하던 일 등, 이러한 슬픈 사연을 알고 있는 강이지만 평상시에는 아무 일 없었다는 듯 유유히 흘러 갔다.

백제교에서 바라본 낙화암

강은 마을 사람들에게 도움도 주었다. 농사를 지을 때 필요한 물을 공급했고 대부분의 반찬도 해결해 주었다. 강마을 사람들에게 강은 가까이 할 수도 멀리할 수도 없는 존재였다. 그래서 많은 가정에선 화(禍)를 멀리하고 평온을 비는 뜻으로 정초에 용왕제(龍王祭)를 올렸다. 강물에 제(祭)를 지내는 풍습이다.

우리 집은 강마을에서 읍내로 이사를 했는데도 어머니는 그 일을 계속하셨다. 자식들이 성장해 강에 가 수영할 일도 없고 쥐꼬리만 한 지식을 핑계로 미신이라 만류했지만, 소용이 없었다. 말없이 제수를 머리에 이고 나가시고는 했다. 그것은 내게 있어 갈등이었다. 도와 드리자니 배운 것이 탈이고 무겁게 이고 가시는 어머니의 뒷모습을 바라보는 것은 더욱 괴로운 일이었다. 할 수 없이 지게를 지고 따라갔지만 나오는 건 불평뿐이었다. 어머니가 그 일을 고집하는 데는 강마을 사람들과는 다른 이유가 있었던가 보다.

민족상잔 6·25는 평화롭던 강마을에도 사상적 대립을 가져왔다. 전쟁 상황에 따라 민주 세력인 우익과 공산 세력인 좌익이 서로 득세해 아수라장이 되었다. 혼란한 상황에선 자신의 처지가 불리하면 애매한 사람에게 죄를 뒤집어씌우기도 했나 보다.

그 여파가 우리 집에도 밀려와 아버지가 피해를 당하셨다.

우익 사람들이 득세할 때였다. 옆 동네 살던 우익 사람에게 쌀을 빌려준 적이 있었다 한다. 전쟁으로 궁핍한 생활이 계속되자 쌀을 달라고 하였다. 그 사람은 쌀 값을 생각 대신 아버지를 빨갱이라고 모함해 버렸다.

아버지는 사상적 대립이 심할 때도 가족의 생계만을 위해 광산에만 열심히 다니셨다.

그러나 아버지에겐 사건의 진상을 밝힐 시간적 여유가 없었다. 그날 밤, 경찰서에 후퇴 명령이 전달된 것이다.

서울에서 국군이 후퇴할 때, 서대문 형무소에 남아 있던 좌익 사람들이 피난을 떠나지 못한 경찰, 군인들의 가족을 학살한 사건이 있었다 한다. 그 사건이 난 뒤 정부에서는 열성적인 좌익 사람들을 처벌하였고, 그런 일이 다시 발생하지 않도록 추가로 예비검속(豫備檢束)을 실시하였다. 이때 아버지가 경찰서에 끌려가신 것이다. 후퇴 명령에는 경찰서에 갇혀 있던 사람들까지 처단하라는 내용이 있었던가 보다. 서울에서 내려온 헌병들에 의해 철창문이 열렸다. 이어 두 명씩 포승으로 손목을 묶은 다음 이십여 명을 트럭에 싣고 어디론가 가 버렸다.

잠시 후 부소산 쪽에서 총소리가 났고 빈 트럭은 다시 나타났다. 경찰서에 남아 있던 사람들 사이엔 어느새 죽음에 대한 공포가 감돌기 시작했다. 아버지도 낯모르는 사람과 함께 손목이 묶인 채 트럭에 올랐다. 차는 부소산으로 달렸다. 휘영청 밝은 달도 그날 밤 낙화암에선 을씨년스럽게 차가웠다.

낙화암 난간에 사람들을 차례로 세웠다. 앞에 선 사람부터 총알을 맞고 떨어졌다. 다음은 아버지 차례였다. 총을 쏘려는 순간 두 사람은 하늘에 목숨을 걸고 강으로 뛰어내렸다. 아버지는 차를 타고 오는 동안 같이 묶였던 사람과 의사가 통해 포승을 풀었던 것이다.

강물에 비친 달은 유난히 밝았다. 조용히 흐르던 백마강에 비늘 치는 소리가 나자 위에서 총을 쏘아댔다. 물결은 다시 잔잔해졌다.

살아야겠다는 집념은 감각도 무디게 하는가, 아버지는 총을 맞은 줄도 몰랐다. 헤엄을 치려 할 때 한쪽 팔이 축 늘어지면서 감각이 없어 비로소 총 맞은 것을 알았다.

손가락을 이빨로 물었다. 남은 한쪽 팔로 헤엄쳐 나가기 시작할 때, 다시 총소리가 났다. 이번엔 다리에 맞았다. 헤엄치는 걸 포기하고 물살 따라 떠내려가다 어느 백사장에 닿았다.

팔과 다리에선 계속 피가 흘렀으나, 그들이 쫓아올 것만 같았다. 다리를 절며 한 손으로 핏자국을 모래로 덮으며 나갔다. 새벽녘이 되어서야 아버지는 어느 집 헛간에 몸을 숨길 수가 있었다 한다.

그 후, 그 동네에 살던 학교 동창의 도움을 받아 가마를 타고 집으로 돌아오셨다.

국군은 이미 후퇴한 뒤라 좌익 사람들의 세상이었다. 그들은 아버지를 충동질했다. '죄 없이 총까지 맞아 얼마나 억울하냐, 영웅 대우를 할 테니 같이 일을 하자.'고 하였다. 아버지는 그들의 뜻을 따르지 않았다. 상처 치료만 하셨다. 국군이 북진할 때는 아버지를 잡아갔던 경찰이 찾아와 잘못을 사죄했다고 한다.

구사일생으로 살아오신 아버지로 인해, 그 이듬해 내가 태어났다.

어머니는 한 번도 아버지를 모함했던 사람이나 잡아갔던 사람을 원망하지 않으셨다. 대신 강에 가 용왕님께 비셨다.

이러한 어머니의 깊은 마음을 헤아린다면, 나는 배웠다는 핑계만 댈 수 있겠는가. 불평 없이 지게를 지고 어머니 뒤를 따라 다녔던 것이다. 어머니는 아직도 강물을 향해 빌고 계신다. 비록 돌아와 삼 년을 더 사셨지만, 남편을 구해 주셨고 그로 인해 아들이 태어났음을 감사드린다고. 유람선 한 척이 백마강을 거슬러 낙화암 쪽으로 간다. 빤히 보이지만 갈 수 없는 낙화암. 그곳을 스쳐 온 강물도 마음을 아는 듯, 유람선 자국이 물이랑 되어 발치에 와 머문다.

(1993. 수필문학. 5월호)

천 년 향화지지(香火之地)의 촛불

– 진묵대사의 어머니

천 년 동안 향불이 끊이지 않는다는 명당, 풍수지리가들이 대명당이라 말하는 천 년 향화지지(香火之地)를 찾아 나섰다. 김제군 만경면 화포리 성모암(聖母菴) 옆에 있는 진묵대사(震黙大師)의 어머니 묘소가 있는 곳이다.

김제에서 군산 방향으로 국도를 따라 달렸다. 만경 평야의 너른 들판이 시야를 지평선 저 끝에 가 머물게 한다. 그 끝에 소나무 숲이 보인다. 산이라기보다는 야트막한 언덕에 푸른 소나무가 우거져 있다. 봄이 되면 너른 들판에 물이 가득 찰 것이고 그 한가운데 소나무 숲이 있으니, 그것은 마치 물 위에 떠 있는 연꽃 한 송이를 연상케 하리라. 그래서 그곳을 물 위에 떠 있는 연꽃의 형상과 같다 하여, 연화 부수형(蓮花浮水形)이라 했나 보다.

명당이란, 씩씩하고 빼어난 산의 기세가 능선을 타고 흐르다가 어느 곳에 와 머무는 것을 말하며, 그곳을 중심으로 다른 산들이 병풍처럼 둘려 있어 바람을 막아 주고, 또한 그 앞에 물이 있어 산의 기운을 그곳에 머물게 해주는 자리라 한다. 따라서 그러한 곳에 조상의 산소를 모시게 되면 후손들이 그 음덕을 입어 잘된다고 들었다.

그러나, 이곳은 높은 산의 능선과도 연결되지 않는 평야로 보통 마을이 들어설 만한 평범한 자리였다. 내가 알고 있던 명당에 대한 일반적인 상식과는 거리가 먼 자리였다.

화포리에 도착했다. 벌써 부산과 광주에서 온 차들이 주차 공간을 메우고 있는 것으로 보아, 묘소에 와 소원 성취를 빌고 있는 듯싶었다.

묘소 입구에 진묵대사의 유허비(遺墟碑)가 세워져 있었다. 대사는 조선 중기 명종 때 만경 불거촌(佛居村 : 화포리)에서 태어나 이름을 일옥(一玉)이라 했으며, 호(號)는 진묵(震黙)이라 하였다. 그가 태어날 때 불거촌의 초목이 삼 년 동안이나 시들고 말라죽어 사람들은 뛰어난 인물이 태어났다고 했다. 그는 승려 신분으로 술을 매우 좋아했지만, 술이라 하면 마시지 않고 반드시 곡차(穀茶)라고 해야 마셨다. 승문(僧門)에 출가한 후에도 어머니를 절 가까이에 모시며 효성을 다했으며, 많은 기행과 신통한 이적(異蹟)을 남기셨다고 한다. 그러한 대사의 행적으로 그 시대에는 석가모니의 작은 화신(化身)이라 불렸으며, 지금도 김제 만경 사람들이 자랑스럽게 생각하는 스님이시다.

유허비 밑으로 난 길을 따라가니, 대사의 어머니 묘소가 있다. 먼저 온 사람들은 묘소에 참배하고 그 뒤로 순서를 기다리는 사람들이 있다.

대명당으로 소문난 묘소라서 다른 묘소와는 어떤 차이가 있는지 유심

진묵대사 어머니 묘소

히 살펴보았다. 묘소는 봉분을 중심으로 어른 키만 한 회양목이 병풍처럼
둘려 있어, 마치 커다란 둥지 안에 큰 알이 하나 있는 것처럼 보였다. 따라
서 추운 날씨인데도 그곳은 따뜻하고 온화했다. 삼백여 년이 지난 묘소였
지만 주변이 깨끗하게 단장된 것은 역사적으로 유명한 분들의 묘소와 크
게 다를 바가 없었으나, 특이한 점이 있었다. 그것은 제물을 올려놓는 상
석 위에 과일과 꽃다발이 가득했고, 그 앞에 많은 촛불이 켜져 있는 것이
었다.

　시간이 날 때면, 역사적으로 유명한 사람의 묘소나 서원을 찾아다닌 적
이 있지만, 제삿날이나 특별한 기념일을 제외한 평일에 촛불과 향불이 켜
져 있는 것을 본 적은 없었다. 더구나 야외에 있는 묘소에 촛불과 향불이
끊이지 않고 켜져 있다는 것은 상상하기조차 어려운 일이었다. 과연 전하

는 말처럼 천 년 동안 향불이 끊이지 않는다는 묘소임을 실감할 수 있었다.

상석 앞 좌우에는 촛불이 십여 개나 켜져 있었고, 가운데로 향불이 피어 올라 촛불은 꽃잎 되고 향 연기는 꽃술이 되어 그 주변을 짙은 꽃술 내음으로 가득 채웠다.

언덕 위에는 바람이 심하게 부는데, 묘 앞에 켜진 많은 촛불은 요동 하나 없이 반듯하게 타고 있다.

묘소 바로 밑에 성모암이란 작은 암자가 있어 들어가 보았다. 그곳의 중앙엔 여느 절처럼 부처님이 모셔져 있었으나, 오른쪽에는 대사와 대사의 어머니 영정이 나란히 모셔져 있었다. 효자라서 영정까지도 어머니를 모시고 있는 것 같다.

효도에는 어떤 체면이나 규율도 문제가 되지 않는 모양이다. 우리의 상식을 훨씬 뛰어넘어 효를 실천한 사람들이 있었다.

초나라의 노래자나 한나라의 왕상, 그리고 진묵대사가 그 본보기이다. 노래자는 늙으신 부모님을 즐겁게 해 드리기 위해 칠십의 나이에도 색동옷을 입고 부모의 곁에 누워 어리광을 부렸고, 왕상은 병상에 누워 있는 계모를 위하여 두꺼운 얼음장을 체온으로 녹여 잉어를 잡아 바쳤다고 한다.

대사도 그들의 효성 못지않게 어머니를 모셨다. 승려가 출가하면 속세와의 인연을 끊는다 하여 부모와도 왕래를 하지 않는 게 상식이었으나, 대사는 출가한 후에도 어머니를 절 가까이에 모시며 효성을 다했고, 여름엔 어머니가 모기 때문에 잠 못 이룰 것을 염려하여, 산신님께 지극 정성으로 발원하여 산신님이 그 마을에 모기를 없애 주었다고 한다.

또한, 대사는 늙으신 어머니를 위해, 자신이 승려의 몸이라 대를 이어 어머니의 제사를 모실 후손이 없음을 알고 자손 없이도 많은 사람이 천 년 동안 어머니의 제사를 모실 자리를 마련해 두었다.

어머니가 돌아가시자 대사는 목수를 불러 현판을 만들고 스스로 붓을 들어 이렇게 썼다.

'여기 이 묘는 만경현 불거촌에서 나서 출가 사문이 된 진묵 일옥의 어머니를 모셨는바, 누구든지 풍년을 바라거나 질병이 낫기를 바라거든 이 묘를 잘 받들지니라. 만일 정성껏 받든 이가 영험을 받지 못했다면 이 진묵이 대신 결초보은하리라.' 하였다고 전한다.

어머니의 장례를 마치고 혼백을 일출암에 모신 대사는 아침저녁으로 반야심경을 외우며 어머니의 영혼이 왕생극락하기를 빌었다. 그리고 자신이 처음 출가해 삭발했던 전주 봉서사에서 사십구일 재(齋)를 봉행하면서, 어머니의 은혜를 갚지 못함을 안타깝게 생각하고 그 죽음을 슬퍼하는 제문을 지어 어머니께 올렸다고 한다.

성모암을 나와 다시 묘소 쪽으로 가 타오르는 촛불을 바라보며 생각해 보았다. 어두운 실내에 켠 촛불은 고요하며 아늑한 느낌을 주지만, 밝은 대낮에 야외에 켠 촛불은 왠지 낯설고도 신기했다. 하지만 많은 사람이 묘소의 영험함을 전해 듣고 찾아와 불을 밝힌 것 같다.

촛불에 마음이 끌렸다. 낮에 촛불을 밝히는 이유는 무엇일까? 치성을 드릴 때는 대낮에도 촛불을 밝힌다. 그 이유는 촛불이 정화력이 있고 신령의 길을 안내하는 역할을 한다고 믿기 때문이다. 제단에 켜 놓은 촛불은 성스럽고 순결하므로 인간의 잘못을 속죄시켜 마음을 깨끗하게 정화해 주는 역할을 하는 듯싶었다.

촛불은 정신이 미혹하여 갈피를 못 잡는 내 마음을 밝혀 주는 것 같았다. 어둠을 밝혀 주려는 촛불은 묘 앞에도 산신 제단 앞에도 자신을 태워 가며 주위를 밝히고 있다. 촛불은 헛된 욕심이 많아 어두웠던 내 마음 구석구석까지도 비춰 주고 있었다. 많은 촛불은 내 마음을 밝혀 주었고, 퍼져가는 향 내음은 좀 더 고운 마음의 향기를 많은 사람에게 풍겨 주라는 것 같았다. 눈을 감고 대사의 행적을 생각해 보았다. 고향에 계신 어머니의 모습이 떠오른다. 나는 출가도 하지 않은 몸이면서 어머니를 가까이 모시지 못하는 것이 부끄러워 고개가 절로 숙여진다.

차 한 대가 묘소를 향해 들어오고 있다. 대사의 어머니 묘소에 참배하기 위하여 오는 사람임이 틀림없다.

대사의 어머니는 이름이 없어 거친 돌에 행적을 새길 내용도 별로 없지만, 길 따라 오가는 사람들의 입이 곧 비석(碑石)인지라 찾는 사람도 많다.

보령 남포 돌을 잘 갈고 다듬어서, 한퇴지(韓退之) * 의 문장으로 부귀공명 새겨 본들 뉘라서 찾을 건가. 권위와 명성도 세월 가면 잊혀지고 비석 위에 번지는 건 바위옷뿐일 진데, 그 누가 찾아와서 향불을 사를 텐가.

* 한퇴지(韓退之) : 당송 팔대가의 한 사람으로 여러 가지 글에 다 능숙했으나 특히 묘비명(墓碑銘)을 잘 쓰기로 유명했다.

(1995. 한국수필. 5 · 6월호)

엽하강변의 손돌(孫乭)

― 김포 덕포진과 강화도 손돌목

강가라서 그런지 안개가 자욱하다. 한 치 앞을 내다볼 수 없을 정도의 안개다. 자동차 속도를 줄여 서행을 해야 했다. 그렇게 안개 속을 달려서 도착한 곳이 김포에 있는 엽하강(鹽河江) 하류다. 엽하강은 강화군과 김포시를 가로질러 서해로 흐른다. 이 강은 예로부터 많은 애환을 안고 흘렀다. 고려 시대에는 몽골군의 침략으로 수도를 개경에서 강화로 천도하는 애달픈 사연과 조선시대에는 병인양요와 신미양요 그리고, 운요호 사건 등을 겪으면서 외세의 침략에 맞서 싸웠던 우리 조상들의 용감한 기개를 보면서, 말없이 흘렀던 강이다.

대명항 옆에 있는 함상공원으로 가 상륙함인 운봉함과 그 내부에 있는 전시실을 구경하고 시간이 있어 인근에 있는 덕포진으로 갔다. 이곳은 조선 시대에 서해에서 배를 타고 쳐들어오는 외적을 막기 위하여 한양의 관문에 설치한 전략적 요충지이다.

덕포진 전시관에서 전시된 자료들을 관람한 후 주변 관광지를 더 보기

염화강변에 자리한 손돌의 묘소

위해 관광 안내 지도를 펼쳤다. 안내 지도에서 '손돌묘'라 표시된 곳이 눈에 들어왔다. 평소에 선인들의 묘를 자주 찾는 편이라 더욱 관심이 갔다. 손돌이란 분은 과연 어떤 분일까? 처음 들어 본 이름이지만 안내지도에까지 표기된 걸 보면 이 지역에선 꽤 유명했던 인물인 것 같다.

손돌의 묘로 가기 위해 전시관 뒤쪽에 나 있는 길을 따라가 보았지만, 안내 표시가 없어 더 가지 못하고 망설였다. 되돌아와 광장에 있는 문화관광안내소로 갔다. 그곳에는 나이든 남자 두 분이 계셨다.

손돌의 묘가 있는 곳을 물었더니 한 분이 선뜻 나서며 자신이 그곳을 안내해 주겠다고 했다. 그는 김기송이란 분으로 전에는 김포문화원장을 지냈고 지금은 이곳에서 관광해설사로 일하고 계셨다. 그가 안내해주는 대로 광장 아래 굽이진 길모퉁이를 지나니 덕포진 포대(砲臺)가 나왔다. 그는 이곳에 있는 덕포진 포대를 발굴하는데 많은 공로가 있었다.

어느 가을날이었다. 그는 내일 벼를 베기 위해 인부들을 미리 사 놓고 저녁 일찍 잠자리에 들었다. 그날 밤 꿈에 하늘에서 오색영롱한 서기가 산언덕으로 비치는 것이 아닌가. 참으로 이상한 꿈이었다. 찬란한 서기도 상스러울뿐더러 장소가 현실처럼 너무 선명했다. 이튿날 그는 벼 베는 일을 포기하고 인부들을 데리고 어젯밤 꿈에서 봤던 곳으로 갔다. 그러고 나서 인부들에게 그곳을 파 보라고 하였다. 그러자 인부들은 물론 마을 사람들까지 "왜, 이렇게 바쁜 때에 인부들을 데리고 벼는 베지 않고 산등성이에 와서 땅을 파라 하는가?"라며 그를 미친 사람 취급하였다. 땅을 얼마나 파 내려갔을까. 한 인부의 삽 끝에 시커먼 물체가 걸리며 삽이 더는 땅속으로 들어가지 않았다. 일하던 사람들이 모두 그곳으로 모였다. 삽 끝에 걸린 물체는 시커멓게 녹이 슨 원통형 쇳덩이였다. 이렇게 해서 오랜 세월 동안 땅속에 묻혔던 포(砲) 12문과 더불어 15곳에 있는 포대를 함께 발굴하게 되었다고 한다.

그분을 따라 덕포진 포대를 지나 염하강이 내려다보이는 산언덕으로 갔다. 그곳에는 잘 단장된 묘가 한 기 있었다. 비에는 '舟師孫乭公之墓(주사 손돌 공 지묘)'라 새겨져 있었다. 뱃사람들의 스승 손돌 공이란 뜻일 것이다.

그 후 그분으로부터 손돌 공에 관한 이야기를 들을 수가 있었다.

용두돈대 앞의 손돌목

전설에 의하면 몽골족의 침략으로 고려 조정은 수도를 개경에서 강화로 옮기게 되었다. 임금은 개경에서 강화로 가기 위해 배를 타고 예성강 벽란도를 거쳐 뱃길을 남쪽으로 돌렸다. 아마 그날도 염하강에는 오늘 아침처럼 안개가 자욱하게 끼어 있었을 것 같다.

임금을 태운 배가 어느덧 강화의 광성진과 김포의 대곶면 신안리 사이를 지날 때 갑자기 강폭이 좁아지면서 급류가 굽이돌고 앞에는 물길이 막힌 것 같이 보였다. 게다가 강에는 여기저기 암초가 물 위로 솟아 있어 자칫 잘못하면 배가 파선 될 위험까지 있었다. 여기서 앞으로 나가야 할 손돌의 배는 좀처럼 나가지 않고 흔들리며 갑자기 선회하는 것이 아닌가.

임금은 뱃길을 안내하던 손돌에게 뱃길을 바로 잡도록 명하였다. 이에 손돌은 "이곳은 보기에는 앞이 막힌 듯하오나 조금만 나가면 뱃길이 트일 것이오니 염려하지 마시옵소서"라고 아뢰었다. 몽골군의 침략으로 강화로 천도하는 임금은 신경이 예민할 대로 예민해져서, '저놈이 나를 이곳에서 해치려는 것이 아닌가?'하고 의심해 "손돌의 목을 베라"고 명하였다. 하지만 염하강의 뱃길에 밝았던 손돌은 굽이도는 강 하류의 뱃길을 훤히 알고 있었다.

손돌은 죽기 전에 "바가지를 강물에 띄워 바가지가 흘러가는 방향으로 따라가면 안전하게 강화에 도착할 수 있다"는 유언을 남기고 죽었다. 과연 그의 말이 맞았다. 바가지가 흘러가는 방향으로 따라가 보니 강폭이 넓어지면서 앞이 확 트인 넓은 염하강 하류가 나타났다. 무사히 강화에 도착한 임금은 자신의 실수로 손돌을 죽인 것을 후회해 그의 장례를 후하게 치러주도록 하고, 넋을 위로하기 위해 사당까지 세워주었다고 한다.

손돌의 묘에서 나와 손돌목을 보기 위해 강 건너편에 있는 강화도 광성보에 도착한 것은 땅거미가 질 무렵이었다. 산언덕에 있는 손돌목돈대에서 내려와 용두돈대(龍頭敦臺)쪽으로 가는 데 돈대(墩臺)*의 입구 근처에서 울음소리가 들린다. 흐느껴 우는 소리가 아니라 통곡하는 소리다. 이건 분명 남자가 통곡하는 소리다.

손돌은 충정으로 임금을 안전하게 모시려 했으나 임금은 그의 충심을 알지 못하고 그를 죽여 버렸다. 참으로 안타까운 일이었다.

통곡 소리가 나는 곳으로 가까이 가 보았다. 그곳엔 사람은 없고 강물만

거꾸로 흐르고 있을 뿐이다. 밀물이 들어올 때라 바닷물이 거꾸로 밀려들어 오고 있었다. 역류하는 밀물을 바라보았다. 바로 그곳에서 통곡하는 소리가 들렸다. 용두돈대 아래서 두 줄기 물길이 솟구쳐 오르고 있었다. 강 속에 있는 거친 암초와 밀려오는 물길이 서로 부딪쳐 내는 소리였다.

이곳이 바로 '손돌목'이다. 뱃사공 손돌의 목이 이곳에서 베어졌다 하여 붙여진 이름이라 한다. 강물이 많이 불어서일까, 아니면 후세 사람들이 자신을 추모하며 제사까지 지내줘서 손돌 공의 한도 풀렸을까? 이젠 통곡 소리도 물소리도 들리지 않는다.

* **손돌의 전설** : 강화군과 김포시에서 전해 내려오는 이야기의 내용은 같으나, 시대적 배경이 강화군에서는 조선조 인조 때 이괄의 난으로, 김포시에서는 고려 고종 때 몽골의 침략으로 강화로 천도할 때로 서로 다르게 전해 내려오고 있다.
* **돈대(墩臺)** : 평지보다 높으면서 두드러진 평평한 땅 위에 외적의 침입을 막기 위해 성벽을 쌓아 놓고 수비하는 곳.

(2014. 수필문학. 11월호)

화려한 주연 뒤에 숨겨진 조연

– 많은 학도병이 희생된 장사상륙작전

인천상륙작전이 화려한 주연이라면 장사상륙작전은 숨겨진 조연이었다. 적을 교란하여 인천상륙작전을 성공적으로 수행하기 위해 장사상륙작전을 감행한 것이다. 적에게 혼란을 주기 위한 양동 작전이다. 열악한 조건에서도 나라를 구하겠다는 신념 하나로 이루어 낸 772명 어린 학도병들의 피로 얼룩진 사투였다.

하지만 그날의 피맺힌 절규를 잊은 채 장사해수욕장은 평화로웠다. 수평선은 잔잔했고 그날의 처절한 아픔을 이야기해주는 사람은 아무도 없었다. 백사장에 많은 사람의 발자국만 남아있을 뿐이었다.

장사해변에 군함 한 척이 있다. 지난날 장사상륙작전에 사용했던 문산호를 복원해 놓은 것이다. 다행히 문산호가 있어 지난날 장사해변의 슬픈 이야기를 전해주고 있었다.

1950년 9월 13일. 학도병 772명을 실은 문산호가 부산항을 출항해 북한군 점령지역인 경북 영덕에 있는 장사해변으로 갔다. 14일 새벽 문산호

장사해변의 문산호

가 장사해변으로 접안을 시도하던 중 강한 태풍을 만나 좌초하게 된다. 따라서 학도병들은 해변의 소나무에 연결된 밧줄을 잡고 상륙을 시작했다. 북한군의 포탄 공격과 기관총 사격이 맹렬했다. 여기저기서 비명을 지르며 쓰러지고 거센 파도에 휩쓸려 많은 희생자를 냈다. 이렇게 10여 시간을 사투한 끝에 가까스로 학도병들은 장사 해안에 상륙하였다.

그 후 학도병들은 아군의 함포사격과 공군의 폭격 지원을 받아 고지를 탈환했고, 사력을 다해 장사리 일대의 인민군을 소탕해 교두보 확보 및 적의 보급로를 차단하는 등 커다란 성과를 올렸다.

그들은 3일 후 귀환할 예정이었다. 따라서 총기 및 보급품도 3일분만 지급 받았다. 하지만 나라를 구하겠다는 마음으로 빗발치는 적의 총탄과 로켓포에 맞서 6일간을 용감히 싸웠다. 하지만 문산호가 좌초되는 바람에 그들이 타고 돌아갈 군함은 오지 않았다. 그들은 적지에서 고립무원의

장사상륙작전 전몰용사 위령탑

상태로 절망에 빠져 있었다.

그랬던 그들에게 반가운 소식이 들렸다. 부산에서 해군 수송선 조치원호가 급파되기로 한 것이다. 조치원호가 장사리 해변에 도착하였다. 아군 공군기의 엄호 아래 육지와 조치원호 사이에 밧줄을 연결해 학도병들이 승선을 시작하였다. 이때 적의 박격포탄과 총탄이 함상에 집중되었고 엎친 데 덮친 격으로 썰물이 시작되었다. 하는 수없이 조치원호는 밧줄을 끊고 마지막 엄호 병력 39명을 해안에 남겨둔 채 그곳을 빠져나와야 했다.

6일간의 처절한 전투에서 139명의 사망자와 92명의 부상자, 그리고 수십 명의 행불자와 문산호를 잃고 장사상륙작전은 그렇게 끝이 났다.

장사리 해수욕장의 소나무가 우거진 솔밭으로 갔다. 솔밭 앞엔 전에 위령탑을 세웠던 곳이라는 안내석과 함께 장사상륙작전비가 세워져 있다. 비 뒤로 전사자들의 유골이 묻힌 두 기의 묘가 있다. 하지만 소나무 그늘에 가려 잔디가 자라지 못하고 마른 솔잎만 봉분을 덮고 있었다.

그곳에서 왼쪽으로 조금 떨어진 곳에 타원형으로 된 위령탑이 있다. 타원형으로 된 위령탑 중앙은 한 병사가 적을 향해 총을 겨누는 형상을 떼어낸 모형이다. 텅 빈 곳에서 잊혀진 용감한 학도병의 모습을 뚜렷이 볼 수 있었다. 위령탑에는 '長沙上陸戰戰歿勇士慰靈塔(장사상륙전 전몰용사 위령탑)'이란 글씨가 새겨져 있고, 맨 위쪽엔 독수리가 먹이를 사냥하기 위해 날개를 펴고 날려는 자세다. 문산호에서 상륙해 북한군을 무찌르려는 학도병들의 마음을 독수리가 비상해 먹이를 사냥하려는 것으로 나타낸 것 같다. 위령탑 뒤로 두 겹의 병풍석이 세워져 있다. 첫 번째 병풍석엔 장사상륙작전의 개요, 맥아더 장군의 친필 편지, 문산호 사진 등이 새겨져 있고, 두 번째 병풍석에는 772명의 장사상륙작전 참전용사들의 이름이 새겨져 있다.

위령탑에서 장사리 백사장을 바라보았다. 어린 학도병들이 펼쳤던 장렬한 전투와 피맺힌 절규는 이미 장사리 백사장에 묻혀버린 지 오래다. 그들의 붉은 피와 눈물은 세월과 함께 말라버렸고 그들의 함성도 들을 수 없다.

무심한 세월이 흘렀다. 그래도 그들이 목숨을 바쳐 이룩한 공적은 잊혀지지 않았다. 장사상륙작전에 참전했던 생존 대원 38명이 유격동지회를 결성했고, 1991년 양평 청운사 석일산 주지 스님은 그들이 상륙했던 9월 14일을 택하여, 장사리 해안에 위령탑과 전적비를 세우고 위령제를 지내주었다.

그들이 장사해변에 상륙한 지 47년이 지난 1997년 3월. 장사 해안을 수색하던 해병대 1사단 대원들이 갯벌 속에 묻혀있던 상륙함 문산호를 발견하였다. 그 후 2009년부터 '장사상륙작전 전승기념공원'을 만들기 시작해 지금도 그 공사가 진행 중이다. 전승기념공원에는 위령탑, 위패봉안소, 맥아더 장군 친필석 등을 조성하고, 문산호를 복원해 영상관, 함상체험관 등 전쟁 이야기 전시관으로 개관할 예정이라 한다.

장사상륙작전지를 돌아보며 사람들이 화려한 조명을 받은 주연은 기억하지만, 훌륭한 연기를 한 조연은 잘 기억하지 못하고 있다는 걸 알았다.

아직도 해안 가까운 곳엔 문산호가 묻혀있다. 그 속엔 학도병들의 유해가 65년 동안 추위에 떨고 있을지도 모른다.

(2015. 10. 수필문학 추천작가회 연간사화집)

4

돌아온 밀사(密使)

단명의 지리산함

- 함장 이태영 중령을 포함한 장병 57명

사람이 세상에 태어나 수명을 다하고 세상을 떠난다 해도 유족에겐 슬픈 일이다. 하지만 주어진 수명을 다하지 못하고 일찍 세상을 떠난다면 그 슬픔은 더 크다 할 것이다. 어디 이런 일이 사람에게만 있다 할 것인가. 우리가 이용하는 자동차나 선박도 사고로 인해 사용 기간을 다 채우지 못한다면 그 또한 안타까운 일이라 하겠다.

강릉에 있는 통일공원을 갔다. 그곳에는 군함, 전투기, 탱크 등 많은 군 장비가 전시되어 있었다.

공군 안보단지로 갔다. 들어가는 입구에 특이한 모양으로 된 조형물이 하나 있다. 704란 숫자가 쓰여 있는 군함 위에 함장으로 보이는 사람이 망원경으로 전방을 탐색하고 있다.

'무슨 사연일까?' 생각하며 조형물 앞으로 가 보았다. 돛대 모양의 기둥(mast)에 '지리산함 전사자 충혼탑'이란 글자가 햇빛을 받아 빛나고 있다. 조형물 앞에는 지리산함의 간단한 이력이 새겨져 있고, 뒤편엔 지리산함

지리산함 전사자 충혼탑

의 크기와 전적(戰績), 전사자 명단이 새겨져 있다.

　지리산함(PC-704)은 적의 습격에 대비해 망을 보며 경계를 하는 300 톤급의 작은 군함이었다. 해군 장병 및 국민의 성금과 정부의 보조금으로 미국에서 사들여 1950년 7월에 진해항으로 들어왔다. 하지만 그때가 한국전쟁 중이라 바로 해상전투에 참여해 덕적도와 영흥도 탈환작전 및 인천상륙작전 등 많은 전투에서 큰 전공을 세웠다. 비록 작은 군함이지만 여러 군함의 최선봉에서 용감히 싸웠기 때문에, 연합해군으로부터 '작은 고추가 맵다'는 뜻의 "고추함(Hot Pepper Ship)"이란 별명도 얻게 되었다. 전투 경험은 없었지만, 해군 용사들의 용감한 투지와 결전 의지로 이룩한 전공이었다.

그렇게 용감하게 싸웠던 지리산함에게 운명의 날이 다가왔다. 1951년 12월 24일 지리산함이 부산항을 출항해 경계업무를 수행하기 위해 25일 원산 앞바다로 들어갔다. 밤이 지나고 26일 새벽이 올 무렵이었다. 북한군이 바다에 띄워놓은 어뢰와 부딪쳐 지리산함이 폭파되면시, 그곳에 타고 있던 함장 이태영 중령과 장병 57명이 모두 장렬하게 전사했다.

그리하여 2013년 5월 해군에서 57 용사의 숭고한 희생과 넋을 기리기 위해 동해가 보이는 이곳에 충혼탑을 세웠다. 충혼탑 앞에서 57명의 영령께 고개 숙여 묵념을 올렸다.

참으로 안타까운 일이었다. 대부분 함정이 보통 50여 년의 현역 경력을 갖고 퇴역하는 데 반하여, 지리산함은 우리 해군의 함정 중 가장 짧은 1년 5개월의 경력을 갖게 된 비운의 함정이 되었다.

그래서였을까? 통일공원에 있는 지리산함은 못다 한 삶이 아쉬워 뱃머리를 동해 쪽으로 향하고 있었다.

(2015. 수필문학. 10월호)

돌아오지 않는 당포함

– 당포함 전몰장병 충혼탑

태조 이성계가 왕자의 난으로 상처를 받아 왕위에서 물러난 후 고향인 함흥으로 갔다. 이에 태종 이방원은 아버지의 서운한 마음을 달래고, 한양으로 모셔 오기 위해 여러 차례 함흥으로 사람을 보냈다. 이성계는 화가 풀리지 않았는지 이방원이 보낸 사람들을 죽이거나 잡아 가두고 돌려보내지 않았다. 이렇게 해서 심부름 간 사람이 돌아오지 않을 때 우리는 함흥차사라 이야기한다.

대한제국 말기, 일본은 우리나라의 외교권을 빼앗기 위해 강제로 을사늑약을 체결하였다. 이에 고종은 이상설, 이준, 이위종을 밀사로 네덜란드 헤이그로 보낸다. 헤이그에서 열리는 만국평화회의에 참석해 강제로 체결된 을사늑약의 무효를 전 세계에 알리기 위해서였다. 하지만 일본과 영국의 방해로 밀사들은 회의장에도 들어가지 못하고, 회의장 앞에서 각국 기자들에게 한국의 억울함을 호소하는 기자회견만 하였다.

그러한 이유로 한국에 있던 일본 통감부에선 일본의 국위를 훼손한 밀

당포함 전몰장병충혼탑

사들에 대해 궐석 재판을 열어 이상설은 사형, 이준, 이위종은 무기징역형을 선고하였다. 따라서 헤이그에 파견했던 세 분의 밀사들은 고국에 돌아오지 못했다. 이준은 헤이그에서 분함을 참지 못해 병사했고, 이상설과 이위종은 프랑스, 영국, 미국 등을 돌아다니며 조국의 억울함을 알린 후, 이상설은 연해주와 간도 지방에서 이위종은 러시아에서 항일운동을 하다, 그곳에서 생을 마감하였다.

강원도 고성군 거진읍 공설운동장 뒤쪽에는 '당포함전몰장병충혼탑'이 있다. 충혼탑은 고대 이집트에서 태양 숭배의 상징으로 세운 오벨리스크(Obelisk)처럼 위쪽이 뾰족한 사각기둥으로 되어 있다. 충혼탑의 앞면엔 '당포함전몰장병충혼탑'이라 쓰여 있다. 충혼탑은 말없이 거진 앞바다를 바라보고 있었다.

1966년 12월 28일, 진해항을 출항한 당포함은 12월 29일 노량함과 임무를 교대한 후, 동해의 북방한계선(NLL) 근해에서 해상경비와 어로보호 작전을 수행하고 있었다.

1967년 1월 19일, 당포함은 경기함, 한산함, 낙동함과 함께 동해의 휴전선 인근에서 명태잡이를 하는 우리 어선들을 보호하고 있었다. 어민들은 어획량을 조금이라도 더 올리기 위해 명태 떼를 쫓아 북상하다 북방한계선 근처까지 올라가기 일쑤였다. 그날도 명태잡이 어선 수백 척이 어장으로 몰렸다. 많은 어선이 어로 저지선을 넘나들며 명태잡이에 몰두하고 있었다. 이에 당포함은 경고방송을 하며 어선들이 북쪽으로 넘어가지 못하도록 단속을 했다. 오후 1시 30분경, 수원단(水源端 : 북한 장전항 부근의 돌출부) 동방 6마일 지점에 북한 경비정 2척이 나타나 우리 어선단 쪽으로 다가왔다. 이에 당포함은 북한 경비정이 우리 어선을 납치하려는 것으로 생각하고 그들이 우리 어선단 쪽으로 접근하지 못하도록 선체(船體)로 막으면서, 어선들이 더 이상 북상하지 못하도록 경고 방송을 하였다. 이때 갑자기 북한의 수원단 포대에서 당포함을 향해 포를 발사하기 시작했다. 이에 함장은 '전투배치' 발령을 하고 함정이 전속력으로 그곳에서 빠져나갈 것을 명령하였다. 하지만 이미 기관실이 포탄에 맞았고 탄약고도 불이 붙었다. 당포함은 그곳을 벗어나려 했지만 이미 기동이 멈추어버린 상태였다. 수병들은 3인치 포와 40mm 기관포로 북한군과 대응하며 함정이 적에게 노출되지 않도록 연막탄까지 터트렸지만, 소용이 없었다.

당포함 선상은 아수라장이 되었다. 박태반 중위는 부상한 후에도 수병들을 독려하며 "계속해서 쏴라"고 외쳤지만, 퇴함 명령이 내려졌을 때 그는 이미 포대 옆에서 전사한 후였다. 또한, 이승무 중위와 많은 수병이 전사했거나 상처를 입었다. 북한군 포대에서 포격이 멎었을 때 당포함은 이미 절반 이상 가라앉고 있었고, 함정의 앞쪽에 몰려있던 장병들은 바다로 뛰어들기 시작하였다.

함장 김승배 중령은 자신의 구명조끼를 부상한 수병에게 입혀 구명정에 태운 후, 생존자가 없음을 확인한 후에야 바다로 뛰어내렸다. 그런 위기 상황에서도 당포함 수병들은 군인정신이 투철했다. 정완섭 병장은 극비서류를 허리에 묶은 후 바다에 뛰어들었다가 한산함에 구조되었고, 김영석 하사는 암호 서류를 배가 침몰하는 마지막 순간까지 가지고 있다가 물속에 가라앉혔다.

　이렇게 용감하게 싸웠던 당포함 용사들은 구명정에 탔거나 바다로 뛰어들어 51명은 다른 해군함정에 의해 구조되었다. 하지만 구조된 용사 중 11명은 이미 사망했거나 구조된 후에 숨을 거두었다. 더욱 안타까운 일은 28명의 용사는 침몰하는 당포함과 함께 수심 200m 바닷속으로 가라앉고 말았다.

　그 후 11위의 유해는 안장되었지만, 시신을 찾지 못한 나머지 28위는 그들의 유품만 국립서울현충원 해군묘역(19묘역, 21묘역)에 안장되었다. 그 후, 그들의 희생정신을 기리기 위해 인근 주민들과 해군 당국의 협조로 거진 앞바다가 보이는 이곳에 충혼탑을 세우게 된 것이다.

　충혼탑 앞에는 그들의 영혼을 위로하기 위해 제를 올리는 상석이 있고, 탑 옆면에는 전몰장병 39명의 이름이 새겨져 있다.

　지금도 동해의 북위 38도 39분 45초, 동경 128도 26분 48초 바다 밑에는 당포함과 함께 28위의 용사들이 잠들어 있다. 누가 있어 50년 전에 침몰한 당포함을 인양해 그들의 유해를 편안히 잠들게 해 줄 것인가?

　당포함이 진해 해군기지를 출항한 지 50여 년이 지났다. 하지만 아직도 당포함은 진해 해군기지로 돌아오지 않고 있다.

(2017. 수필문학. 1·2월호)

돌아온 밀사(密使)

– 헤이그에 있는 이준 열사 유적지

'돌아오지 않는 밀사(密使)'란 영화가 있었다. 구(舊) 한말 일본에게 빼앗겼던 우리의 주권을 다시 찾고자, 고종황제가 헤이그에서 열리는 만국 평화회의에 세 분의 밀사를 파견했으나, 끝내 돌아오지 못했다는 슬픈 이야기다.

초등학교 때 선생님께서, '헤이그에 간 밀사들이 세계 각국 대표들에게 우리의 억울한 처지를 호소했으나 별 효과가 없자, 분(憤)을 참지 못한 이준 열사(烈士)가 할복(割腹)하여 자신의 창자를 회의장 테이블 위에 던지고, 그 자리에서 장렬하게 돌아가셨다'는 이야기를 들었다.

어린 마음에도 이준 열사의 이야기가 너무 감동적이어서, 헤이그를 한 번 가보고 싶은 마음이 생겼다. 하지만 어디 그런 기회가 쉽게 올 수 있다 하던가?

하지만 지성이면 감천이라 하였다. 가슴속에만 간직하고 있던 소망이 이루어질 기회가 생겼다. 마침 교육부에서 공고 기계과 교사 해외 연수

계획에 따라, 내게 독일의 대학에 가서 3개월간 수학할 기회가 주어졌다. 독일에 가면 네덜란드의 헤이그에 가서 이준 열사의 묘소에 참배하고 싶었다.

그때 열사의 묘소에 향불을 피워 드리고자 향을 준비했다. 하지만 향은 약해서 쉽게 부러질 염려가 있어 가져가기가 불편했다. '어떻게 가져갈까?' 하고 궁리한 끝에 문익점 선생이 중국에서 목화씨를 가져올 때의 일화가 생각나, 그리해 보기로 하였다. 붓 뚜껑 대신 볼펜 껍데기를 이용하였다. 볼펜에서 심(芯)을 빼낸 후 향을 절반으로 잘라 그 속에 넣고 닫았다.

독일에 도착하니 한국과는 달리 모든 게 낯설고 어설펐다. 그곳에서는 학교의 수업도 금요일까지만 했다. 따라서 토요일과 일요일에는 여유가 있어, 주로 관광명소를 찾아다니며 견문을 넓힐 수가 있었다.

오늘은 수업이 끝나는 대로 스웨덴으로 간다. 국제선 열차를 타기 위해 우리가 머물고 있던 다름스타트에서 프랑크푸르트로 갔다. 하지만 우리가 프랑크푸르트에 도착했을 땐, 스웨덴으로 가는 국제선 열차는 이미 떠나버린 후였다. 행선지를 스웨덴으로 정했기 때문에, 그 외의 달리 정한 목적지는 없었다. 이참에 동료들에게 네덜란드의 헤이그로 갈 것을 제의해 보았다. 스웨덴 외에는 특별히 정해 둔 목적지가 없었기 때문에 행선지를 쉽게 헤이그로 바꿀 수 있었다.

프랑크푸르트에서 열차를 타고 쾰른을 거쳐 7시간 만에 네덜란드의 암스테르담에 도착하였다. 밤늦게 도착하여 그곳에서 하룻밤을 지내야 했다. 이튿날 아침 다시 열차 편으로 헤이그로 갔다.

헤이그 이준 열사 기념관 전경

헤이그의 와건스트리트(Wagenstraat) 124번지에 있는 이준 열사 기념관. 이 건물은 1620년에 건축된 헤이그의 고옥(古屋) 중 하나로, 그동안 가정집, 상가, 호텔, 당구장 등으로 사용되어 왔다. 이준 열사가 만국평화회의에 참석하기 위해 이곳에 오셨을 당시에는 드용(De Jong)이란 호텔로, 세 분의 밀사도 이곳에서 머물렀다고 한다. 그러한 유래로 인하여 우리의 교포인 이기항(李基恒) 씨가 사재를 털어 이 건물을 구입한 후, 전경련과 정부의 후원으로 열사의 88주기인 1995년 8월 5일에, 이준 열사 기념관으로 개관한 것이다.

흰색으로 된 3층 건물엔 영어로 'YI JUN PEACE MUSEUM'이라 쓰여 있고, 1층 입구의 세로 간판엔 한글로 '이준 열사 기념관'이라 새겨져 있다. 좁은 층계를 따라 2층으로 올라갔다. 방마다 각각 이름이 붙어 있는데, 그중 맨 첫 번째 방이 '이준의 방'이다. 방에 들어서자마자 왼쪽 중앙에 계신 이준 열사의 흉상(胸像)이 우리를 맞는다. 넓은 이마에 준엄하면서도 인자한 용모를 갖추신 열사는, 양복에 나비넥타이를 매고 계셨다.

'호마(胡馬)는 언제나 북쪽 바람을 향해 서고, 남쪽 월(越) 나라에서 온 새는 나무에 앉아도 남쪽으로 향한 가지에만 골라 앉는다(胡馬依北風 越鳥巢南枝).' 했던가.

열사는 조국으로 돌아가지 못하는 설움을 눈에 담고 계셨다. 머나먼 이국땅에서 애타게 조국을 그리던 열사의 향수에 젖은 눈빛이 나를 슬프게 한다.

고종황제의 밀서를 품고 헤이그에 도착하신 세 분의 밀사를 그려본다.

정사 이상설(李相卨), 부사 이준(李儁), 종사관 이위종(李瑋鍾) 일행이 헤이그 만국회의장에 도착했을 때, 밀사들은 을사늑약에 대한 일본의 국권 강탈의 부당함을 세계만방에 폭로하여, 각국 대표들의 지지를 얻으려는 열망에 가득 차 있었다. 하지만 일본 대표들의 방해로 회의장에도 들어가지 못했다. 이에 밀사들은, 일본의 국권 침략을 폭로하는 호소문을 연서(連署)로 작성하여 평화회의에 참석한 각국 대표들에게 보내려했으나, 회의장 문은 열리지 않았다. 마지막으로 영어, 불어 등 4개 국어에 능통한 이위종이, 만국평화회의장 앞에서 '축제의 뼈다귀'*란 이집트 속담을 인용해 기자회견을 했으나, 각국 언론의 관심을 끄는 데 그치고 말았다.

본회의 참석이 좌절되자 이준 열사는 분함을 가슴으로 삭히면서 단식을 계속하셨다. 순사(殉死)하기 전날 의식을 잃었던 열사는, 저녁 무렵에야 느닷없이 일어나서 "이 나라를 도와주세요, 일본이 우리나라를 침략하고 있습니다"라고 울부짖으며, 가슴을 쥐어뜯다가 끝내 숨을 거두셨다고 한다.

헤이그 밀사들에 의해 세계만방에 일본의 침략상이 폭로되자, 국위를 손상당한 일본은 그 책임을 고종황제에게 물어, 황위를 강제로 퇴위시키고 황태자(순종)에게 자리를 넘기도록 하였다. 또한, 이완용 내각은 궐석(闕席) 재판을 열어, 이상설은 사형, 이위종, 이준은 각각 무기징역을 선고하였다. 이러한 국내 사정으로 인하여 돌아가신 후에도 죄인이 된 이준 열사의 유해는 조국으로 돌아오지 못하고, 헤이그 현지에서 장사를 지내게 되었다. 그리고 두 분의 열사도 죄인이 되어 조국으로 돌아오지 못하고, 머나먼 이국땅에서 기약 없는 유랑의 길을 떠나야 했다.

이준 열사의 방에는 유족들이 기증한 친필 이력서와, 헤이그 밀사를 자청했던 자필 청원서 등 여러 점의 유품이 전시되어 있었다. 전시된 유품을 보면서 열사의 인생관과 더불어 일사보국(一死報國)의 국가관을 알 수 있었다.

이어 만국평화회의 한국자료실로 갔다. 이곳에는 만국평화회의 한국 관계 자료가 전시된 곳으로, 만국평화회의보(萬國平和會議報)를 비롯한 세 분 열사의 여로(旅路), 만국평화회의 초청국 명단과 초청문 등이 전시되어 있었다. 이곳에서 한 가지 새로운 사실을 알게 되었다. 지금까지는 우리나라가 만국평화회의에 초청되지 않은 것으로 알고 있었으나, 정식으로 초청되었다는 것이다. 하지만 일본의 방해 공작으로 인하여 고종황제도 그 사실을 모른 채, 세 분의 밀사를 헤이그에 파견하셨던 것이다. 이러한 사실이 1997년 열사의 자료를 조사하던 중에 발견되었다고 한다. 그 자료에는 우리나라가 12번째로 초청국 명단에 올라있었다.

기념관에는 이준의 방 이외 만국평화회의 한국자료실, 이상설의 방, 이위종의 방 등, 8개의 방이 있어 방마다 그 이름에 맞는 전시물을 전시하고 있었다.

1907년 7월 14일 이준 열사가 돌아가신 후, 그 유해는 헤이그에 있는 네오 에이켄듀이넨(Nieuw Eykenduynen) 공원묘지에 안장되었다. 그 후 56년이 지난 1963년에 열사의 유해는 수유리로 이장되었고, 이곳엔 열사의 묘적지(墓蹟地)*만 남아 있다는 것이다.

기념관을 관람한 후 문제가 생겼다. 같이 갔던 동료들이 이준 열사의 묘적지에는 가지 않겠다는 것이다. 공동묘지라면 한국에서도 사람들이 잘 가지 않는 곳인데, 이곳까지 와서 경치 좋은 곳을 놔두고 묘지에 갈 리가 있겠는가. 그곳을 가자는 것은 나만의 어리석은 생각이었다. 그들은 네덜란드의 상징인 풍차를 보러 간다 했다. 하는 수 없이 동료들과 오후 3시에 암스테르담 역에서 만나기로 약속한 후 헤어졌다.

전철을 타고 이준 열사의 묘적지(墓蹟地)가 있다는 공원묘지로 갔다. 가면서도 잘못 내리지나 않을까 걱정이 되어 전차 안에 붙어 있는 노선도에서 눈을 뗄 수가 없었다.

긴장된 상태로 열사의 기념관에서 약 4km 떨어져 있는, 캄퍼 포엘리스트리트(Kampe rfoeliestraat)에 있는 네오 에이겐듀이넨 공원묘지에서 내렸다.

넓은 공원묘지를 보는 순간 당황했다. 묘지에 가면 쉽게 열사의 묘적지를 찾을 수 있을 것이란 기대가 한꺼번에 무너져 내렸기 때문이다. 이렇게 넓은 공원묘지에서 어떻게 열사의 묘적지를 찾는단 말인가? 이것은 대규모 아파트 단지에서 동·호수도 모른 채, 무턱대고 김 서방네 집을 찾으려는 어리석은 일이었다.

하지만 벌은 침(針)만 믿는다고, 독일어는 물론 영어도 제대로 못 하는 나도 믿는 데가 있었다. 그것은 한국에서 올 때 가지고 온 '6개 국어 회화집'이란 책이다. 그 책에는 영어를 비롯한 독일어, 불어 등 6개국의 기본 회화가 한국어와 함께 실려 있어, 외국어를 모르는 나 같은 사람도 쉽게 기본

회화를 할 수 있게 되어 있었다. 그래 그 책을 꼭 배낭 속에 넣고 다녔다.

하지만 배낭을 아무리 뒤져봐도 책이 없다. 내가 믿고 의지할 것은 이제 아무것도 없었다. 오직 나 혼자 있다는 사실과 그 사실을 실감하는 순간 등에선 식은땀이 주르르 흘러내렸다.

유럽에 와서 동료들과 처음 헤어진 것이라 더욱 당황하게 되었다. 유럽의 지도 한 장 없는 처지에 회화책마저 없으니, 동료들을 못 만난다면 혼자 독일까지 돌아가기란 쉬운 일이 아니었다. 지팡이를 잃어버린 소경처럼, 힘이 쑥 빠지면서 나도 모르게 그 자리에 털썩 주저앉고 말았다.

주변을 둘러봐도 사람은 보이지 않는다. 보이는 것이 있다면 낯선 영혼(靈魂)들의 이름이 새겨진 묘비(墓碑)들만, 내 곁에 즐비하게 늘어서 있을 뿐이다. 반기는 이 하나 없는 낯선 묘역이, 내겐 더없이 외롭고 쓸쓸하기만 하였다.

이곳에서 짧은 시간에 이준 열사의 묘적지를 찾는다는 것은 거의 불가능한 일이었다. 구역 단위로 이루어진 묘역을 한 구역 한 구역 비문을 읽어가며 찾아야만 했다. 세월없는 붓 장수라면 모르겠지만 암스테르담에서 동료들과 약속한 시간에 만나기 위해선, 이곳에서의 시간은 1시간 정도밖에 없었다. 이렇게 찾다간 하루라도 모자랄 지경이었다.

시간이 지나면 지날수록 마음은 더 초조해졌고, 다른 한 편으론 내가 하는 일이 한심한 일이라는 생각마저 들었다. 어떻게 쉽게 찾는 방법이 없을까?

주위를 아무리 둘러봐도 아무도 보이지 않는다. 이렇게 찾다간 열사의

헤이그 이준 열사 묘적(묘가 있던 자리)

묘적지를 보지도 못하고 동료들을 만나러 가야 할 것 같다. 그렇게 되면
그들은 나를 보고 뭐라고 말을 할까? '그러면 그렇지 여기가 어디 한국인
줄 아나, 배짱 좋게 떨어져서 혼자 묘적지를 찾겠다며 나서더니, 그것 참
잘되었다'며 비웃을 동료들의 얼굴이 떠올랐다.

지금까지 고생한 보람이 없었다. 이곳에 와서 얻은 것이 있다면 혼자
떨어져 있을 때 느낄 수 있는 외로움과 절박한 두려움만 절실하게 실감했
을 뿐이다. 시계를 볼 때마다 입술이 탄다. '도대체 열사의 묘적지는 어디
에 있단 말인가?' 한숨만 저절로 나왔다. '어떻게 쉽게 찾는 방법은 없을
까?' 생각하며 주위를 둘러보았다.

풀잎이 빛을 바꾸고 나무가 이파리를 벗는 가을이다. 바람에 날리는 낙

엽을 따라가던 눈길이 낙엽을 쓸어 모으는 청소부한테 가 머문다. 이곳에 와서 처음 본 사람이다. 반가운 마음에 달려가 "헬로 헬퓨"까지는 했으나, 다음 말이 나오지 않는다. 네덜란드어를 모르는 주제에 청소부를 만난 들 무슨 소용이 있단 말인가? 이곳이 설령 한국이라 할지라도 공동묘지에서 '묘가 있었던 자리를 찾는다는 것은 쉬운 일이 아닐 텐데, 이곳은 네덜란드가 아닌가. 그림의 떡이라고나 할까.'

갑자기 말이 막혀 청소부만 바라보았다. 무슨 말이라도 해야 하는데 당황한 탓에 갑자기 벙어리가 된 것이다. '무덤'이란 영어 단어가 영 생각이 나질 않는다. 그도 안타까운 듯 나를 바라보고 있다. 아무 말 없이 시간이 흘렀다.

"이준 텀 웨어(Yi jun tomb where)." 그가 더 반갑다는 표정으로 나를 보며, "오! 코리아"라 했다. 그는 나를 데리고 갔다. 그가 데리고 간 곳은 내가 서 있던 곳에서 10여 미터밖에 떨어지지 않은 곳이었다. 그곳에 이준 열사의 묘적지가 있었다.

묘적지에는 기념관에서 본 모양과 크기가 똑같은 흉상이 모셔져 있었다. 흉상 앞에는 제단이 있고, 오른쪽에는 '일성 이준 열사의 묘적'이라 새겨진 비석이 있다. 제단 위에 있는 꽃병에는 언제 누가 와서 꽂아놓고 갔는지 하얀 국화가 꽂혀있었다. 꽃이 싱싱한 것으로 보아 다녀간 지 얼마 안 되는 것 같다. 코끝에 스치는 그윽한 국화 향기에서 조국을 사랑하고 열사의 충정을 기리는 마음을 느낄 수 있어, 지금까지 외롭고 쓸쓸하기만 했던 내 가슴에까지 따뜻한 마음이 전해오는 것 같았다.

열사는 순국하신 후 56년간 이곳에 잠들어 계시다가, 70주기가 되던 지난 1963년에야 조국으로 돌아가셨다. 기나긴 세월을 낯선 이국땅에서 조국으로 돌아갈 날만을 기다리며 지내셨던 것이다.

열사께 참배한 후 비디오카메라로 묘적지를 촬영했으나 아쉬움이 남는다. '이곳까지 와서 열사의 흉상 곁에서 사진 한 장 못 찍고 돌아가다니….'

혹시 사진을 찍어줄 사람이 있나 하고 둘러봤으나 아무도 없다. 조금 전에 나를 안내해 줬던 청소부도 보이지 않는다. 아쉬웠다. 동료들과 암스테르담에서 만나기로 약속한 시간은 좀 남아 있었다. 이번엔 멀리 둘러보았다. 50여 미터 되는 거리에 아이 하나를 데리고 온 부부가 누군가의 묘 앞에서 기도를 하고 있다. 그곳으로 갔다. 하지만 이번에도 무슨 말을 해야 할지 생각이 나지 않았다. 이럴 땐 아무래도 세계 공통어인 보디랭귀지가 제일인 듯싶었다.

"헬로우, 헬퓨" 하며 손끝으로 카메라 셔터를 가리켰다. "오케이" 하며 중년 남자가 선뜻 나를 따라나섰다. 열사의 흉상 곁에 자세를 취하고, 그곳을 다녀왔다는 증거로 사진 한 장을 찍었다.

마음이 후련했다. 하지만 그래도 미련은 남는다. 열사의 기념관에 갔을 때 제물(祭物)도 준비하지 못하고, 향불도 피워 드리지 못한 것이 마음에 걸렸다. 그래 다시 그곳으로 돌아가기 위해 전차를 타고 기념관 근처에서 내린다는 것이 훨씬 못 미쳐서 내렸다. 기념관을 찾기 위해 이리저리 헤매며 지나는 사람들한테 물었다. 무어라 대답은 하는데 도무지 알아들을 수가 없다. 조금 가다 묻고 다시 묻기를 수차례, 주변을 다람쥐 쳇바퀴 돌듯 몇 바퀴 돈 후에야 그곳을 다시 찾을 수 있었다.

관장이 의아한 표정으로, "왜 다시 왔느냐?"고 묻는다. "열사를 빈손으로 찾아와 뵙고 떠나는 것이 부끄러워서 다시 왔다"고 말한 후, 문 입구에 있는 모금함에 작은 성의를 표시했다.

이제 가벼운 마음으로 헤이그 역까지 걸어서 갔다.

암스테르담행 열차에 오르니, 긴장이 풀리면서 몸도 풀린다. 하지만 뭔가 허전한 느낌이 든다. 지금까지 긴장된 순간의 연속이라 점심도 먹지 못한 것을, 그제야 비로소 알았다. 마음이 편해야 배고픔도 느끼는 걸까.

달리는 열차의 창가에서 보는 만추(晩秋)의 들판 풍경이 아름답다. 돌지 않는 풍차를 보며 눈을 감는다.

* **축제 때의 뼈다귀** : 1907년 7월 5일 이위종이 만국평화회의장 정문 앞에서 한 기자회견에서 인용한 이집트의 속담. 이위종은 기자회견에 앞서 '이집트인들은 잔칫상에 뼈다귀 하나를 올려놓는 습관이 있다. 그 이유는 회식을 즐기는 사람에게 '죽음을 생각하라'는 뜻이다. 불멸의 신의 섭리로 열리게 된 이번 헤이그 잔치에도 불행하게도 이집트의 뼈다귀가 나타났다.' 회의장에 참석하지 못한 세 분의 밀사들은 자신들이 그 옛날 이집트 뼈다귀의 현대판이 되어 있음을 비유한 후, 기자들과 회견을 가졌다.
* **묘적지(墓蹟地)** : 묘가 있었던 자리.

(2001. 에세이문학. 여름호)

대통령의 눈물
- 독일로 갔던 간호사와 광부

TV에서 '사돈 처음 뵙겠습니다'란 프로가 방영된다. 열아홉 살 난 베트남 처녀가 마흔세 살의 한국 농촌 총각에게 시집을 왔다. 친정이 가난해서 얼마의 돈을 친정집으로 보내 살림에 도움을 주고자, 낯설고 물선 한국 땅으로 시집을 온 것이다. 어린 신부는 얼마나 외롭고 힘이 들었을까? 그녀는 한국의 농촌생활에 적응하기 위해 많은 어려움을 겪었을 것이다.

베트남에 있는 부모 형제들이 그리워 남몰래 흘린 눈물도 많았을 것이다. 가족이 그리워 친정에 가고 싶지만 가지 못하고, 혼자 그리워한 날 또한 얼마나 많았으랴.

친정에 가지 못하는 어린 신부를 위해 영상 편지가 방영된다. 고향 생각이 난 신부가 어린 시절 할머니께서 불러주시던 자장가를 부르며 눈물을 흘린다.

그 장면이 베트남에 있는 친정 가족들에게 보내졌다. 어린 신부가 울면서 자장가를 부르는 모습을 본 친정 가족들이 모두 눈물을 흘린다.

이번엔 베트남에 계신 할머니가 한국에 있는 손녀가 생각나 자장가를 부르며 눈물을 흘린다. 그 장면을 본 신부는 고향에 대한 그리움과 외로움이 한꺼번에 밀려왔는지 더 흐느껴 울고 있다. TV를 보던 나도 절로 눈시울이 뜨거워진다.

요즈음 한국의 노총각들이 우리보다 국민소득이 낮은 동남아 국가나, 러시아 등의 처녀들과 결혼하는 경우가 늘어가고 있다. 하지만, 국가 경쟁력 및 국제적 신용도가 낮았던 60년대에는 우리의 형과 누나들이 외화를 벌기 위해 외국에 나가 고생을 많이 했다. 그 대표적인 예가 1960년대 초부터 서독으로 파견되었던 간호사와 광부들이다. 정부에서는 그들을 서독에 파견하여 외화를 벌어들이는 한편, 서독 정부로부터 많은 돈을 빌려와 국가 발전에 이바지하였다.

아직도 TV에선 어린 신부가 눈물을 흘리고 있다. 어린 신부의 눈물 속엔 서독으로 파견되었던 우리 누나들의 눈물도 함께 섞여 있는 것 같다.

독일에 머물고 있을 때의 일이다. 생활에 필요한 물건을 사기 위해 동료들과 함께 대형 매장으로 갔다. 이때 우리들을 물끄러미 바라보는 60대 초반의 한 아시아계 여인이 있었다. 그녀는 우리가 사용하는 한국어가 신기했던지 물건을 살 때마다 자신의 물건은 살 생각도 않고, 우리의 뒤만 계속해서 따라 다녔다. 이젠 친근감을 느꼈음인지 살짝 미소까지 지어 보인다. 물건을 다 산 후 계산대에서 돈을 낼 때, 비로소 그녀가 말문을 열었다. "한국에서 오셨습니까?" 하고 물었다. 이에 우리가 "맞다"라고 대답을 하자 자신도 한국인이라며, 가까운 친척이라도 만난 듯 반가워했다.

그녀는 1960년대 초 간호학교를 졸업하고 개인병원에서 근무하던 중, 서독에 파견할 간호사 모집에 지원했다. 조건은 좀 까다로웠지만, 한국에 서보다 파격적으로 많은 보수를 준다기에 가난한 집안 살림에 도움을 주고자, 지원했다고 하였다.

처음엔 서독의 한 병원에서 허드렛일과 굳어버린 시체 닦는 일을 하였다. 말도 통하지 않는 타국이지만 돈을 더 벌기 위해 주말 근무까지 하면서, 억척같이 돈을 모아 고향으로 보냈다.

그 무렵 박성희 대통령은 한국의 경제개발에 사용할 자금을 구하기 위하여 외국으로부터 돈을 빌리려 했지만 빌릴 수가 없었다. 우리의 국민소득이 100달러로 필리핀이나 태국보다 훨씬 낮았고, 국가의 신용등급 또한 낮았기 때문에 한국에 돈을 빌려줄 나라는 없었다. 또한, 돈을 빌리는 데 가난한 한국을 위해 보증을 서줄 나라도 없었다.

결국, 박 대통령은 간호사와 광부를 서독에 파견해서 그들의 보수 중 일부를 서독 코메르츠 은행에 적립하는 조건으로, 1억 5,000만 마르크의 돈을 서독 정부로부터 빌릴 수 있었다.

1964년 12월, 박 대통령이 서독을 방문하게 되었다. 대통령은 방문 기간 중 나라를 위해 외화를 벌어들이고 있는 간호사와 광부들을 만나 그들을 위로해주고 싶었다. 대통령이 서독의 루르 지방에 있는 함보른 탄광회사로 갔다. 대통령이 오신다는 소문을 듣고 간호사와 광부 300여 명이 회사 강당으로 모였다. 그리워하면서도 가지 못하고 마음속으로만 그려 왔던 조국이 아닌가. 그런 조국의 대통령이 이곳에 오셨으니 얼마나 반가운 일인가. 그들은 보고 싶은 가족들을 대신하여 대통령의 얼굴이라도 한번 보기 위해 그 자리에 모였다.

의식이 시작되어 애국가를 부를 때였다. "대한사람 대한으로…." 간호사와 광부들은 더는 목이 메 애국가를 부를 수 없었다. 흐느끼는 울음소리가 강당 안을 꽉 메웠다. 그들은 대통령을 만난 것이 부모 형제를 만난 것처럼 너무 반가웠고, 그리운 조국이 생각나 슬피 울었다. 그 후 대통령도 연설을 중단할 수밖에 없었다. 장내를 가득 메운 울음소리가 급기야는 대통령에게로 전이되어 강당 안은 울음바다가 되어 버린 것이다.

지난날 박 대통령이 흘린 눈물이 아직도 마르지 않았는지, 전직 간호사 출신인 그녀의 눈에 눈물이 글썽거린다. 그렇게 그리워하던 조국. 그 조국에서 온 사람이 반가웠고 자신의 처지가 안타까워 눈물을 흘리고 있었다.

그녀와 같이 서독에 왔던 간호사 중에는 만기가 되어 조국으로 돌아간 사람도 있고, 외로움을 견디지 못해 광부들과 결혼해 사는 사람, 결혼에 실패해서 그리운 조국에도 돌아가지 못하고 이곳에서 눌러 사는 사람도 있다고 한다.

우리가 만났던 그녀는 꽃처럼 아름다웠던 젊은 날에 가난한 조국과 가족을 위해 정신없이 돈을 벌었다. 하지만, 세월은 그녀의 꽃다운 나이를 붙잡아 두지 않았다. 이제 노년(老年)이 되어 뒤늦게 조국에 돌아간다 해도, 부모님마저 세상을 떠났기 때문에 반겨줄 사람도 없고, 비싼 집값과 생활비를 감당할 수 없어 조국에 돌아가지 못하고 이곳에 머물고 있다.

그녀는 떠돌이별이 태양을 의지해서 주위를 맴돌 듯, 조국과 가족을 사랑했지만 그곳으로 돌아가지 못하고, 고향산천만 마음속에 간직한 채 이곳에서 쓸쓸히 살아가고 있었다. 그녀와 헤어져 숙소로 돌아오면서도 마음 한구석엔 왠지 모를 허전함이 남아 있었다.

TV에선 베트남에서 온 신부의 부모가 한국에 있는 사돈을 껴안고 눈물을 흘리고 있다. 그 광경을 바라보던 신부도 눈물을 흘린다. 그동안 힘들었던 일들을 말로는 표현하지 못하고 눈물로 대신하고 있었다.

만약, 베트남 대통령이 한국을 방문한다면 그도 베트남 신부들을 끌어안고 눈물을 흘릴 것 같다.

(2009. 수필문학. 1·2월호)

306호

- 상해 임시정부청사

집 없는 사람은 정신적 육체적 고통이 심하다. 결혼 후 계속 전세를 살 았다. 정이 들고 살림도 제자리를 찾을 만하면 이사를 하게 되었다. 그때도 곁방에 살던 주인이 애를 낳더니 안채를 비워 달라고 했다. 며칠 동안 집을 구하러 다녔으나 헛수고였다.

그런 기회에 작으나마 내 집을 갖고 싶은 마음이 생겼다. 내 집이라면, 이사를 자주 하거나 주인 눈치 볼 필요도 없을 테니 빚을 내고 무리를 해서라도 내 집을 사기로 하였다.

마침, 시내 변두리에서 아파트를 분양한다기에 그곳에 가 봤다. 이미 큰 것은 분양되었고, 작은 것만 남아 있었다.

몇 호를 선택할까 고민했다. 5층 건물이니 3층이면 가운데 층이라 난방 효과도 좋을 것이고, 6호라면 좌·우로 봐서 중앙이라 306호를 골랐다.

306, 3에다 6을 더하면 9가 된다. 서양인은 7, 중국인은 3을 좋아한다지만, 한국인은 9를 좋아한다고 한다.

한반도 좁은 땅에 태어나 작은 것에서 탈피하고 싶은 잠재의식의 발로에서인지 모르지만, 우리나라 사람들은 큰 것을 좋아한다. 신문 기사나 광고를 봐도, 동양 최대니 세계 제일을 내세울 때가 더러 있다.

9는 기수(基數) 중에서 가장 큰 수이다. 또한, 가보라 하여 끗발로 인정하는 놀이도 있다.

이런 까닭으로 306호를 선택했는지 모른다.

그 아파트는 오르내리는 길의 경사가 심했다. 겨울은 개구쟁이들의 멋진 스키장이 되었고 여름엔 숨을 몰아쉬며 올라야 했다. 하지만 좋은 점도 있었디. 시내 야경을 한눈에 볼 수 있었고, 약수터가 지척에 있어 목이 절로 시원해지는 곳이기도 했다. 그래서 그 집에서 7년을 살았다. 그런데 아이들이 자라고 살림도 하나씩 늘어나면서 책상 하나 들여 놓을 공간이 없었다. 이사 가라고 채근하는 주인은 없었지만 아내가 좁다고 불평을 한다. 넓은 집이 필요했다. 남들처럼 아파트 추첨에 기대를 걸어 보았다.

분양 공고가 나올 때마다 신청했으나 번번이 떨어졌다. 여러 번 떨어지니 마음도 상처를 입는가 보다. 이제 신청할 의욕조차 사라졌다. 다음부터는 주택 청약 예금에 가입하지 않으면 자격이 제한된다고 했다. 마지막으로 주어진 기회를 이용해 볼 셈으로 신청서를 냈다. 추첨은 컴퓨터로한다고 했다.

추첨 발표일, 게시판 앞에는 많은 사람이 모여 있었다. 그들과 한 덩어리가 되어 숫자의 행렬을 바라보았다.

물건을 보면 욕심이 생기는 걸까. 우선 좋은 층부터 찾아보았다. 보이

지 않는다. 이젠 달갑지 않게 생각하는 층이라도 봐야 했다. 그곳이 당첨
된 것이다. 3층이다. 하지만 1층이나 2층보다 낫다. 3층이면 운동 삼아
걸어 다닐 수도 있고, 땅의 기운이 작용하니 고층보다 건강에 좋을 것 같
았다. 컴퓨터가 내게 지정해 준 것은 306이란 숫자였다.

306, 이 숫자는 나와 무슨 인연이라도 있는 것일까. 당첨된 새 아파트
로 이사 와 살면서도 신기한 생각이 들었다.

지난가을 상해에 갔을 때이다. 민족의 발자취를 찾기 위해 루쉰공원(魯
迅公園)으로 갔다. 루쉰공원은 우리에게 익숙지 않은 이름이지만, 문학
가 루쉰과 인연이 있다 하여 홍커우공원(虹口公園)에 붙여진 이름이다.

공원 중앙에는 루쉰 선생의 좌상(坐像)이 있고 뒤쪽에 그의 묘가 있었
다. 묘에는 마우쩌둥(毛澤東)의 친필을 음각(陰刻)한 '魯迅先生之墓(루
쉰 선생 지묘)'란 글씨가 선명하게 돋보인다.

매헌(梅軒) 윤봉길(尹奉吉) 의사의 자취를 찾기 위해 공원을 둘러 봤
다. 아무 흔적도 없다. 홍커우공원에 당연히 있어야 할 매헌은 없고, 노신
만 홀로 잠들어 있을 뿐이다.

1932년 4월 29일, 일본 천황의 생일인 천장절(天長節) 기념 행사와 전
승 축하식이 열린 기념식장에 폭탄을 던져, 홍커우공원 찾는데 한 몫을
했던 윤봉길 의사다. 이에 장제스(蔣介石)도 '중국의 백만 군대가 하지 못
한 일을 한국의 한 의사(義士)가 능히 하니 장하다'고 격찬했다 한다. 그러
나 공원에 루쉰의 집은 있되 윤봉길의 집은 없다. 윤 의사의 넋은 아직도
머물 곳을 찾기 위해 공원을 맴돌고 있으리라. 서운한 마음을 달래며 임시

상해 임시정부 청사 앞에서

정부 청사가 있다는 곳으로 발길을 돌렸다. 그곳에 가면 내 나라 선열들의
체취가 살아 숨 쉬고 있을 것이란 기대가 컸다.

상하이시 마당로(馬當路), 구식 건물엔 시(市)에서 지정한 관광 명소란
작은 간판이 걸려 있다. 생각보다 초라한 느낌을 준다.

안내양을 따라 들어선 곳은 방 한 칸 정도의 크기였다. 그곳에서 임시정
부의 내력을 들었다. 듣고 나서야 이곳이 임시정부의 청사가 아님을 알았
다. 여기는 중국 정부가 한국 관광객을 상대로, 안내문, 사진, 배지 등을
판매하고 관광 수입을 올리는 장소였다. 임정 청사는 바로 뒤편에 있는
연립 주택이었다. 그곳은 개인 소유의 집이라 주인이 외부인들의 잦은 출

입을 싫어한다고 했다.

그 집을 보고 싶었다. 그러나 철 대문이 굳게 닫혀 있다. 벌써 성급한 사람들은 문밖에서 사진을 찍고 있다. 문 앞으로 가 보았다. 문을 열고 반기는 사람은 없었지만, 닫힌 문에서 낯익은 숫자를 발견할 수 있었다. 三〇六, 그동안 두 번이나 우연히 만난 숫자를 여기서도 보게 된 것이다.

언젠가 덕산(德山)에 있는 윤봉길 의사의 사당과 생가를 찾은 적이 있고, 김구 선생이 머물렀다는 마곡사에서 선생의 영정 앞에 분향한 적도 있다. 그분들의 영(靈)이 306이란 숫자를 나와 인연 지어 준 것일까?

306호는 내가 사는 집이다. 그러나 이곳 三〇六 번지는 우리 민족의 집인 것이다. 선열의 넋이 살아 숨 쉬고 민족혼의 심지에 불을 댕겼던 자리가 아니던가. 하지만, 여기에 김구 선생은 없고 낯선 사람만 살고 있을 뿐이다. 남의 집에 세 사는 것도 고달픈 일이거늘 하물며 집 없는 선열들의 설움은 오죽하겠는가.

오늘의 나의 편안함도 사실은 조국을 위해 가신 임들의 피 흘린 결과가 분명할진데, 독립의 웅지(雄志)를 키웠던 홍커우공원이나 임정 청사에는 선열의 넋이 서릴 자리가 없구나.

허전한 마음에 하늘을 본다. 멀리 떠 있던 구름이 상하이 하늘을 드리우고 있다. 구름아, 너는 아는가. 이국(異國) 나그네의 서글픈 심정을.

* 이 글은 1992년 쓴 글이라 현재 상황과 많이 다를 수 있음을 밝혀둔다.

(1992. 수필문학. 3월호)

베를린의 영웅

– 베를린 올림픽 주경기장에 있는 손기정 선수의 국적

한 병사가 숨을 몰아쉬며 평원을 달린다. 누구에게 무슨 소식을 전하려고 저리도 급하게 달리는가? 그는 그리스군의 승전 소식을 아테네 시민들에게 알리기 위해 달리는 그리스의 병사 필리피데스다. 약 40km의 마라톤 평원을 쉬지 않고 달렸다. 그리고는 아테네 시민들에게 "우리가 이겼노라"고 외친 후, 그 자리에서 숨을 거두었다 한다. 여기서부터 마라톤의 역사는 시작된다.

베를린 올림픽 주경기장엔 손기정 선수의 이름이 새겨져 있다고 한다. 그곳에 한국 선수의 이름이 있다면 얼마나 큰 영광인가? 그 이름을 보고 싶었다.

마침 연수를 받기 위해 독일의 다름슈타트에서 3개월간 머물 기회가 있었다. 주말의 시간을 이용하여 베를린으로 가 그 이름을 찾아보기로 하였다.

초겨울 새벽 4시, 아직도 주위는 어둠이 짙게 깔려 있다. 그의 이름을 보겠다는 의욕 하나로, 찬바람을 가르며 다름슈타트역으로 나가 프랑크푸르트행 열차를 탔다. 6시에 프랑크푸르트에서 베를린으로 가는 초특급 열차 이체(ICE)가 있기 때문이다. 독일이 자랑하는 최대 시속 400km인 이체는, 프랑크푸르트에서 베를린을 쉬지 않고 달려 4시간 만에 도착한다고 했다.

이체의 일등실로 갔다. 산뜻하면서도 조용한 객실 분위기가 마음에 든다. 게다가 넓은 좌석의 등받이 뒤엔 작은 TV가 하나씩 설치되어 있다. 처음 보는 것이라 호기심이 생겨 TV를 켜는데, 승무원 아가씨가 식사를 가져온다. 하지만 요금이 얼마인지 몰라 선뜻 식사에 손을 대지 못하고 주위를 살펴보았다. 그랬더니 식사는 나만 주는 게 아니고 객실에 있는 사람들에도 다 주었다. 아침 일찍 열차를 이용하는 승객을 위하여 제공하는 특별 서비스인 것 같았다. 이젠 긴장도 풀렸고 객실 분위기도 웬만큼 익숙해져 후식으로 차를 한 잔 주문해 보았다.

열차는 쉬지 않고 어둠 속을 달린다. 얼마나 달렸을까? 차츰 어둠이 걷히면서 들판에 쌓인 흰 눈이 보이고, 이따금 너른 들판에 외롭게 서 있는 나무도 보인다. 미처 겨울 준비를 못 한 나무의 단풍잎에선, 독일의 초겨울 풍경도 엿볼 수가 있었다. 달리고 달려도 보이는 건 끝없이 펼쳐지는 광활한 들판뿐이다. 이 넓은 캔버스 위에 오밀조밀한 한국의 가을 풍경을 그려보는 사이에 어느덧 열차는 베를린 초오역에 도착하였다.

그곳에선 지하철(U-Ban)을 이용해 올림픽 경기장 역으로 갔다.

경기장 가는 길은 오른쪽에 작은 동산이 있고, 왼쪽엔 국기 게양대가 경기장까지 길게 늘어 서 있다. 멀리 주경기장의 모습이 보인다. 그 앞엔 두 개의 사각기둥이 당간지주(幢竿支柱)*처럼 서 있고, 그 사이로 오륜 마크가 보였다.

저렇게 크고 웅장할 수가! 히틀러가 독일 민족의 위대함을 전 세계에 과시하기 위해 개최했다는 베를린 올림픽. 엄청난 비용과 인원을 투자하여 그가 직접 건립을 지휘했다는 올림픽 주경기장이 아닌가. 그 규모가 62년 전에 세워진 건물이라고는 믿기 어려울 만큼 크고 웅장했다.

추운 날씨라 목도리를 하고 장갑까지 끼었으나 몸이 바싹 움츠러든다. 하지만 손기정 선수의 이름이 이곳에 새겨져 있다는 기쁨과, 같은 한국인 으로서의 긍지가 추위를 잊게 하였다.

정문에 도착하여 입장권을 샀으나, 곧바로 안으로 들어갈 수가 없다. 이렇게 크고 넓은 경기장에서 손 선수의 이름이 어디에 있는지 알 수 없었 기 때문이다. 이곳에서 손 선수의 이름을 찾으려면 한나절도 더 걸릴 것 같았다. 매표원에게 그 위치를 묻고 싶었으나 짧은 영어 실력이 문제였 다. 8년 동안 영어를 배웠지만, 기본회화 하나 제대로 못 하는 것이 안타 깝기만 했다. 한숨만 절로 나왔지만 어찌하랴, 무슨 말이라도 해서 찾아 볼 수밖에….

'올림픽 대회에서 우승한 선수를 무어라 말할까?'

문득 88서울올림픽 때 아나운서가 소리를 높여 외치던 말이 생각났다. 그래 '올림픽 챔피언'이란 바로 그 말이다. 그다음 선수들의 이름이 어디 에 있느냐? 고 물으려면 어떻게 할까?

용기를 내서 말도 되지 않는 영어를 해 보기로 하였다.

"할로, 올림픽 챔피언 네임 롸이트?"

매표원이 웃으며, 주경기장 전경이 찍혀있는 사진의 한 곳을 가리켜 준다. 그가 지적해 준 곳을 찾기 위해 경기장 안으로 들어갔다. 한때는 수십만 관중이 운집했을 경기장이지만 오늘은 텅 비어 있다. 아무도 없는 경기장 중앙엔 파란 잔디가 깔렸고, 붉은 트랙 위엔 흰색 라인이 선명하게 그려져 있다. 관중석 중앙에 있는 본부석을 지나 선수들의 이름이 새겨져 있다는 출구 쪽으로 간다.

출구 쪽 벽면엔 세 개의 대리석 판으로 된 대형 기념비가 있었다. 중앙의 기념비에는 오륜기가 그려져 있고, 그 양쪽에 있는 기념비에는 종목별 우승자의 이름이 새겨져 있었다. 설레는 마음으로 손 선수의 이름을 찾아보았다. 왼쪽 기념비에서 가까스로 손 선수의 이름을 찾는 순간 기대가 한꺼번에 무너져 내렸다.

'MARATHONLAUF 42195m SON JAPAN'

이게 웬말인가? 마라톤 우승자인 손 선수의 국적은 한국이 아니라 일본으로 새겨져 있었다. 여기 'JAPAN'이란 글자를 보기 위해 꼭두새벽부터 서둘러 여기까지 왔단 말인가…. 62년 전에 손 선수가 겪었던 나라 없는 설움을, 내가 다시 이곳에서 느껴야 했다. 허전한 마음을 달래며 경기장을 바라본다. 관중은 물론 열정을 다해 뛰던 선수들도 없다.

때마침 겨울의 운치를 더해주려는 듯 함박눈이 내린다. 살며시 잔디 위에 앉는가 하면, 바람 따라 관중석에 앉기도 했다. 어느새 하얀 눈들이 선

OLYMPISCHE SIEGER
LEICHTATHLETIK MÄNNER
100m LAUF OWENS U.S.A.
200m LAUF OWENS U.S.A.
400m LAUF WILLIAMS U.S.A.
800m LAUF WOODRUFF U.S.A.
1500m LAUF LOVELOCK NEUSEELAND
5000m LAUF HÖCKERT FINNLAND
10000m LAUF SALMINEN FINNLAND
MARATHONLAUF 42195m SON JAPAN
3000m HINDERNISLAUF ISO HOLLO FINNLAND
110m HÜRDENLAUF TOWNS U.S.A.
400m HÜRDENLAUF HARDIN U.S.A.
50000m GEHEN WHITLOCK GROSS BRITANNIEN
4x100m STAFFELLAUF U.S.A.

베를린 주경기장에 새겨진 손기정 선수 이름

수와 관중으로 변하여, 비어 있던 경기장 안을 꽉 메우고 있는 게 아닌가.

1936년 8월 9일, 올림픽의 꽃이라 불리는 마라톤 경기엔 세계 27개국에서 56명의 선수가 참가했다. 여기서 우리의 손기정과 남승룡은 32번과 49번째로 각각 경기장을 빠져나갔다. 이어 손 선수가 약 6km 지점에서부터 속력을 내서 4위로 선두그룹에 합류하였다. 하지만 사람들은 1932년 로스앤젤레스 올림픽 우승자인 아르헨티나의 자발라 선수를 강력한 우승자로 손꼽았다. 다시 손 선수는 21km 반환점을 앞두고 포르투갈의 디아스를 제치며 2위로 나섰지만, 반환점을 통과할 때까지도 자발라는 계속 선두를 유지했다. 그 후 29km 지점을 통과하면서부터 손 선수가 자발라를 제치고 선두에 나섰다. 손 선수는 계속 선두를 유지하며, 이 대회의 마지막 고비이자 승부처인 비스마르크 언덕을 힘겹게 달려 올랐다.

한편 주경기장에 있는 관중들은 손에 땀을 쥐고, 곧이어 들어 올 마라톤 우승자의 모습을 기다리며 숨을 죽이고 있었다. 드디어 팡파르와 함께 수십만 관중의 환호를 받으며, 가슴에 382번을 단 손 선수가 주경기장 안으로 들어왔다. 그는 관중들의 환호에 힘을 얻은 듯 혼신의 힘을 다해 결승점으로 질주했다. 그는 올림픽 신기록으로 2시간 29분 19초를 기록하였다. 그 뒤로 영국의 하퍼와 우리의 남승룡 선수도 들어왔다.

시상대에 오른 자랑스러운 손 선수의 모습*을 본다. 머리에 월계관이 씌워지고 일장기가 오르면서 일본의 국가인 '가미가요'가 울려 퍼진다. 그는 계속 고개를 숙인 채 한 번도 우승 깃발을 쳐다보지 않았다. 이러한 모습을 본 일본인들은, '그가 너무 감격한 나머지 고개를 들지 못하고 있다'고 하였다. 하지만 그는 태극기 대신 일장기가 게양되는 것을 보지 않으려고 그랬다.

이제 쉴 새 없이 내리던 함박눈이 그치고, 경기장에 운집했던 관중들도 보이지 않는다.

마라톤 경기에서 손 선수와 남 선수의 승리는 정말 대단한 쾌거였다. 그들의 승리는 희망을 잃었던 우리 민족에게 자긍심을 높여주었고, 일장기 말소 사건*과 같은 민족혼을 일깨워 주는 계기도 되었다.

자랑스러운 손 선수의 이름을 다시 본다. 하지만 이상하다. 기념비에 새겨진 손 선수의 국적이 다른 선수들의 국적보다 색깔이 더 밝게 보인다.

1970년 8월 15일 밤, 올림픽 기념비 밑을 서성이는 한국인들이 있었다. 그들은 서독에 파견된 간호사들을 위로하기 위하여 독일에 온, 신민당 국회의원 박영록 씨 부부와 부름을 받고 달려온 유학생 이주성 씨다.

　세 사람은 준비해 온 시멘트와 물 그리고 미장용 공구를 이용해, 기념비에 새겨진 'JAPAN'이란 글자를 없애고, 그 자리에 'KOREA'를 새겨 넣었다. 그로부터 몇 달 뒤, 기념비에 새겼던 'KOREA'는 다시 'JAPAN'으로 바뀌고 말았던 것이다.

　마라톤 경기는 인간이 체력적 한계를 느낄 수 있는 장거리 주루 경주다. 그리스의 병사 필리피데스가 승전소식을 알리기 위해 마라톤 평원을 달렸다면, 우리의 손 선수는 조국의 아픔을 전 세계에 알리기 위해 베를린 가도를 달렸다.

　아직도 기념비엔 우리 민족의 아픈 상처가 남아 있지만, 손 선수의 이름만은 '베를린의 영웅'으로 남아 찬란히 빛나고 있었다.

* **당간지주(幢竿支柱)** : 불교 용어로 절의 문 앞에 세워진 두 개의 기둥을 말하며, 법회 등의 의식이 있을 때 불화(佛畵)를 그린 기(旗)를 그곳에 달았다.
* 손기정 선수의 마라톤 장면과 시상식 장면의 동영상을 보면서 글을 썼기 때문에 현재형으로 기술하였다.
* **일장기 말소 사건** : 1936년 8월 25일 자 동아일보에 베를린 올림픽 마라톤 우승자인 손기정 선수의 사진을 실으면서, 가슴에 달린 일장기(日章旗)를 지운 사건. 이 사건으로 체육부 기자 이길용, 사진부장 신낙균 등이 체포되고 동아일보는 무기 정간처분을 받았다.

(월간문학. 2001. 11월호)

영혼의 그림자

– 대마도에 있는 박제상 공 순국비

몇 해 전부터 대마도에 있는 박제상(朴堤上) 공(公)의 순국비를 찾아가 보고 싶었다. 하지만 사정이 있어 미루다가 이번 겨울에서야 가게 되었다.

몇 군데 대마도 관련 여행사에 코스를 문의해 봤지만, 대부분 여행사에선 박제상 공의 순국비가 있는 곳은 가지 않는다 했다. 그곳은 외딴곳이라서 그곳을 가게 되면 되짚어 나와야 하는 불편이 있기 때문이란다. 그리고 한 팀당 여행 인원은 일곱 명 이상이 되어야 출발할 수 있다고 하였다. 그래 우리 가족이 다섯 명이라 했더니 나머지 인원은 여행사에서 모집하기로 하고, 순국비가 있는 곳까지 가기로 하였다.

부산국제여객선 터미널에서 대마도의 이즈하라 항으로 가는 배를 탔다. 가이드의 말에 의하면 1월에는 파도가 심해 출항을 못 하는 날도 많은데, 오늘따라 날씨도 좋고 물결 또한 잔잔하다고 했다. 배가 부산항을 출발해 망망대해로 나간다. 점점 멀어져가는 부산항을 바라보며, 그 옛날 신라 충신 박제상 공이 일본에 볼모로 잡혀 가 있는 왕자 미사흔(未斯欣)을 구하기 위해 일본으로 떠나는 모습을 그려 보았다.

미사흔을 구하기 위해 아내에게 말도 하지 않고 일본으로 떠나는 박제상. 뒤늦게 이 소식을 전해들은 아내는 눈물을 흘리며 바닷가로 뛰어갔으나, 남편을 태운 배는 이미 바다 한가운데로 떠나가고 있었다. 백사장에 털썩 주저앉아 땅을 치며 통곡하는 아내의 울음소리가 공의 귓가에 맴돈다. 하지만 공은 아내의 울음소리를 뒤로하고 사공에게 빨리 노를 저을 것을 재촉한다. 처절한 아내의 울음소리가 공의 애간장을 태웠고, 뱃머리에 부딪히는 파도 소리는 공의 마음을 심란케 했다.

인간에게 가장 괴로운 일이 있다면 그것은 이별이라 했다. 그 이별 중에도 만날 기약조차 없는 생이별은 더욱 괴롭다 하였다. 하지만 공을 태운 배는 이런 사연을 모른 채 파도의 너울을 따라 일본으로 가고 있었다.

사랑하는 남편을 사지(死地)로 보내며 통곡하는 아내의 모습이 아스라이 멀어져 갈 무렵, 산처럼 높은 파도가 뱃머리를 때린다. 무섭게 달려드는 검푸른 파도가 장차 공에게 다가올 일본에서의 험난한 여정을 예고하는 것 같았다. 이렇게 공의 앞날을 걱정하고 있을 때, 배가 곧 이즈하라 항에 도착한다는 안내방송이 나왔다.

간단한 입국 절차를 마치고 항구에서 가까운 거리에 있는 호텔에 여장을 푼 후, 간편한 복장으로 면암 최익현 선생의 유적을 비롯해 몇 군데 시내 관광을 하였다.

이즈하라에서 하루를 보내고, 아침 일찍 버스로 박제상 공의 순국비가 있는 곳을 향해 출발했다. 버스가 울창한 산림 속을 달린다. 좌우를 둘러봐도 들판은 보이지 않고 산과 나무로 둘러싸인 깊은 터널 속을 달리는 기분이다. 단조롭게 펼쳐지는 시야가 지루하고 답답하기만 하다. 버스는 대마도의 서북부에 있는 가미아가타마치를 향해 계속 달린다.

험난한 파도를 헤치며 일본으로 간 박제상 공은 어떻게 되었을까?

공은 일본에 도착한 후 신라에서 죄를 짓고 도망 온 배신자 행세를 하며 물고기와 새를 잡아 일본 왕에게 바쳐 신임을 얻는다. 그리하여 미사흔과 접촉할 기회를 얻어 그와 함께 사냥을 하고 바다로 나가 고기도 잡았다. 공이 바다로 나가 고기를 잡는 데는 그럴만한 이유가 있었다. 미사흔이 신라로 탈출할 때 필요한 노 젓는 기술과 뱃길을 미리 알려주기 위함이었다.

안개가 자욱한 어느 날 새벽, 공은 미사흔에게 오늘이 신라로 탈출하기에 알맞은 날임을 알려 주었다. 이에 미사흔은 공에게 같이 갈 것을 제안했으나 공은 일본인들이 알아채고 뒤쫓아 올 것을 염려해, 그곳에 남아 그들의 추격을 따돌리기로 하였다.

미사흔을 무사히 탈출시키는 데 성공한 공은 미사흔이 거처하던 방에 들어가 있었다. 날이 밝자 일본인들이 미사흔이 있는지 확인하러 왔지만, 공은 미사흔이 어제 사냥을 한 까닭에 피로해서, 아직 일어나지 못하고 있다고 거짓말을 하였다. 한낮이 지나고 저녁때가 되어도 미사흔이 보이지 않자 이를 수상히 여긴 일본인들이 다시 확인하러 왔다. 그때야 공은 미사흔이 신라로 돌아갔음을 알려 주었다.

박제상 공(公) 순국비

　이에 화가 난 일본 왕은 공을 감옥에 가두고 회유와 심문을 계속했지만,
공은 일본 왕의 말을 듣지 않았다. 공은 차라리 신라의 개나 돼지가 될지
언정 일본 왕의 신하는 되지 않겠다고 하였다. 그러자 일본 왕은 공의 발
바닥 가죽을 벗겨낸 후 갈대밭을 걷게 했고, 불에 달군 철판 위에 올려놓
고 다시 설득해 봤지만, 공은 끝까지 신라의 신하임을 주장하다 죽임을
당했다.

　한나라의 신하 주가(周苛)가 초나라 군사들에게 잡혔을 때, 초왕이 나
의 신하가 되면 많은 땅과 벼슬을 주겠다고 설득했지만, 그는 유방의 신하

임을 주장하다 죽었다. 공도 주가의 충절에 못지않았다.

버스가 구절양장(九折羊腸) 같은 가미아카타마치의 산모퉁이를 돌고 돌아 해안으로 나온다. 바다와 산이 인접한 풍광이 좋은 해안도로다. 그 도로를 따라 얼마쯤 왔을까? 시골의 한적한 포구가 보인다. 이곳에선 바다에서 불어오는 찬바람마저 어머니의 가슴처럼 포근하게 감싸줄 것 같은 느낌이 든다. 여기가 바로 공의 순국비가 있는 가미아가타마치의 사고미나토란 마을이다. 따뜻한 햇볕이 내리쪼이는 나지막한 산자락 아래 광장에 공의 순국비가 있다.

비(碑)에는 '新羅國使 毛麻利叱智* 殉國之碑(신라국사 박제상 공 순국지비)'라 새겨져 있었다.
朴堤上公

순국비 옆으론 푸른 바다가 있고, 비 앞 건너편 센보우마키산 정상엔 풍력발전기 두 대가 바람을 안고 돌아가고 있다. 순국비는 앞산 정상에 있는 풍력발전기를 바라보고 있었다. 둥근 원을 그리며 천천히 돌아가는 풍력발전기의 날개. 그 날개에서 손사레질 하며 떠나던 미사흔의 모습이 보이는 것 같다.

두 손을 흔들며 떠나던 미사흔. 생명의 은인을 사지에 남겨두고 떠나는 그의 발길은 쉽게 떨어지지 않았다. 작은 배에 탄 미사흔은 눈물을 흘리며 공에게 바로 뒤따라 와달라고 부탁하고 손을 흔들며 떠났다. 공은 미사흔이 탄 배가 안개 속으로 사라져 보이지 않을 때까지 바다를 바라보고 있었다. 이제 미사흔의 모습도 보이지 않는다.

공의 순국비 주변을 둘러보았다. 넓적한 바위들로 둥글게 기단(基壇)

을 쌓고 그 위에 비를 세웠다. 대마도가 고구마의 특산지라서 그런지 순국비도 고구마 모양으로 된 자연석이다. 순국비 뒤에는 동백나무 숲이 우거져 있다. 사시사철 푸른빛을 띠고 있는 동백은 변하지 않는 공의 마음을 나타내려는 것일까? 푸른 잎들 사이로 살며시 얼굴을 내밀고 있는 붉은 동백꽃이 돋보인다.

우리는 변하지 않는 마음을 단심(丹心)이라 한다. 여기서 단(丹)이란 붉은 색깔로 지조와 충성심을 의미한다. 많은 잎 사이에 붉게 핀 동백꽃은 신라 백성 중에서 으뜸으로 꼽혔고, 일본 왕의 회유와 설득에도 굽히지 않았던 공의 변치 않는 충성심을 보여 주는 것이 아닐까?

순국비는 그리운 신라 땅을 바라보며 외로이 서 있었다.

치술령(鵄述嶺)에서 공을 기다리다 망부석(望夫石)이 되어버린 부인이 동쪽 바다를 바라보고 있다면, 공의 순국비는 신라가 있는 서쪽 바다를 바라보고 있었다. 견우와 직녀도 일 년에 한 번 칠월 칠석날에는 만날 수 있다던데, 공과 부인은 아직도 만나지 못하고 그렇게 바라만 보고 있었다.

영혼은 그림자가 없다. 살아생전 그가 남긴 유업이나 발자취가 남아있을 뿐이다. 공의 자취가 이곳에 순국비로 남아있었다.

신라 쪽에서 밝은 햇살이 비추고 그 빛을 받은 순국비가 더 뚜렷한 그림자를 드리우고 있다. 공이 남긴 영혼의 그림자는 이곳 대마도에서 신라 땅으로 돌아갈 날만을 애타게 기다리고 있었다.

* 삼국사기 열전 박제상 전에 의하면 미사흔과 박제상은 처음엔 일본 본토로 갔으나, 일본

왕이 신라를 공격하기 위해 신라의 지리에 밝은 박제상과 미사흔을 앞장세워 일본에서 대마
도로 건너와 전쟁준비를 하던 중, 박제상이 미사흔을 대마도에서 탈출시킨 것으로 되어
있다.

* **모마리질지(毛麻利叱智)** : 비문에 박제상 공이란 글씨와 함께 나란히 쓰여 있는 글씨로,
일본서기에 의하면 사신의 이름을 말한다.

(2009. 한국수필. 4월호)

매월당의 자화상

– 부여 무량사의 김시습 부도와 자화상

항상 초와 향을 가지고 다닌다. 지나는 길에 억울한 생을 살다 가신 선열의 묘소가 있으면 찾아가 분향(焚香)하기 위해서다.

얼마 전, 부여군 외산면 만수산 무량사(無量寺)에 있는 매월당(梅月堂) 김시습(金時習) 선생의 부도(浮屠)를 찾은 적이 있다.

부도란, 득도한 선사(禪師)의 유골을 안치한 것으로 대부분 범종(梵鍾) 모양인데, 선생의 것은 달랐다. 팔각으로 된 탑 모양이었다. 평소에 원만치 못한 그의 성격을 반영이라도 한 듯 모가 져 있다.

특이하구나 생각하며 경내를 돌아본다. 대웅전을 지나 산신각 가는 길에 안내문이 있어 읽어보니, 선생의 자화상이 산신각 안에 있다는 것이다. 무척 반가웠다.

언젠가 김시습 선생의 전기를 읽다가 그분의 모습은 과연 어떠할까, 궁금해 하던 터였다.

나무가 우거진 오솔길을 따라간다. 굽이진 길을 조금 걸으니 다 삭은

매월당 김시습의 부도   매월당 김시습의 자화상

통나무 다리가 나온다. 발을 딛기만 하면 곧 부러질 것 같아 조심스레 건
너가니 앞에 산신각이 보인다. 산신각은 사람의 통행이 거의 없는 후미진
곳에 있었다. 산신각 안은 컴컴해 잘 보이지 않았다. 들어가 자세히 살펴
보니 왼쪽 구석에 선생의 모습이 희미하게 보인다.

　그곳에 촛불을 밝히고 분향하니 더 뚜렷하게 보이는 것 같았다. 처음엔
어른을 찾아와 무례하게 굴었으니 잘 보이지 않았고, 인사를 드린 후에야
선생은 모습을 드러내는 듯싶었다. 그러나 내 눈에 비친 선생의 표정은
다른 사람들과는 달랐다. 성현이나 학자들의 영정은 온화하고 인자해 보
였는데, 선생은 그런 모습이 아니라 눈살을 찌푸리고 입술을 꽉 다문 모습
이었다. 그 까닭은 무엇일까.

　그는 생후 8개월 만에 글을 알았다 하여 신동으로 소문났다. 5세 때 이미

중용, 대학에 통했으니 그의 재주를 짐작할 수 있으리라. 그 소문을 세종도 듣고 칭찬하며 후일을 기약했다고 한다. 그 후, 그는 원대한 희망을 품고 학문에 힘써 나갔다. 학덕을 쌓아 세상에 유익하게 쓰리라 생각하였다.

하지만, 역사의 수레바퀴는 그가 하늘같이 믿었던 세종을 승하케 했으니, 그의 학문이 필요치 않았단 말인가. 단종의 폐위와 더불어 세조의 등극은 시습의 인생에 큰 변화를 가져 왔다. 그는 자신이 이룬 학문과 지성을 초야에 버리고, 승려가 되어 법호(法號)를 설잠(雪岑)이라 하였다.

시습은 시절을 만나지 못한 탄식과 임금을 향한 원망으로 살아갔다. 고뇌를 잊기 위해 하늘을 보며 웃고 글을 써 흐르는 물에 띄워 보냈다. 때로는 나무꾼과 이야기하고, 혼자 시를 지어 읊어 봐도 활화산처럼 타오르는 마음은 주체할 수 없었다. 방랑과 기행으로 마음을 달랬건만 소용이 없었다. 한 번 가슴에 사무친 생각은 또 다른 기행을 불러왔다.

그는 자신의 심정을 종이 위에 그렸다. 이 그림이 바로 양미간을 찌푸린 자화상이다. 초상화를 자세히 들여다본다.

잔뜩 찌푸린 눈매는 세조에게 충성을 맹세했던 사람들에 대한 증오인 것 같고, 눈가에 번지는 우수는 단종을 향한 연민의 정을 나타내는 듯싶었다. 굳게 다문 입술은 일편단심 굳은 의지를 보여 준다. 그 속에는 오랜 세월의 스승이기에 넉넉했다던, 학문을 마음껏 펴지 못한 아쉬움도 담겨 있을 것이다. 그러나, 눈동자만은 총명했다. 빛나는 영예(英銳)를 갖추고 현실을 직시했던 눈이다. 이치에 밝아 막힘이 없었다 하니, 그의 고매한 정신세계를 여실히 보여 주는 것 같았다. 후일, 율곡은 '재주가 그릇 밖으로 흘러넘쳐 스스로 수습할 수 없었으며, 의(義)를 세우고 윤기(倫紀)를 붙들어서 그 뜻은 일월과 빛을 겨루었다고 시습을 칭송하였다. 가히 그의 높은 학문적 경지를 짐작하게 하는 말이다.

산신각을 나오려니 미련이 남는다. 무엇인가 잃고 가는 느낌이 들었다. 뒤돌아 선생의 모습을 다시 바라본다. 못마땅한 표정이다. 그 표정이 나를 사로잡고 그곳에서 떠나지 못하게 한다.

선생이 보여 준 표정은 한(恨), 바로 그것이었다. 원통할 때 품는 마음이다. 사람은 누구나 크고 작은 한이 있기 마련이다. 나는 선생의 표정에서 내 얼굴을 발견할 수 있었다. 내 책상 앞엔 사진 하나가 걸려 있다. 대학을 졸업할 때 찍은 사진이다. 사진을 찍을 때마다 밝은 표정을 지어 보지만, 인화되어 나온 얼굴은 그림자가 드리워져 있었다.

나는 4살 때 아버지를 여의었다. 그 결과, 어머니 가슴엔 어린 자식을 키우느라 많은 한이 맺혔을 것이다. 그래도 어머니는 당신의 슬픔보다 어린 자식 4남매가 안타까웠던지, 입술을 깨물며 들로 나가시곤 했다. 이때 내가 가장 부러웠던 것은 아버지에게 매달려 어리광을 부리던 친구들이었다. 나에겐 왼손을 잡아 줄 어머니는 있으나, 오른손을 잡아 줄 아버지가 없었다. 그나마 왼손을 잡아 주던 어머니마저 생활에 쫓겨 일터로 가셨으니 나의 손은 항상 허전하였다. 내 손은 양친의 따뜻한 손길을 원했건만 사랑 대신 쥐어진 것은 차가운 호밋자루뿐이었다.

나는 아버지 사진이나 유품을 본 적이 없다. 그렇게 어머니는 강하게 사셨다. 그런 어머니가 처음 눈물을 보인 것은 내가 대학을 졸업하던 날이다. 아버지와 함께 기쁨을 나누지 못한 설움이 빚어낸 눈물이었다.

가슴에 얼룩진 한은 세월의 빛에 색깔은 바랬지만, 지워지지 않는 모양이다. 아버지를 그리워하는 마음이 나를 방황케 하였다.

외로움이 밀리면 나는 아버지 산소로 갔다. 그래도 허전한 가슴이 채워지지 않을 땐 훌륭한 선열의 묘소를 찾았다. 그곳에 분향재배한 후 술잔을 올렸다. 그리고 나서 가슴에 맺힌 한을 이야기하고 나면 마음이 후련해졌다. 심리학에서 말하는 정화 요법(淨化療法)이라 할까, 아니면 착각일까.

사람은 때로 착각하며 살기도 한다. 만약, 내가 살아있는 이름 높은 사람을 찾아갔다 한들 반겨 줄 것인가. 이야기도 들어주지 않을 것이다. 그러나, 그들 영정이나 묘에선 임금도 정승도 나를 반기니, 내 어찌 그 일을 계속하지 않으리오.

어느새 발길은 김시습 선생의 부도가 있는 곳에 머문다. 촛불을 밝히고 향을 사뤘다. 향을 태운 연기는 지상의 뜻을 하늘에 전하려 높이 솟아오른다. 그의 충절을 알리려는 것일까.

지금도 그는 이 나라에 많은 인재가 태어나 자신이 못다 이룬 학문과 뜻을 마음껏 펼쳐 주길 하늘에 기원하고 있는 것 같다. 여자의 한은 오뉴월에도 서리를 내린다고 한다. 그러나 장부의 한은 한 시대의 뿌리가 되어 후세까지 짙은 향기를 전하며, 부도로 서 있는 것이다.

다음은 영월로 가야겠다. 매월당 선생을 대신하여 단종께 알현(謁見)하고, 일주향(一炷香)을 올리리라.

(1991. 수필문학. 11월호)

임진왜란 최후의 격전지 노량해역

— 이락사의 이충무공 유허비각(李忠武公遺墟碑閣)과 충렬사 가묘(假墓)

　임진왜란, 그 지루했던 7년 전쟁의 최후 격전지 노량해역으로 갔다. 먼저 관음포로 가 충무공 이순신 장군의 전몰 유허(遺墟)가 있는 이락산으로 갔다. 이락사(李落祠)로 가는 길가에 커다란 자연석으로 된 장군의 어록비(語錄碑)가 있다. 비에는 '戰方急愼勿言我死(지금 전쟁이 급하니 나의 죽음을 말하지 말라)'라고 했던, 장군의 유언이 새겨져 있다. 이 비는 장군의 순국 400주년을 맞아 유삼남 해군참모총장이, 장군의 유언을 글로 써서 어록비로 세운 것이다.

　이락사 가는 길에는 하늘을 향해 뻗은 소나무가 길 양옆에서 방문객을 반긴다. 소나무 숲길을 얼마 가지 않아 담장으로 둘러 있는 건물이 보인다. 이락사다. 들어가는 문 위에 이락사라 새겨진 편액이 있고, 문 안에 '李忠武公遺墟碑閣(이충무공 유허비각)이' 있다. 비각에는 큰 별이 바다에 떨어졌다는 뜻의 '大星隕海(대성운해)'란 편액이 걸려있다. 이락사는 장군이 노량해전에서 순국한 후, 유해가 맨 처음 올려졌던 곳이다. 이곳

관음포 이락사에 있는 이충무공 유허비각

에서 임진왜란 때 최후의 결전이 벌어졌던 관음포 앞바다가 훤히 보인다. 그의 자취가 서려 있는 이곳에 유허비를 세워놓은 것이다.

이락사를 지나 이락산 끝자락에 있는 첨망대에 올랐다. 멀리 여러 개의 작은 섬들이 보이고, 가까이로는 바닷길 양옆에 나지막한 산이 보인다. 여기 보이는 관음포 앞바다에서 임진왜란 최후의 결전인 노량해전이 벌어졌던 곳이다.

그 옛날 치열한 격전이 벌어졌던 격랑의 바다를 그려보았다.

1598년 도요토미 히데요시(豊臣秀吉)가 죽자 왜군은 그의 유언에 따라 본국으로 철수하기 위해 순천 등지로 집결하기 시작한다. 이러한 정보를 입수한 장군은 철수하는 왜군을 섬멸하기 위해 명나라 제독 진린과 함께, 고금도 수군 진영을 떠나 노량 앞바다에 도착한다. 이때 순천 왜교성에 고립되어 있던 고니시 유키나가(小西行長)가 본국으로 퇴각하기 위해, 사천에 있던 시마즈(島津義弘)와 남해에 있던 소오(宗調信)에게 구원을 요청한다. 그리하여 왜군은 조·명 연합군을 공격하면서 퇴각하려 하였다.

　1598년 11월 18일, 왜선 500여 척이 노량해역과 순천 왜교 등지에 집결해서 공격을 시작한다. 이 해전에서 조·명 연합군이 왜선 200여 척을 격파하자 왜선 50여 척은 관음포 방면으로 달아났다. 11월 19일 아침, 장군은 도주하는 왜군의 퇴로를 차단하고 혈전하던 중, 왜군이 쏜 탄환을 맞고 선상에서 쓰러진다. 이에 군사들이 부축하여 배 안으로 들어가니, 장군은 "지금 전쟁이 급하니 나의 죽음을 말하지 말라(戰方急愼勿言我死)" 하고 숨을 거두었다.

첨망대에서 바라본 노량해역

남해의 충렬사

    참으로 애석한 일이다. 그는 임진왜란 7년 전쟁을 목숨 바쳐 승전으로 이끌었고, 누란의 위기에서 나라를 구한 구국의 영웅이다.

    첨망대에서 바라본 관음포 앞바다는 잔잔했다. 밝은 햇빛이 푸른 바다를 비추니 은빛 물결이 눈부시게 빛난다. 장군이 이룩한 크나큰 공적을 물결도 축복해주는 것 같다.

    관음포에서 나와 장군의 또 다른 유적이 있는 남해 충렬사로 간다. 이 길은 400여 년 전 장군이 관음포에서 순국한 후, 운구 행렬이 지나갔던 그의 숨결이 살아 숨 쉬는 길이다. 관음포에서부터 펼쳐지는 해안 절경을 보며 5.6km 정도를 가면 남해 충렬사가 나온다.

    충렬사는 장군의 영정을 모신 사당이다. 태극문양이 선명하게 그려져 있는 외삼문에 충렬사란 편액이 걸려있다. 안으로 들어가 내삼문을 지나면 '나라를 위해 큰일을 했다'는 뜻의 보천욕일(補天浴日)이라 쓰여 있는 비각이 있다. 비각에는 충렬사의 유래에 대하여 송시열이 글을 짓고, 송준길이 쓴 비가 세워져 있다.

비각 뒤로 장군의 영정을 모신 충렬사가 있다. 중앙에 커다란 위패가 있고, 그 위에 관복을 입은 장군의 영정이 모셔져 있다. 빛이 바랜 영정을 보며 관리가 너무 허술하다는 생각이 들었다.

장군께 인사를 올린 후 사당 밖으로 나왔다. 사당의 양옆에 두 기의 비(碑)가 세워져 있다. 왼쪽은 충민공비(忠愍公碑)요, 오른쪽은 충무공비(忠武公碑)다. 충무공비는 장군의 비라는 것을 쉽게 알 수 있는데, 충민공비는 누구의 비란 말인가?

선조수정실록을 보면, 선조 31년(1588년)에 조정에서 이순신 장군에

남해 충렬사에 있는 이 충무공 가묘

게 우의정을 추증하였고, 바닷가 사람들이 자진하여 사우(祠宇)를 짓고 충민사라 불렀다고 한다. 그 후 1633년 남해 현령 이정건이 사우 앞에 충민공비를 세웠다고 한다. 이러한 연유로 장군에게 1643년 충무공이란 시호가 내려지기 전에는 충민공이라 불렀던가 보다.

사당 뒤쪽으로 문이 하나 있다. 그 문으로 나가면 둥근 봉분의 묘가 있다. 장군의 가묘(假墓)다. 장군이 관음포에서 순국한 후, 그 유해를 이곳으로 모셔 와 얼마 동안 묻혀있던 곳이다. 그 후 장군의 유해는 수군의 본영이 있던 고금도에 안치되었다가, 현재의 묘소가 있는 충남 아산으로 운구되었다고 한다.

장군의 묘를 바라본다. 이곳에 장군의 유해는 없지만, 사당에 모셔져 있는 영정이 장군의 유해를 대신하고 있다. 남해 충렬사는 나라를 위해 충무공 이순신 장군이 목숨을 바쳐 싸웠던 노량해역이 보이는 곳이요, 나라를 내 몸보다 더 사랑했던 장군의 넋이 서려 있는 곳이었다.

(2018. 수필문학. 3월호)

불청객

− 정조대왕의 효심이 깃든 건릉

우리는 초대하지도 않았는데 찾아온 사람을 불청객이라 부른다.

왜, 청하지도 않았는데 두 번씩이나 그곳을 찾아갔을까?

3학년 졸업여행을 앞두고 학년부장이 가져온 서류에는, 지난해와 마찬가지로 에버랜드에서 1박 2일을 보내기로 되어 있다. 세월이 지난 후 학생들이 과연 어떤 추억을 간직하게 될까? 그들에게 중학교 시절의 추억으로 기억되기엔 너무 단순한 코스라 생각이 들었다. 학생들은 놀이기구가 많아 좋겠지만, 그들이 성장한 후엔 무슨 이야기를 할까? 그들에게 좋은 추억을 만들어 주고 교육적 효과도 고려해야만 할 것 같았다.

여행 코스를 약간 변경해서 학생들에게 효심을 일깨워 주는 동시에, 선조들의 뛰어난 지혜로 만들어진 우리의 문화유산도 함께 보여주고 싶었다. 그래 선택한 코스가 용주사와 융릉(隆陵), 건릉(健陵)*을 보고, 수원으로 가서 화성을 본 후에 에버랜드로 가는 것이었다.

내가 처음 용주사를 찾은 것은 70년대 중반이었다.

용주사 경내를 돌아본 후 사도세자와 혜경궁 홍씨가 잠들어 계신 융릉으로 갔다. 능 아래에는 사람들이 능 안으로 들어오지 못하도록 철조망이 둘려 있었다. 하지만 관리가 소홀한 탓에 철조망이 여러 군데 뚫려 있어, 그곳을 통해 사람들이 아무 거리낌 없이 능 있는 곳까지 올라가고 있었다. 심지어는 능이 있는 곳을 놀이터로 착각해 양의 형상으로 된 석상 위에까지 올라가 사진 촬영을 하고 있었다.

큰맘을 먹고 먼 곳에서 왔기 때문에 나도 별 부담 없이 뚫린 철조망을 통해 능 있는 곳까지 올라갔다. 능 앞에서 사방을 둘러 본 후 준비해 온 제수(祭需)를 제단 위에 올리려는데 갑자기 등 뒤에서 호루라기 소리가 들렸다. 이윽고 제복을 입은 한 남자가 헐레벌떡 뛰어 올라와 "빨리 내려가라." 야단을 쳤다.

아무 말 없이 그대로 서 있자, 그 남자는 곁으로 다가와 "이곳은 올라오는 곳이 아니라"며, "빨리 내려가라."고 재촉했다. 잘못은 했지만 화가 났다. 조금 전까지만 해도 아가씨들이 양의 형상으로 된 석상 위에 올라가 사진을 찍을 때는 아무 말도 하지 않던 그가, 사도세자를 찾아와 참배하겠다는데 야단이었다.

"왜, 아가씨들에겐 아무 말도 않더니 내게만 내려가라 소리치냐?"고 따지자, 그도 더는 말을 못하고 "어서 참배만 하고 내려가라." 했다.

제수를 제단 위에 올리고 술을 따르려는 순간 깜짝 놀랄만한 일이 생겼다. 언제 어디서 나타났는지 머리가 흰 할머니 한 분이 내 옆에 와 계셨다. 그 할머니는 "젊은 사람이 좋은 일을 한다."면서 술은 자신이 따라주겠다

하셨다. 할머니가 따라주시는 술을 사도세자 내외분께 올리고, 참배한 후 능에서 내려왔다. 하지만 아직도 그 할머니의 갑작스러운 출현에 대해선 궁금증이 풀리지 않고 있다. 그저 신기하기만 했다.

이렇게 해서 청하지도 않았는데 처음 융릉을 찾게 되었고, 이번엔 졸업여행 현장답사로 다시 찾아가는 길이다.

먼저 용주사로 갔다. 마침 백중날이라서 법회가 열리고 많은 신도가 법당에 앉아 스님의 독경(讀經)을 따라 하고 있다. 불경 소리를 들으며 용주사를 둘러 본 후 융릉으로 갔다.

한데, 이게 무슨 일인가? 융릉으로 들어가는 문이 굳게 닫혀 있는 게 아닌가. 날씨도 무더웠지만 여기까지 와서 그대로 돌아가기엔 뭔가 아쉬움이 남을 것 같다.

점심때가 되어 함께 온 일행과 식당에서 식사를 하며 융릉으로 들어가는 방법을 곰곰이 생각해 보았다. 일행을 식당에 남겨두고 혼자 관리사무소로 갔다. 당직하는 사람이 있다.

"학생들의 졸업여행 현장답사 목적으로 이곳에 왔으나, 휴일이라 융릉으로 가는 문이 닫혀 있는데 문을 좀 열어 줄 수 없느냐?"고 물었다. 이에 당직자는 흔쾌히 승낙하며 관리소 안쪽에 있는 문을 이용해 융릉으로 들어가라 한다.

융릉으로 가는 길은 키가 큰 소나무들이 길 양쪽에 늘어 서 있어, 마치 '임금님 앞에서 문무백관들이 홀(笏)*을 들고 서 있는 것' 같다.

솔 내음 물씬 풍기는 소나무 길을 지나니 능에 제사를 모시는 정자각(丁

字閣)이 나온다. 정자각 옆엔 판자를 엮어 만든 울타리가 둘려 있다. 더는 안으로 들어가지 말라는 표시다. 이곳에서도 나는 불청객 신세를 면치 못했다. 하지만, 언제 불청객이 주인의 초대를 받고 찾아간 적이 있다던가? 불청객 신세였지만 울타리를 넘어 들어가기엔 양심이 허락하지 않는다. 천천히 울타리를 따라 위쪽으로 올라 가 보았다. 울타리가 끝난 곳은 봉분 (封墳)이 있는 바로 옆이었다. 그곳엔 울타리가 없어 쉽게 봉분이 있는 곳까지 들어갈 수가 있었다.

능 앞에 섰다. 봉분을 중심으로 양쪽 앞엔 문관과 무관을 상징하는 석상 (石像)이 능을 호위하고, 봉분의 둘레 밖으론 호랑이와 양 모양의 석상이 능을 지키고 있다.

빈손으로 찾아온 것이 죄송하기만 했다. 하지만 사도세자 내외분께 인사를 올리는 것으로 송구스런 마음을 조금이나마 덜어보고 싶었다.

사도세자 내외분은 고대광실 높은 궁궐에서 생활했지만, 일생은 행복하지 않았다. 주위 사람들의 시기와 음모에 의해 고통의 나날을 보내야만 했다. 무더운 여름날 뒤주 속에서 억울하게 생을 마감한 사도세자나, 그런 남편의 죽음을 생각하며 일생을 한 맺힌 날로 살아야 했던 혜경궁 홍씨. 그 내외분이 이곳에 잠들어 계시다.

하지만, 사후에는 행복했을 것이란 생각이 든다. 어느 임금이 그런 효자를 두었을까? 비록 사도세자와 혜경궁 홍씨는 불행했지만, 아들인 정조는 효자였다. 정조는 억울하게 돌아가신 아버지 사도세자의 영혼을 위로하기 위해 능을 자주 찾았다.

그러던 어느 날 아버지의 능 주위에 있는 소나무가 송충이의 피해를 당하자, 지체 높은 임금의 신분으로 손수 송충이를 잡아먹으며 송충이를 없앨 것을 명하였다. 그래도 마음이 놓이지 않았던지 화성에 성을 쌓고 왕궁까지 옮기려 하지 않았던가? 그는 돌아가신 후에도 아버지를 곁에서 모시고자 융릉에서 가까운 거리에 있는 건릉에 잠들어 계셨다.

부모에 대한 효를 실천으로 보여주신 정조 임금. 불청객은 정조의 효심을 마음속으로 새기며, 졸업여행으로 이곳을 찾게 될 학생들이 정조 임금의 효심을 조금이라도 배우고 돌아왔으면 하는 마음이다.

* **건릉(健陵)** : 조선 시대 정조를 모신 능.
* **홀(笏)** : 조선시대 벼슬아치가 임금을 만날 때 손에 쥐던 패.

(2009. 수필문학. 9월호)

5

대왕이시여,
어디로 가시나이까?

대왕이시여, 어디로 가시나이까?

– 백제 멸망의 슬픈 전설을 간직한 유왕산

8월 17일. 어디론가 떠나고 싶다는 마음에 차를 몰고 교외로 나갔다. 젓갈의 고장 강경을 거쳐 부여군 양화면 쪽으로 달렸다. 면 소재지인 입포(笠浦)를 가로질러 강변 쪽으로 가니 제방 왼쪽에 비단강(錦江)이 흐른다. 명주실처럼 가느다란 실개천들이 모여 비단처럼 아름다운 강이 되었다는 비단강.

강변의 갈대꽃이 강물에 머리를 감고 빗질한 여인의 머릿결처럼 윤기가 흐른다. 갈대를 보자 문득, 어린 시절 친구들과 함께 갈댓잎으로 배를 만들어 강물에 띄우던 일이 생각나, 갈대가 우거진 강가로 갔다. 갈댓잎을 따 배를 만들어 강물에 띄웠다. 갈댓잎으로 만든 배는 물의 흐름을 따라 하류 쪽으로 흘러갔다. 또 한 잎을 따 배를 만들어 띄웠다. 먼저 떠나간 배를 따라 하류로 간다. 배를 몇 개나 만들어 띄웠을까? 갈잎 배들은 어느덧 하나의 선단(船團)을 이뤄 하류 쪽으로 흘러갔다.

갈잎 배가 떠내려간 하류 쪽으로 갔다. 얼마나 갔을까. 강변으로 난 제

유왕산에 있는 백제유민 정한 불망비

방이 끝나면서 나지막한 산 아래, 留王山天下大將軍(유왕산 천하대장군)
이라 새겨진 장승과 솟대가 길을 안내한다.

그러면 여기가 바로 유왕산(留王山)이란 말인가? 유왕산이란 이름은
전부터 많이 들어왔지만, 이 산이 유왕산인 줄은 미처 몰랐다. 백제 멸망
의 슬픈 전설을 안고 있다는 유왕산.

라인 강변의 로렐라이 언덕이 많은 뱃사람의 목숨을 앗아간 슬픈 전설
을 안고 있다면, 유왕산 언덕은 불타버린 사비성을 뒤로하고 피눈물을 뿌
리며 당나라로 끌려가신 의자왕과 백제 유민들의 한이 묻혀있는 곳이 아
닌가.

장승이 안내하는 길을 따라갔다. 길옆 옹달샘에서 흘러나온 물이 갈증
난 길손의 목을 축이기엔 안성맞춤이다. 그곳에서 잠시 목을 축이고 유왕
산으로 오른다. 유왕산으로 오르는 길은 돌계단으로 되어 있고, 계단 양
쪽에 서 있는 밤나무들이 말없이 나그네를 맞는다. 계단을 하나둘 밟으면
서 오르다가 숨이 가슴에 찰 무렵이면, 산 정상에 있는 정자와 그 아래
있는 비(碑)가 바로 눈앞에 보인다.

비가 있는 곳으로 갔다. 비의 정면엔 '百濟流民情恨不忘碑(백제유민 정
한 불망비)'라 새겨있고, 뒷면엔 '찢어지는 가슴 억새로 동여매며 떠나가
는 배를 향해 마지막 절을 올렸던 망배산 ! 그들이 두고 간 정은 유왕산
자락에 낙엽 되어 떨어지고, 핏빛 한은 그렇게 세월 속으로 묻혀갔습니
다…'로 시작된 김정은 유왕산 추모제 추진위원장의 글이 구구절절 눈물
이다.

의자왕과 태자 그리고 백제 유민들의 아픔을 추모하고, 그들을 잊지 못하는 주민들에 의해 세워진 불망비(不忘碑). 비에 새겨진 글을 읽으며, 나도 모르게 천삼백여 년 전 설움에 젖었던 백제 사람이 된 심정이었다.

　유왕정(留王亭)으로 올라갔다. 사비성(泗沘城)에서 높고 낮은 산모퉁이를 돌아온 비단강이 그곳에선 한눈에 보인다.

　660년 8월 17일. '백제를 멸망시킨 당나라 장수 소정방이, 의자왕을 비롯한 태자와 군신 등 포로 12,895명을 군선(軍船)에 싣고 당나라로 갈 때, 수많은 백제 여인들이 이 산에 올라 떠나시는 왕과 가족들을 태운 배가 잠시 이곳에서 머물기를 바랐다.'하여 유왕산이라 부른다고 한다.

　나·당(羅唐) 연합군에게 패한 의자왕이 포로가 되어 당나라로 끌려가실 때 많은 사람이 마지막으로 그 모습을 보기 위해 올랐다는 유왕산. 여기선 비단강의 물줄기를 멀리까지 한눈에 바라볼 수 있어, 많은 사람이 이곳에 올랐던가 보다.

　강변을 따라오면서 띄웠던 갈잎 배들은 지금쯤 어디까지 흘러갔을까? 갈잎 배가 떠내려간 강물을 보며, 그 옛날 이 강물을 따라 당나라로 가셨던 의자왕과 백제 유민(遺民)들을 생각해 본다.

　사비성에서 물길을 따라 이곳 유왕산까지는 오십 여리. 뱃길로는 적어도 하루 정도가 걸릴 거리이고 보면, 나라를 빼앗기고 부모, 자식과 이별을 하고 떠나오는 뱃길은 얼마나 지루하고 고달팠을까?

　가시는 임들을 이곳에서 못 보면 살아생전엔 다시는 볼 수가 없는 것을…. 유왕산에 올랐던 여인들은 가슴을 조이며 임금과 가족들을 태운 배가 포구에서 잠시 머물길 간절히 바랐다. 하지만 무정한 뱃길은 이곳에서 머물지 않고 물길 따라 유유히 멀어져가고 있었다. 흐르는 물길을 잡아둘 수만 있다면 그리운 임들을 다시 만날 수 있으련만….

조용했던 유왕산 자락이 땅을 치며 통곡하는 여인들의 울음소리로 가득 찼다. 통곡 소리는 산 정상에서 강 쪽으로 퍼져나갔다. 떠나가던 배에서도 "이대로는 갈 수 없다."며, 몸부림치며 울부짖는 유민들의 처절한 울음소리가 산 정상에까지 울려 퍼졌다. 가지 말라 통곡하는 여인들, 못 가겠다며 몸부림치는 선단 유민들의 울음 소리가 허공에서 만나 눈물바다를 이뤘다.

갑자기 소나기가 내린다. 그 이름처럼 아름답기만 하던 비단강이 오늘

신성리 갈대밭

은 슬픔의 눈물로 비단 자락을 적시고 있다. 의자왕과 백제 유민들, 그리고 유왕산에서 임금의 선단을 붙잡아 두려던 백제 여인들이 흘리는 눈물이 아닌가?

유왕정 아래엔 묘(墓)라고 보기조차 어려울 정도로 봉분이 평지처럼 되어버린 두 기(基)의 묘가 있었다. 묘는 전쟁 포로가 되어 당나라로 떠나시는 의자왕을 바라보며 엎드려 통곡하는 형상이다. 그 묘에서 "대왕이시여, 백성을 버리고 어디로 가시나이까?" 하고 울부짖던 옛날 백제 여인들의 모습을 보는 것 같았다.

여인들의 모습을 뒤로하고 유왕산에서 내려와 신성리 갈대밭*으로 갔다. 강가에 펼쳐진 7만여 평의 무성한 갈대가 지나가는 바람결에도 슬퍼 서걱인다. 유왕산 아래 갓개 포구에 머물지 않고, 떠나가신 의자왕과 백제 유민들의 슬픔을 이곳의 갈대들도 알고 있단 말인가.

겨울이면 북쪽으로 날아갔던 철새들이 당나라로 끌려가신 의자왕과 백제 유민들의 슬픈 이야기를 안고 돌아올 것만 같다. 유왕산과 금강 변에 광활하게 펼쳐진 갈대밭에는, 지금도 의자왕과 백제 유민들의 슬픈 전설이 묻혀있었다.

---

* **신성리 갈대밭** : 충남 서천군 한산면 신성리 금강 하구에 있는 폭 200m, 길이 1㎞의 7만여 평의 갈대밭으로 영화 "공동경비구역(JSA)"의 촬영지이며, 겨울 철새 도래지이다.

(2004. 월간문학. 1월호)

사비성으로 돌아오신 의자왕

– 백제의 마지막 왕, 의자왕의 능산리 고분

햇빛이 바래면 역사가 되고, 달빛에 물들면 신화*가 되는가.

소정방에 의해 당나라로 끌려가신 의자왕이 사비성으로 돌아오셨다 한다. 오시는 길엔 백제의 마지막 충신인 계백이 황산벌에서 왕을 영접하셨을 것 같다. 의자왕의 영혼이 선조들의 능원(陵苑)이 있는 능산리 고분군으로 돌아오실 때, 계백은 그 일을 미리 짐작이라도 한 듯 영혼의 안식처*를 사비성으로 오는 길목에 마련해두고 있었다. 죽어서도 자신이 섬기던 왕을 지켜드리겠다는 충신의 굳은 의지를 보여준 것일까?

의자왕이 돌아오셨다는 소문을 듣고 능산리 고분군(古墳群)으로 갔다. 능(陵)으로 오르는 돌계단 옆엔 오는 손님을 반기려는 듯, 소나무도 가지를 계단 쪽으로 기울여 햇볕을 가려주고 있었다. 계단을 오르자 왼쪽으로 의자왕과 태자 부여융(扶餘隆)의 능이 각각 모셔져 있다. 왕릉도 유행을 따라 조성하는가. 봉분도 원형이 아니라 장방형(長方形)이다. 의자왕과 부여융의 능은 왕의 능이라고 보기엔 규모가 좀 작은 편이었다. 부자(父

子)가 나란히 누워있는 모습을 보며, 나라의 흥망성쇠나 개인의 부귀영화도 지나고 보면 한낱 허망한 꿈에 불과하다는 생각이 들었다.

성왕이 수도를 웅진(熊津)에서 사비(泗沘)로 옮긴 후 전성기의 영화를 누렸던 백제. 의자왕도 처음엔 정사를 잘 보살폈다. 외교에도 밝아 고구려는 물론 당나라와 일본에까지 친교를 맺었고, 세력 확장을 위해 신라의 많은 성을 공격해 영토를 넓혀 나갔다.

하지만 백제의 융성은 신라에 커다란 위협이 되었다. 이에 대항하기 위해 신라는 무력에 의한 공격보다는 지략으로 백제를 공략하기로 하고, 첩자와 미녀들을 사비성으로 보내 의자왕의 마음을 사로잡기에 이른다. 총명했던 의자왕도 신라의 계략에 빠진 후부터는, 정사(政事)엔 관심이 없고 주지육림 속에서 방탕의 나날을 보내게 되었다.

의자왕에겐 계백, 성충, 홍수 등의 충신들이 있었다. 그들은 백제의 국운이 기울어져 감을 알고, 왕께 정사에 신경을 써줄 것을 수차례 간언했으나 왕은 듣지 않았다. 성총(聖聰)이 흐려질수록 간신들이 득세하는 법, 오히려 왕은 그들의 말만 믿고 성충을 옥에 가두고 홍수는 귀양을 보냈다.

이러한 정국에 나·당 연합군이 백제를 침공하니, 사비성엔 충신 중 마지막 보루인 계백만이 의자왕 곁에 남아 있었다. 그동안 충신들이 군사증원을 요청했으나, 왕이 듣지 않아 사비성에는 군사가 별로 없었다.

계백은 앞이 캄캄했다. 월왕(越王) 구천(句踐)이 오천의 군사로 오(吳)나라의 칠십만 대군을 격파했다지만, 계백과는 처지가 달랐다. 구천이 지

백제왕 의자대왕 단비

리적으로 유리한 요새를 택하여 전투를 했다면, 계백은 요새를 잃은 채 밀려오는 신라군을 맞아 싸워야 했기 때문이다.

신라군 오만을 맞아 싸워야 할 군사라야 겨우 오천 명, 거기에 당나라의 십삼만 대군이 금강하구를 따라 사비성으로 올라온다는 첩보까지 접했다. 결과는 뻔한 일이었다. 아무리 용맹한 계백의 군사라 한들 신라군과 싸워 이길 승산이 없었다. 모든 걸 체념하고 집으로 돌아간 계백은, 아내와 자식의 목을 벤 후 집에 불을 질렀다. 후환을 없애기 위한 것이었다.

비장한 각오로 전장에 나선 계백. 그를 따르는 오천 결사대의 기개는 하늘을 찌를 듯했다. 오천 결사대는 계백의 뒤를 따라 황산벌에서 신라군과 대치했다. 백제군은 그곳에서 신라군을 상대로 싸워 네 차례나 승리를 거두었다. 그 후 다시 시작된 전투에서 어린 관창을 사로잡았으나, 계백은 그의 용맹을 칭찬한 후 되돌려 보냈다. 하지만 관창이 다시 쳐들어오자 이번엔 관창의 목을 베어 신라군 진영으로 보냈다. 그것이 문제였다. 격전 때마다 패배를 거듭했던 신라군이었지만, 관창의 피는 그들을 격분시켰고 결과적으로 그들의 사기를 진작시키는 계기가 되었다.

분기충천(憤氣衝天)하여 노도와 같이 밀려오는 신라군 앞엔 백전노장 계백도 어쩔 수 없었다. 혈전에 혈전을 거듭했지만, 결과는 중과부적(衆寡不敵). 백제의 정예군이 황산벌에서 하나둘씩 쓰러져 나갔고 계백도 여기서 최후를 마치니, 칠백 년 백제 사직도 계백의 전사와 함께 끝을 맺게 되었다.

한편, 의자왕은 계백이 황산벌에서 전사했다는 소식을 듣고 왕자들과 함께 웅진성으로 피신했으나 이내 체포되어, 갖은 수모를 겪은 후 포로가 되어 당나라로 끌려간다.

이때 당나라로 끌려간 사람들은 의자왕과 태자 부여융, 군신(軍臣) 등을 합해 일만 이천팔백구십오 명이다.

백제의 포로들을 실은 배가 백강을 지나 금강 하류로 내려간다. 성흥산성을 안고 강경을 거쳐 양화면 입포리를 지날 때, 왕의 일행이 잠시 그곳에서 머물지 않을까 생각하여, 많은 여인이 모였다. 하지만 왕의 일행은 그곳에서 머물지 않고 떠났다. 여인들은 가시는 왕을 멀리까지 바라보기 위해 유왕산(留王山)*에 올랐다. 돌아올 수 없는 길을 떠나는 의자왕과 백제 유민들. 그들을 보내는 백제 여인들의 심정은 오죽하였을까? 의자왕과 백제 유민들을 마지막으로 바라보았던 유왕산. 왕의 일행을 태운 선단은 보이지 않고 유왕산 마루엔 여인들의 통곡 소리만 남아 강물과 함께 서해로 흘렀다.

당나라로 끌려가신 의자왕은 영어(囹圄)의 몸으로 살면서, 백제로 돌아갈 날만을 기다리다 북망산(北邙山)에 묻혔다. 예로부터 왕족들의 무덤이 많아 죽음의 대명사로 불리는 북망산. 싸늘한 밤바람이 무성한 잡초를 흔들고 지날 때면, 귀신의 울부짖는 소리가 들릴 것 같은 음산하기만 한 북망산. 이곳에서 의자왕은 오(吳)나라의 마지막 왕 손호(孫皓)와 진(陳)나라의 마지막 왕 진숙보(陳叔寶) 곁에 묻혔다. 하지만 누가 있어 백제의 해동증자(海東曾子)요 마지막 왕인 의자왕에게 향화(香火)를 올렸을끼? 의자왕이 붕어(崩御)한 후 세월은 흘러 당나라도 패망하였고, 그 후에도 여러 왕조가 세워졌다가 다시 패망했다.

1995년, 잊었던 사람을 그리워하듯 의자왕을 기리는 사람들에 의해, 하남성 낙양시 맹진현의 봉황대촌 부근이 의자왕의 묘역이었음을 확인하였다. 그 후 부여군과 당나라 수도였던 낙양시가 자매결연을 맺고, 낙양시로부터 부여융(扶餘隆)의 묘지석(墓誌石)* 복제품(複製品)을 기증받았다. 그리고 2000년 4월엔 북망산에서 의자왕의 영토(靈土)*를 모셔와 고란사에 봉안한 후, 9월 30일 선왕의 능원이 있는 능산리에 모시게 된 것이다.

이렇게 하여 의자왕은, 붕어(崩御)한 후 천 삼백 사십년 만에 태자 부여융과 함께 사비성으로 돌아오신 것이다.

능역에서 사비성을 바라보니 백제의 최후를 보여주려는 듯 태양도 서

산마루에 걸려 있다. 노을이 하늘을 점점 붉게 물들인다.

능 주위를 거닐어 본다. 많은 소나무가 능을 에워싸고 있다. 능 주위에 있는 소나무들이 마치 왕을 모시는 신하들의 모습으로 보인다. 한데 그 형상이 묘하게 생겼다. 능 가까이 있는 소나무들은 허리가 구부러져 있고, 뒤편의 소나무들은 올곧게 서 있는 것이 아닌가. 능역의 소나무들을 보면서 의자왕을 모셨던 신하들을 생각해 보았다. 구부러진 소나무가 신라와 내통을 하면서 의자왕께 갖은 아첨을 다하던 임자(任子)나 미곤(未坤)과 같은 간신이라면, 뒤편의 꼿꼿한 소나무는 계백과 성충, 흥수를 비롯한 황산벌의 오천 결사대가 아닐까?

세월의 뒤안길에 묻혀 있던 의자왕과 부여융을 뒤로하고 능원을 나설 때, 하늘의 초저녁 달이 능을 밝게 비춰주고 있었다.

---

* 이병주의 대하소설 「산하」의 서문에 나오는 퇴어일광즉위역사, 염어월색즉위신화(褪於日光 則爲歷史, 染於月色則爲神話)란 글이다.
* **영혼의 안식처** : 계백 장군의 묘가 대전에서 부여로 가는 국도변(충남 논산시 부적면 신풍리 뒷산)에 있어서, 의자왕의 영토를 모셔오는 길목으로 표현하였다.
* **유왕산(留王山)** : 충남 부여군 양화면 입포리에 있는 낮은 산. 의자왕이 당나라의 포로가 되어 뱃길로 끌려갈 때 많은 사람이 산에 올라 왕을 태운 배가 입포리 포구에서 머물다 가기를 바랬다 하여 유왕(留王)이라 부른다.
* **묘지석(墓誌石)** : 죽은 사람의 이름, 신분, 행적 등을 새겨 무덤 옆에 파묻는 돌. 부여융(扶餘隆)의 묘지석은 1920년 중국 낙양의 북망산에서 출토되어, 그가 682년 68세로 생을 마감하였고 묘는 북망산 청선리(淸善里)에 묻혔음이 확인되었다.
* **영토(靈土)** : 묘가 있던 곳의 흙.

(2003. 수필춘추. 봄호)

아우내 소녀

- 3·1운동의 선봉, 유관순 열사

우리 선조들은 어려운 일에 홀연히 일어나 진충보국(盡忠報國)의 정신으로 몸을 바쳤다. 그들을 일러 전에는 충신, 요즈음은 의사 또는 애국지사라 부른다.

물질문명이 풍족하고 단체보다는 개인적 이기주의가 만연되고 있는 오늘날이다. 어제 옳았던 일도 오늘은 그르고, 오늘 옳던 일이 내일은 어떻게 변할지 모른다.

아우내 소녀 유관순. 부끄러움을 가슴에 숨기기에도 벅차, 얼굴을 붉히는 소녀였다. 그녀의 고향은 천안 병천의 아우내이다. 신학문을 일찍 깨우쳐 민족의 고통을 만세로 외쳤던 소녀. 그녀는 공주교도소를 거쳐 경성 지하 감옥에 갇혔다. 그 후 한 떨기 무궁화는 햇빛을 보지 못해 봉오리도 펴지 못하고 스러져 버렸다.

그녀의 혼은 봉화를 올렸던 매봉산 기슭에 있다. 시신마저 여섯 갈래로 찢겨 찾지 못하고, 혼을 불러들여 만든 초혼묘(招魂墓)에 의지하고 있다.

유관순 열사 초혼묘

다이아몬드형의 초혼묘, 강하고 날카로운 것이 다이아몬드다. 그녀의 독
립 의지는 강했고 일본 사람에게 재판을 받을 수 없다던 목소리는 날카로
웠으리라.

그러나 이 땅의 소녀들은 어떤가. 조숙함에 부끄러움은 사라져 버렸고,
자신의 이익에 대해선 당혹감마저 준다. 일부는 뚜렷한 목적의식보다 유
행에 민감할 뿐이다. 선열의 숭고한 정신보다는 뉴키즈나 서태지의 율동
에 매료되어 있다. 그래서 괴성을 지르고 기절까지 한다.

얼마 전 서대문 형무소 자리에 만들어진 역사의 산실이 일부 청소년들에 의해 문란해졌다고 한다. 선열의 높은 뜻을 기리고, 항일 역사의 산 교육장으로 활용하는 곳이다.

아우내 소녀도 이곳에서 순국했고, 많은 애국지사가 옥고를 치렀던 한 맺힌 장소다.

소녀가 초혼묘에 의지한 것은 시신을 찾지 못했기 때문이라지만, 일부 청소년들이 그곳을 문란케 한 것은 무엇 때문일까? 하지만 많은 청소년은 마음의 중심(忠)을 가슴 깊이 새기고 있으리라.

(1992. 중도일보. 중도춘추)

수락산의 계백(階伯)

– 백제의 명장, 계백 장군

부여 군청 로터리엔 계백(階伯)장군의 동상이 있다. 오른손을 번쩍 들고, 군사를 지휘하는 계백을 태운 준마가 단숨에라도 적진을 향해 내달을 기세다. "나를 따르라." 외치던 그 목소리, 함성이 지금도 들릴 것 같다.

장군이 손짓하는 곳으로 가 본다. 그 곳은 황산벌이요, 장군이 잠들어 계신 곳이다. 논산시 부적면 신풍리 뒤편, 수락산(首落山)에 묘소가 있다. 장군이 그곳에서 전사했다 하여 수락산이라 부르는가. 분향한 후 장군께 술잔을 올렸다.

5천 결사대의 선봉에 선 그는 용장이었다. 전장에 사사로운 정과 후환을 없애고자 처자의 목을 베고 집에 불을 질렀다. 비장한 각오였다. 사직을 위해 죽음을 맹세한 그는 두려움이 없었다. 황산벌에서 김유신의 5만 대군과 싸워 네 차례나 이겼다.

그는 또한 덕장이었다. 잡혀 온 어린 관창의 용기를 칭찬하고 살려 보내는 아량이 있었다. 절박한 상황에서도 어린 적을 풀어 주는 여유가 있었던 것이

수락산에 있는 계백 장군의 묘

다. 그러나 그는 중과부적으로 수락산 기슭에서 장렬한 최후를 마쳤다.

그의 시신은 백제 유민들에 의해 이곳에 은밀히 매장되었다고 전한다. 그 묘가 한때는 훼손과 방치 상태로 있었다. 이를 안타깝게 생각한 부적면 민들이 그의 뜻을 기려 1976년에 봉분과 묘역을 정비했다고 한다.

묘 앞엔 상석(床石)이나 망주석(望柱石)도 없다. 가첨석 없는 비신(碑身) 에, 붉게 음각된 '百濟階伯將軍之墓(백제 계백장군 지묘)'란 글씨가 마음을 우울하게 한다. 보통 사람의 묘도 잘 치장하는데 충의 용장(忠義勇將)의 묘 가 너무 초라하다. 김유신의 묘가 왕릉이라면 계백의 묘는 서민의 묘나 다 를 바 없다.

남북 전쟁에선 패장인 리(Lee)가 승장 그란트(Grant)보다 더 존경을 받고 있다. 우리와 다른 가치관 때문인가. 역사란 승자의 것도 패자의 것도 아닌 오늘을 사는 우리 모두의 것이다. 승장도 패장도 역사 속의 위대한 인물이다. 그들의 용맹과 충절이 후세를 사는 우리에겐 귀감이 되고 교훈이 된다.

황산벌의 저녁노을이 곱다. 누렇게 익은 벼도 장군께 조의를 표하고자 고개를 숙인 것만 같다.

* 이 글을 쓸 때만 해도 장군의 묘는 사람들에게 별로 알려지지 않았고, 봉분도 균형이 맞지 않았다. 그 후 논산시에서 1997년 계백 장군유적관리사무소를 착공하고, 2005년 백제군사박물관과 장군의 영정과 위패를 모신 충장사를 준공하면서 장군의 유적지가 새롭게 단장하게 되었다.

(1992. 중도일보. 중도춘추)

유허(遺墟)에 핀 민들레

– 사육신 박팽년 선생 유허비

토요일이면 박팽년 선생의 유허(遺墟) *로 간다. 그곳을 청소하면서, 선생의 체취를 보듬기 위해서다. 유허엔 선생이 살았던 옛터를 기리기 위해 세운 유허비(遺墟碑)가 있다.

얼마 전, 그곳에 갔을 때 선생의 유허비가 너무 애처로워 다시 찾기로 한 것이다.

옛날엔 이곳을 흥룡촌 왕죽구(興龍村王竹丘)라 했으나, 지금은 가양동 더퍼리라 부른다.

선생은 사육신 중의 한 사람이다. 어린 단종의 자리를 빼앗은 세조를 몰아내고, 단종을 다시 추대하려 했던 분이다. 하나 불행하게도 단종 복위 사건이 실패로 끝나 혹독한 고문 끝에 숨을 거둔 분이다. 선생은 세조의 회유와 높은 관직도 마다하고, 단종을 위해 목숨을 바쳤다. 불사이군(不事二君), 한 사람이 두 임금을 섬길 수 없다는 투철한 선비 정신이다. 후일, 세조도 선생의 죽음을 아쉬워하며 만세충신(萬世忠臣)이라 불렀다고 한다.

오백여 평 되는 잔디밭 한 곳에 세워진 비각, 그 지붕도 세월의 무상함을 보여 주듯 잡초 자란 흔적이 무성하다.

비각 안에는 높이 2m 정도의 비(碑)가 힘없는 사람처럼 쓰러지려 한다. 자세히 보니 비는 상처투성이였다. 거의 모든 면에 금이 가 있고 그 틈새를 시멘트로 발라 놓은 것이다. 비 위에 얹어 놓은 가첨석도 상처는 마찬가지였다. 금이 간데다 색깔마저 핏빛으로 물들어 있다.

선생의 유허비가 왜 이렇게 처참한 모습으로 서 있어야 한단 말인가.

세조는 선생을 모진 고문과 극형으로 다스렸다고 한다. 팔과 다리가 찢기고, 머리까지 잘리는 형을 당한 것이다. 그때 온몸은 상처투성이였고 머리엔 선혈이 낭자했으리라. 금이 간 비신(碑身)이 상처투성이인 선생의 몸이라면, 핏빛으로 물들어 있는 가첨석은 선혈로 젖은 머리가 아니겠는가.

유허비는 선생의 모습이었다. 처형당할 때의 참혹한 모습으로 이곳에 와 있는 것이다. 유허비는, 선생이 살던 옛터에 남겨진 선생의 모습(遺身)과도 같다는 생각이 들었다.

애달픈 마음으로 비문을 본다. '平陽朴先生遺墟碑(평양 박선생 유허비)'란 송준길의 글씨가 힘차고 오달지다. 송준길은 글자 획 하나하나에도, 선생의 기개를 나타내려 한 것 같다. 죽으면서도 끝까지 단종을 섬기겠다는 선생의 굳은 지조를 보여 주는 듯싶었다.

비각은 비를 세운 후 4년 뒤에 세웠으며, 그 이름을 세조의 '만세 충신'

사육신 박팽년 선생 유허비

이란 말을 인용해 장절정(壯節亭)이라 하였다고 한다. 송시열도 선생을
흠모했음인지, 비와 비각을 세우는데 참여했던 것 같다. 비문과 장절정기
(壯節亭記)도 그가 지었다. 그는 장절정기에서, '선생의 옛터가 잊혀져가
는 것을 염려해 비를 세우고 정자를 복원하면, 선생의 영(靈)이 와서 의지
하시고, 지나는 길손도 아쉬워하지 않으리라' 하였다.

비각을 세울 때만 해도 주위엔 물과 돌이 조화를 이룬 아름다운 자연경
관이 있었다고 한다. 그러나 지금은, 선생이 거닐며 자연을 감상하던 연
못에 있던 정자와 바위도 보이지 않는다. 반듯하게 들어선 주택들뿐이다.
오가는 사람은 있어도 선생의 유허를 돌아보는 사람은 없다. 만고 충신의
유허가 애틋하게 쓸쓸하다.

비를 맞으며, 비각 둘레에 흩어진 유리 조각과 휴지를 줍는다.

공원은 아직 이른 봄이라, 엷은 갈색 잔디가 겨울잠에서 깨어나지 못하고 있다. 몇 걸음 떨어진 곳에 파란 종이와 노란 종이가 함께 어우러져 있다. 주우려고 갔으나, 그건 종이가 아니라 노란 민들레였다. 톱날처럼 생긴 파란 잎이 그대로 살아 있는 걸 보니, 민들레는 겨울에도 잎이 시들지 않는 모양이다. 여느 풀보다 강인한 생명력을 가진 것 같다. 민들레는 밟히고 짓이겨도 절대로 죽지 않는다.

유허에 핀 민들레, 민들레는 어쩌면 선생의 후손과도 같다는 생각이 들었다. 민들레는 뿌리를 잘라 심어도, 뿌리를 며칠 말렸다가 심어도 싹이 돋는다. 선생의 후손도 단종 복위 사건에 연루되어 모두 죽었으나, 다시 살아났다.

민들레의 잎이 땅바닥에 착 달라붙어 모진 추위를 이겨내듯, 선생의 후손은 어머니 배속에서 살아 있었다. 그가 선생에게는 유복손(遺腹孫)이요, 사육신의 후손 중 유일하게 살아남은 사람인 것이다.

단종 복위사건으로 선생의 가족이 화를 당할 때, 둘째 며느리 이 씨는 임신한 몸으로 대구 관아의 노비가 되었다. 이 씨는 그곳에서 아들 일산(一珊)을 낳았으나 걱정이었다. 역적의 부인이 아들을 낳으면 연좌라 하여 죽이게 되었기 때문이다. 아들을 죽일 수는 없었다. 남몰래 여자로 변장시켜 근처에 있는 친정에서 기르게 하였다. 기르면서도 남에게 들킬까 봐 가슴을 조였다.

17년이란 세월이 흐른 뒤, 일산의 이모부가 대구 감사가 되어 내려왔다. 그는 일산을 보자 눈물을 흘렸다. 숨어서 자란 일산이 성장한 것은 기뻤으나, 처지가 안타까워 흘린 눈물이다. 그는 일산에게, "이제 더는 숨어 살기도 어려울 것 같으니, 자수할 것"을 권유했다. 그 후 일산은 어머니와 함께 상경하여, 성종께 자수한 후 죄를 면했다고 한다.

민들레는 꽃이 피고 나면 꽃대가 자라 솜털을 지닌 씨가 된다. 수구초심(首丘初心), 민들레도 고향을 그리워하는 마음이 있는 걸까. 홀씨가 바람에 날려 선생의 유허 부근에 뿌리를 내리고 있었다. 선생의 17대 후손이 대전에 살고 있는 것이다.

민들레는 한방에서 포공영(蒲公英)이라 하며 약재로 쓰이고, 옛글에는 포공(蒲公)이라 하여 서당 훈장을 상징하기도 한다. 선생의 후손도 한의원을 경영하며 대학 강단에 서고 있다.

유허에 핀 민들레, 그 홀씨는 바람이 불면 어디로 갈 것인가. 선생의 위패가 모셔진 안영리 숭절사(崇節祠)*와 동학사 숙모전(肅慕殿)*으로 갈 것만 같다.

노란 민들레는 상처 난 선생의 유허비만 바라보고 있었다.

* **유허(遺墟)** : 옛사람의 자취가 있는 곳.
* **숭절사(崇節祠)** : 대전 서구 안영동에 있는 사당으로 박팽년 선생과 박심문 선생의 위패가 모셔져 있다.
* **숙모전(肅慕殿)** : 계룡산 동학사 옆에 있는 사당으로 신라 시대 박제상부터, 고려 시대, 조선 시대 후기까지의 충신들의 위패를 모신 사당으로, 이곳에 박팽년 선생의 위패가 모셔져 있다.

(1993. 한국수필. 여름호)

가문의 명예를 건 패션쇼

– 뿌리공원의 해주 최씨 조형물

　어린이날 행사를 뿌리공원에서 한다기에 아들과 함께 집을 나섰다. 그곳 가는 길은 이미 차량 행렬이 줄지어 있어 가다 서기를 반복한다. 행사 때문에 평소보다 많은 사람이 그곳을 찾고 있는 것이다.

　가문의 명예를 건 패션쇼가 열리는 뿌리공원. 그곳은 성씨(姓氏)나 본관(本貫)에 따라 후손들의 정성을 모아 조형물을 세우고, 자신들의 뿌리를 또 다른 후손들에게 알려주기 위해 만든 조각 공원이다. 조형물마다 성씨를 상징하는 모형을 만들고 그곳에 성씨 유래와 시조(始祖)의 이름, 그리고 가문을 빛낸 분들의 이름을 새겨놓았다.

　후손이 번창한 성씨는 본관에 따라 조형물을 세웠는가 하면, 희성(稀姓)이거나 후손이 적은 성씨는 하나의 조형물로 그 성씨를 대표하고 있었다. 여기저기에 화강암과 대리석, 청동 등을 조화롭게 구성하여 만든, 50여 개의 조형물을 보며 성씨마다 자기네 성이 제일이라 자랑하고 있는 것 같은 느낌이 들었다. 하지만 공통점도 있었다. 가문마다 서로 경쟁이라도 하듯 돋보이려고 노력했다는 점이다.

지난날 권문세가는 가문의 자존심을 되살려 보았고, 과거가 화려하지 못했던 가문도 오늘의 결실을 앞세워 뿌리를 북돋워 주고 있었다.

본래 우리가 가진 성명(姓名)은 그 구성과 개념이 특이하여, 개인과 가문의 계대(系代)까지 알 수 있다고 한다. 그 이유는 성과 본관으로 가문을 알 수 있고, 이름의 항렬(行列)로는 가문의 대수(代數)를 알며, 자(字)로선 개인을 구별할 수 있기 때문이다. 따라서 뿌리공원은 성씨의 기본 개념을 일깨우고 자신들의 뿌리를 후손들에게 알리고자 대전광역시 중구청에서 지난 연말에 만들어 놓은 곳이다.

외래문화에 심취해 쉽게 내 것을 잃어가는 현대인들에게, 내 것의 소중함과 옛것을 되찾을 수 있는 계기를 마련하고자 조성한 것 같다.

이제 나도 뿌리를 찾아야겠다. 해주(海州) 최씨의 조형물을 찾기 위해 이곳저곳에 세워져 있는 조형물과 그곳에 새겨진 성씨의 유래를 읽으며 평지에서 언덕으로 길을 따라 다녔다. 경사진 언덕길을 따라 오르면 있을 것 같아 오르면서 둘러보았지만 보이질 않는다.

어린 시절 보물찾기를 하는 기분이다. 곧 찾을 것 같으면서 쉽게 찾을 수 없던 것이 보물찾기가 아니던가. 다른 아이들은 잘도 찾는데 나는 잘 찾지 못했다. 설레는 가슴으로 보물이 숨겨져 있을 만한 곳을 찾아 돌도 들춰보고 낙엽도 헤쳐 봤지만, 보물은 내 손에 들어오지 않았다. 이렇게 둔한 습성 탓인지 해주 최씨의 조형물도 쉽게 눈에 들어오지 않았다. 공원에 세워져 있는 조형물들을 거의 다 둘러봐도 보이지 않았다.

해주 최씨 조형물

‘만약 해주 최씨의 조형물이 없다면 어떡할 것인가?’ ‘그렇다면 같이 온 아들한테 가문의 망신까지 당하는 게 아닐까?’ 하고 은근히 걱정도 된다.

공원 끝까지 거의 다 둘러보았을 때, 저쪽에서 “찾았다” 하는 소리가 들린다. 아들이 자신의 성을 찾았다고 외치는 반가운 소리였다. 그제야 비로소 나도 가문도 안심이 되었다.

해주 최씨의 조형물은 고려 중기의 명문가(名門家)답게 공원 왼쪽의 중간 언덕에 의젓하게 자리를 잡고 있었다.

서 있는 사람의 형상을 청동으로 만들어 놓았다. 최(崔)자의 맨 위에 있는 뫼 산(山)자로 사람의 머리와 양쪽 팔 모양을 만들고, 그 밑의 새 추(隹)자로는 척추를 중심으로 양쪽 갈비뼈가 뻗혀있는 몸통 부분을 만들어, 몸통을 두 다리가 바치고 있는 형상이었다. 중간석인 오석(烏石)엔 해주 최씨의 유래와 시조(始祖), 그리고 가문을 빛낸 조상님들의 이름이 새겨져 있었다.

보물찾기를 마친 나는 아들과 함께 조형물을 배경으로 기념사진을 찍었다.

뿌리 공원에 있는 조형물들은 각 성씨가 자신의 가문을 자랑하듯 최고의 멋을 부리고 있었다. 무대의 모델들이 자신의 몸매와 멋을 마음껏 자랑하는 패션쇼를 보는 듯한 느낌이 들었다.

조형물들이 있는 앞 둔치에는 넓고 편평한 잔디밭이 있다. 둔치 중앙에 설치한 가설무대에선 어린이날 행사의 하나로, 요란한 밴드 소리에 맞춰 노래와 율동이 한창이다. 어린이와 어른들이 함께 어우러져 춤의 축제를 벌이고 있었다.

잔디밭 둘레로 난 길을 따라 걸었다. 잔디밭 끝엔 시퍼런 물이 넘실대는 호수가 있다. 난간에서 시원한 호수를 바라본다. 물 위로 모터보트 한 대가 물 찬 제비처럼 물길을 가르며 날쌔게 미끄러져 간다. 보트에 탄 아이들이 즐거워 환호성을 지른다.

보트에 의해 갈라진 파문이 점점 넓게 퍼져 내 곁으로 다가와 팔을 내민다. 난간에 물결 부딪치는 소리가 들린다. "살려달라" 애원하는 나지막한 소리였다.

9년 전, 내가 담임했던 학생이 이곳에서 목숨을 잃은 일이 있었다. 공고 3학년 학생이라 현장 실습을 나갔는데, 휴일 친구와 함께 이곳으로 놀러 와 수영을 하다 그만 익사를 한 것이다. 그런 사연 때문에 이곳에 오지 않았는데, 오늘은 아들이 졸라대는 바람에 오게 되었다.

이곳도 이제 지난날의 흔적은 거의 찾아볼 수가 없다. 지난 연말에 뿌리 공원이 들어섰고, 호수를 가로지르는 만성교(萬姓橋) 건너편엔 안락한 노후 생활을 즐길 수 있는 장수마을이 생긴 것이다.

세월은 기쁨과 슬픔을 모두 시간 속에 묻고 새로운 사람과 환경을 위해 존재하는가 보다. 이곳에 모인 많은 사람이 호수에 잠긴 슬픈 사연을 모르고 즐거워하고 있다. 어둠이 지나면 밝은 해가 뜨고 절망 뒤에 희망을 노래하듯, 많은 사람이 각 성씨가 연출하는 패션쇼를 보기 위해 이곳을 찾고 있다. 그들도 자신들의 뿌리를 찾았을까?

돌아오는 길에 만난 어린아이의 맑은 미소가 너무 곱다.

(1998. 에세이문학. 가을호)

어느 학도의용군의 편지

– 학도의용군 전승기념관

　포항에 있는 학도의용군 전승기념관으로 갔다. 기념관은 한국전쟁 당시 나라가 위기에 처했을 때, 나라를 구하기 위해 전쟁에 참여해 목숨을 바친 학생들의 고귀한 희생정신을 기리고자 세운 것이다.

　기념관은 탑산 중턱에 있어 오르막길을 오르느라 숨이 찼다. 기념관 입구에 학도의용군 마크가 있다. 둘레에 월계관이 있고 중앙에 큰 별 하나가 있다. 별 뒤로 총과 펜이 각각 대각선으로 있고 독수리가 펜을 잡고 비상하는 형상이다. 학생들이 펜 대신 총을 들고 전장에 나가 승리한다는 걸 상징하는 것이라 한다. 마크 아래에는 학도의용군이 재학했던 학교별 참전 의용군 수를 동판에 새겨 놓았다. 마크 양쪽으로 학생들의 사진이 전시되어 있다.

　전시관에는 학도의용군과 관련된 유물과 사진, 무기류 등이 전시되어 있다. 여러 가지 유물 중, 어린 중학생임을 표시하는 '중'이라 새겨진 여러 개의 녹슨 교복 단추가 마음을 아프게 한다. 포항여중에서의 학도의용군 전

학도의용군 전승기념관 내부

학도의용군이던 故 이우근 군이 어머니께 보내는 편지 비석

투 장면도 눈길을 끈다. 그 옆에 중학생으로 보이는 사진이 한 장 있다. 교모(校帽)를 쓰고 있는 중학생이 애처로운 표정으로 누군가를 바라보고 있다. 나는 그의 눈길에 사로잡혀 한동안 그 사진 앞에서 떠나질 못했다. 무슨 사연이 있기에 그렇게 애처로운 표정을 짓고 있을까? 기념관에서 나온 뒤에도 그의 모습은 쉽게 지워지지 않고 머릿속에 선명하게 남아 있었다.

기념관 뒤쪽으로 나 있는 가파른 계단을 오르면 '포항지구 전적비'가 있다. 학도의용군이 군인과 함께 나란히 총을 들고 서 있는 형상의 전적비다.

전적비 뒤쪽에도 큰 비석이 하나 세워져 있다. 비 옆에는 커다란 펜대가 세워져 있다. '무슨 비일까?' 궁금하게 생각하며 비가 있는 곳으로 가까이 가 보았다. 비는 전시관에서 나의 발길을 멈추게 했던 바로 그 중학생의 비였다. 그는 서울 동성중학교 3학년에 재학했던 고(故) 이우근 군이었다. 그가 포항여중 전투 중 어머니께 쓴 편지를 비석에 새겨 놓은 것이다.

그의 편지는 '어머니. 나는 사람을 죽였습니다.'로 시작되었다. 이어 두 명의 특공대원과 함께 적에게 수류탄을 던져 10여 명을 죽였고, 이때 적의 팔과 다리가 떨어져 나가는 가혹한 죽음 앞에 같은 동족이면서 죽여야 하는 것에 대한 연민의 정을 느낀다. 그리고 전쟁에 대한 의문과 함께 공포를 느낀다. 71명밖에 안 되는 학도병에 비해 훨씬 많은 수의 적군에 대한 두려움도 편지에 적고 있다. 그는 두려운 마음을 어머니께 편지를 쓰면서 조금 진정시킨다.

그는 다시 전쟁이 끝나면, '어머니! 하고 부르면서 어머니 품에 안기고 싶다.'며 어머니를 애타게 그리워하고 있다.

편지를 읽으며 섬뜩한 예감이 드는 구절도 있다. 그는 흰 내복을 빨아 입으면서 죽은 사람이 입는 수의(壽衣)를 생각한다. 어쩌면 이 전투에서 자신이 죽게 될지도 모른다는 생각을 하게 된다. 앞에 있는 많은 수의 적군을 보며 어머니께 자신이 오늘 죽을지도 모른다고 적고 있다. 이러한 생각이 그에게 수의를 생각하게 했고 그것이 그의 죽음을 예시한 것 같아 가슴이 더 뭉클해진다.

그는 죽음을 생각한 후 다시 '꼭 살아서 돌아가겠다.'고 한다. 긴박한 상황에서 벗어나 살아가고 싶은 간절한 소망을 나타낸 것이라 하겠다. 그는 살아서 어머님 곁으로 돌아가 상추쌈과 차가운 냉수를 한없이 마시고 싶다고 한다. 총탄이 빗발치는 전쟁터에서 고향에 계신 어머니를 생각하며 마음의 안정을 찾으려 했고, 많은 적에 대한 두려움과 긴장으로 인한 갈증을 그렇게 표현하고 있다. 그러한 생각도 잠시뿐이었다.

눈앞에 달려드는 적군을 보며 어머니께 쓰던 편지도 끝을 맺는다. 편지의 마지막에 안녕이라고 했다가, 안녕이 아니라면서 다시 쓰겠다고 한다. 여기서 안녕이라고 하지 않겠다는 것은 어떠한 상황에서도 죽지 않고 살아서 돌아가겠다는 간절한 소망을 나타낸 것이라 하겠다.

눈앞에 다가오는 죽음의 공포를 떨치고 조국을 지키다가 꼭 살아서 어머니 곁으로 돌아가겠다던, 고 이우근 군은 편지를 다시 쓰지 못했다. 끝내 어머니 곁으로 돌아가지 못하고 포항여중 전투에서 적과 싸우다가 장렬하게 전사했다. 포항여중 전투는 71명의 학도의용군이 많은 수의 북한군을 맞아 싸우다가 48명이 전사했다. 이 전투는 학도의용군이 목숨을 바쳐 적의 진격을 지연시킨 전투로 널리 알려져 있다.

그가 1950년 8월 10일, 피맺힌 절규로 어머니를 그리워하며 쓴 편지는 그의 군복 주머니에서 피로 얼룩진 채 발견되었다고 한다.

나라를 구하겠다는 일념으로 어린 중학생이 전쟁에서 느꼈던 전쟁의 공포와 참상, 삶에 대한 동경, 그리고 어머니를 그리워하는 마음이 꾸밈없이 편지의 내용에 잘 나타나 있다.

'그래서였을까?' 진시관에서 보았던 사진에서 그의 표정이 그렇게 애처롭게 보였던가 보다.

그곳에서 다시 계단을 더 오르면 산 정상에 '전몰학도 충혼탑'이 있다. 한국전쟁에서 나라를 위해 목숨을 바친 1,394위의 학도의용군 영령들을 모신 성스러운 탑이다. 피어보지도 못한 꽃다운 젊은 영혼들이 잠들어 있는 충혼탑. 충혼탑은 그들이 목숨을 바쳐 지켰던 포항 시가지를 자랑스럽게 바라보고 있었다.

(2017. 에세이문학. 여름호)

3월에 스러져 4월에 다시 핀 꽃

- 김주열 열사의 묘

그 노래를 부르면 경찰이 잡아간다고 했다. 무서웠지만 나는 그 노래를 불렀다. 왜 그런지도 모르고 어른들이 부르길래 따라 불렀다. 1959년에 유행했던 '유정천리'란 노래다.

이 노래가 유행할 즈음 자유당 정부에선 이승만 대통령을 연임시키기 위해 독재와 부정부패를 일삼았다. 그때 자유당 정권의 실정(失政)에 회의를 느꼈던 국민들은 이 노래를 즐겨 불렀다.

1956년. 자유당의 이승만 대통령과 대적하기 위해 민주당에선 해공 신익희 선생을 대통령 후보로 선출하였다. 대부분 국민들이 자유당 정권에 등을 돌렸음인지, 신익희 선생의 한강 백사장 유세에 30만 명의 인파가 모였다. 당시 서울시 인구가 160만 명이고, 유권자가 70만 명임을 생각하면 놀랄만한 일이었다. 그렇게 많은 국민의 지지를 받던 신익희 후보가 5월 5일 지방 유세를 하기 위해 호남지방으로 가던 중, 열차 안에서 서거하였다. 정권 교체를 원했던 국민들은 그의 죽음을 슬퍼했고, 절망하게 되었다. 절호의 정권 교체 시기를 놓쳐버렸기 때문이다.

그 후, 1960년 대통령 선거에서 자유당에선 이승만 대통령이 출마하였고, 민주당에선 조병옥 박사가 출마했다. 하지만, 선거를 한 달 앞두고 조병옥 박사가 신병 악화로 미국의 월터 리드 육군병원에서 치료 중, 심장마비로 사망하였다.

충분히 승산이 있었던 두 차례의 대통령 선거였다. 해공 신익희 선생과 조병옥 박사를 잃은 국민들은 실의에 빠져있었다. 이때, 학생들 사이에서 당시의 사회상을 풍자한 이 노래를 부르기 시작하였다.

가련다 떠나련다/ 해공선생 뒤를 따라/

장면 박사 홀로 두고/ 조 박사도 떠나갔다/

가도 가도 끝이 없는/ 당선길은 몇 굽이냐/

자유당에 꽃이 피네/ 민주당에 비가 오네/

'유정천리'란 노래에 가사만 바꾸어 부른 노래다. 국민들은 이 노래를 부르며 안타까운 심정을 달래고자 하였다. 이 노래가 전국 방방곡곡으로 퍼져나가 어렸던 나도 따라 불렀다.

이 노래가 한창 유행을 하고 있을 때, 애처롭게 스러져간 한 송이 꽃봉오리가 있었다. 바로 17세 소년 김주열 열사다.

열사의 묘가 있는 남원을 향해 출발했다. 집에서 떠날 때는 날씨가 화창했는데 남원에 도착할 무렵부터 비가 내린다. 하늘도 그의 억울한 죽음을

김주열 열사의 묘

슬퍼해서일까?

그의 묘는 남원시 금지면 옹정리 우비산 자락에 있었다. 원형으로 된 묘 앞에 두 기(基)의 묘비(墓碑)가 세워져 있다. 왼쪽 묘비에 '金君朱烈之 墓(김군 주열 지묘)'라 새겨져 있다. 이 비에는 당시의 석학이었던 고려대 학교 유진오 총장의 글이 새겨져 있다. 비문 일부를 보면 '아득한 소년의 의열이 민족의 명운을 좌우함이여, 군의 충과 의는 일월보다 밝고, 산과 해보다 크며, 그 장렬한 항쟁은 길이 청사에 빛날 것이다.'라 새겨져 있다. 비는 그가 세상을 떠난 지 4년 후인, 1964년 3월 15일에 세워진 것이다.

오른쪽 묘비에는 '열사 김주열의 묘'라 새겨져 있다. 그가 희생된 지 50

주년인 2010년 4월 19일에 '김주열 열사기념사업회'에서 세운 것이다.

묘역에서 내려와 입구에 있는 기념관으로 갔다. 그곳에는 그의 약력과 사진, 그리고 유품들이 전시되어 있었다.

그는 남원시 금지면 옹정리에서 태어났다. 중학교를 졸업하고 고등학교에 진학할 무렵 아버지의 병환으로 가세가 기울기 시작했다. 그는 어려운 가정 형편으로 인문학교 진학을 포기하고, 졸업 후 취직할 수 있는 마산상업 고등학교(현 용마고)에 원서를 냈다. 1960년, 입학시험을 치르고 3월 14일에 있을 합격자 발표를 보기 위해 마산에 있는 이모 집으로 갔다. 하지만 합격자 발표가 16일로 미루어졌다. 15일이 대통령 선거일이라 선거부정을 저지른 자유당 정부에선 선거 전날 사람들이 많이 모이는 것을 꺼려 했다. 그래서 합격자 발표일이 미뤄진 것이다. 그는 이모 집에 머물며 합격자 발표일을 기다렸다.

그때 자유당 정부에선 이승만 대통령과 이기붕 부통령을 당선시키기 위해 거리낌 없이 많은 부정을 저질렀다. 그 예로 40% 사전투표, 세 사람, 다섯 사람씩 모여 공개투표, 유권자가 아닌 사람이 투표, 투표함 바꿔치기 등을 자행했다.

국민들은 이러한 부정선거를 이미 알게 되었고, 그로 인해 자유당과 정부를 불신하여 전국에서 크고 작은 소요가 일어나기 시작하였다. 3월 15일, 마산에서도 '부정선거 무효'를 외치며 분노한 시민들이 거리로 뛰쳐나와 시위를 했다.

그도 이모 집에서 시민들의 함성을 듣고 거리로 나와 시위대에 합류하게 되었다. 시위대가 마산시청 쪽으로 향하자 이를 저지하던 경찰과 충돌하게 되었다. 시위대는 경찰이 쏘는 총탄과 최루탄에 맞서 돌을 던지며 격렬하게 저항하였다.

여기서 많은 사상자가 발생하였다.

그 날 이후, 그는 이모 집에 돌아오지 않았다. 아들이 행방불명되었다는 소식을 들은 어머니는 남원에서 마산으로 와 아들을 찾기 시작하였다. 마산경찰서 및 검찰청은 물론 시장과 골목을 돌아다니며, 아들을 찾아 달라 하소연하였다. 이러한 소문이 마산 시내에 퍼져나갔다. 그의 시신을 시청 앞 저수지에 버렸다는 소문이 돌자 저수지 물까지 퍼내 봤지만, 그의 모습은 보이지 않았다.

어머니는 실성한 사람처럼 아들의 책가방을 들고 "주열아", "주열아" 외치며 거리를 돌아다녔다. 그녀의 모습을 본 사람들은 눈시울을 적셨고, 목이 메인 목소리는 마산 시민들의 애간장을 녹였다. 그토록 아들을 찾아 헤매봤건만, 아들의 모습은 보이지 않았다.

4월 11일 아침. 모든 걸 체념한 어머니는 집으로 돌아가기 위해 남원으로 가는 버스에 올랐다.

그 날 오전 11시경, 마산 중앙 부두에 사람들이 모여 웅성거리기 시작하였다. 한 낚시꾼이 바다에서 17세 소년을 건져 올린 것이다. 오른쪽 눈에 최루탄이 박힌 소년의 모습은 차마 눈 뜨고 볼 수가 없었다. 사람들은 술렁이기 시작했다. 그 소년이 그동안 행방불명되었던 김주열이라 했다. 이 소식은 부산일보의 '허종' 기자에 의해 전국으로 퍼져나갔다.

구름처럼 몰려든 시민들의 위세에 당황한 경찰은 그의 시신을 간신히 마산도립병원에 안치시켰다. 이에 시민들은 경찰서로 몰려가 그의 시신을 인도해 달라 요구하며 시위를 계속하였다.

4월 13일 밤 11시. 그의 시신은 몰래 마산에서 출발하여 14일 아침 고향인 남원시 금지면 옹정리 선산에 묻히게 되었다.

부정선거에 분노한 마산 시민들은 어린 학생의 처참한 죽음에 더 큰 울분을 터트렸다. 화가 난 시민들은 경찰서 및 자유당 당사 등으로 떼 지어 몰려가 격렬한 시위를 하였다. 그의 죽음에 대한 소문은 요원의 불길처럼 전국으로 퍼져 나갔고, 폭동은 연일 계속되었다. 그 후 4·18 고대 학생 데모에 이어, 4·19혁명으로까지 이어져 나갔다.

이에 이승만 대통령은 하야한 후, 하와이로 망명했고, 이기붕 부통령은 아들이 쏜 총탄을 맞고 사망하였다.

그의 의로운 죽음은 4월 혁명의 기폭제가 되었고, 현대사의 흐름마저 바꾸어 놓았다. 김주열 열사는 자유당 독재 정권에 의해 3월에 스러져, 4월에 민주의 꽃으로 다시 피어났다.

비가 내린다. 그의 묘비도 눈물을 흘리고 있다.

이제 그 노래를 부르는 사람도 없고, 들을 수도 없다.

(2018. 에세이문학. 여름호)

6월의 자산공원

– 자산공원의 현충탑

6월은 호국보훈의 달이다. 이 달에는 현충일이 있어 많은 사람이 현충원이나 현충 시설을 찾아 나라를 위해 헌신하신 많은 영령을 위로하고 그들의 숭고한 뜻을 기리고 있다.

순국선열의 영혼이 깃든 여수의 자산공원을 찾았다. 경사진 길을 오르다 보면 세 개의 횃불이 힘차게 타오르는 모양의 현충탑이 있다. 여기서 세 개의 기둥은 임진왜란, 한국전쟁, 여수·순천 사건을 의미하며, 횃불은 우국 열사의 충혼이 살아 있음을 나타낸 것이라 한다. 현충탑 아래엔 한국전쟁과 베트남전쟁 등에서 전사한 여수지역의 호국 영령들의 위패를 봉안하고 있다. 현충탑 앞에서 충절의 영혼 앞에 고개를 숙였다.

현충탑에서 오른쪽으론 '임진란 호국수군 위령탑'이 있고, 그 옆에 여수·순천 사건, 한국전쟁 등에서 산화한 경찰관의 영령을 추모하기 위해 세운 '충혼탑'이 있다. 그리고 경찰관 충혼탑 뒤쪽으로는 '호국참전 유공자 기념탑'이 있다. 이 탑은 한국전쟁 및 베트남전쟁에 참전한 여수 출신

자산공원의 현충탑

용사들의 유공을 기리기 위해 세운 기념탑이다. 탑 둘레에 세워진 병풍석
에는 전쟁에 참전한 용사들의 이름이 새겨져 있다. 기념탑 뒤로 한국전쟁
에 참전한 국가의 국기를 게양해 놓아 참전국에 대해 고마움을 함께 표시
하고 있었다. 자산공원의 정상으로 올라갔다. 그곳엔 넓은 공원이 있고
공원의 맨 끝에서 이순신 장군의 동상이 자산공원을 찾는 관람객을 반갑
게 맞는다. 이곳은 일출 때면 산봉우리가 붉은 자색으로 물들고, 여수항
과 오동도가 한눈에 보이는 전망이 좋은 곳이다. 공원 오른쪽엔 자산공원
에서 돌산도까지 바다 위를 운행하는 해상 케이블카가 있다. 이곳 케이블

카는 바닥을 투명하게 만들어 발밑에 보이는 아찔한 쪽빛 바다가 탑승객들의 마음을 사로잡는다.

이렇게 둘러본 자산공원은 나라를 위해 헌신한 많은 분의 업적을 기리고 선양하는 현충 시설로, 이곳을 찾는 사람들에게 한 번쯤 나라를 사랑하는 마음이 들도록 해주는 곳이다.

(2015. 수필문학. 6월호)

산에서 찾은 보물

– 보문산의 전설

보물을 찾기 위해 보문산으로 갔다. 산에서 만난 사람들은 나처럼 보물을 찾으러 온 사람들이 아닌 것 같다. 그들은 건강을 위해 산책을 하거나 등산을 하러 온 사람들이다. 어리석은 나만 보물을 찾겠다고 이곳에 온 것이다.

예로부터 보문산에는 이러한 전설이 전해 내려오고 있다.

옛날에 노부모를 모시고 사는 착한 나무꾼이 있었다. 그는 효성이 지극했지만, 형은 성질이 고약한 술주정뱅이였다. 그가 어느 날 산에서 나무를 해서 내려오다 옹달샘 옆에서 쉬고 있는데, 길옆에 물고기 한 마리가 햇볕에 말라 죽어가고 있었다. 그는 죽어가는 물고기가 불쌍해 샘물에 넣어 주었다. 그러자 물고기는 고맙다는 듯 꼬리를 흔들며 물속으로 사라졌다. 그 후 물고기가 있던 자리에 주머니가 하나 놓여 있었다. 주머니에는 '은혜를 갚는 주머니'라고 쓰여 있었다. 그는 주머니를 가지고 집으로 돌아와 주머니에 동전을 한 닢 넣어보았다. 그러자 주머니에서 동전이 수없이 쏟아져 나왔다. 그래 그는 큰 부자가 되었다. 이 소문을 들은 형이 그를 찾아와 주머니를 한번 보여 달라고 하였다. 그가 주머니를 보여주자 형은 그것을 빼앗아 도망치려 했다. 그도 형이 가진 주머니를 빼앗으려고 실랑이를 하였다. 서로 주머니를 가지고 실랑이를 하다가 그만 주머니를 땅에 떨어뜨리고 말았다. 이때 형이 화를 내면서 주머니를 발로 짓밟아버리자 주머니 속에 흙이 들어갔다. 그러자 주머니 속에서 흙이 수없이 쏟아져 나와 산이 되었다고 한다. 그 산속에는 아직도 보물 주머니가 묻혀있다고 전한다.

그래서 사람들은 처음에는 보물산(寶物山)이라 불렀으나, 나중에 보문산(寶文山)으로 바꾸어 부르게 되었다고 한다.

내가 보문산을 찾기 시작한 것은 퇴직하기 일 년 전부터이다. 직장에서 하루에 8시간 이상 근무하다가 퇴직을 하면, 많은 여유시간을 어떻게 보낼까 생각해 보았다. 본래 운동을 싫어하기 때문에 일이 없으면 잠만 잘 것 같았다. 그래 생각해 낸 것이 집 근처에 있는 보문산으로 가 둘레길을 걷기로 한 것이다. 먼저 휴대용 라디오를 하나 샀다. 친구들과 함께 산에 갈 때도 있겠지만 항상 그리할 수는 없을 것 같아, 혼자 갈 때를 생각해서 그랬다.

주로 토요일과 일요일에 산길을 걸었다. 라디오에서 흘러나오는 노래나 서민들의 애환이 섞인 이야기를 들으며 산길을 걸으면, 지루하지 않았고 오르막길도 숨이 차지 않았다. 한 시간 반 정도 걸리는 코스의 길을 택하여 걸었다.

맑은 공기를 마시며 호젓한 산길을 걸으면 마음이 편안했다. 즐거운 새소리를 벗 삼아 걷는 것은 정신 및 신체 건강에도 좋았다. 계절마다 새로운 얼굴로 다가오는 산의 모습은 단조로운 생활에 변화와 활력도 주었다.

가끔 글을 쓰다가 제목이나 문장이 마음에 들지 않을 때가 있었다. 그럴 때면 프랑스의 소설가 플로베르의 말처럼 '알맞은 말은 하나'라는 생각에 고민할 때가 많았다. 산길에서도 플로베르의 말이 머리에서 쉽게 떠나지 않았다. 산길을 걸으며 '이 제목이 좋을까, 저 문장이 좋을까?'를 생각하며 걸었다. 그렇게 제목이나 문장을 되뇌다 보면, 문득 알맞은 제목이나 문장이 떠오를 때가 있었다. 산길에서 그러한 경험을 여러 번 하였다. 글을 쓰면서 알맞은 생각이 질 떠오르지 않을 때면 보문산을 찾는다. 조용한 산길을 걸으며 산속에 묻혀있는 귀한 글의 보물을 찾기 위해서다.

나에게 보문산은 보물이 묻혀있는 보물산(寶物山)이 아니라, 글의 보물이 묻혀있는 보문산(寶文山)이 되었다.

오늘도 보문산 길을 걸으며 산속에 묻혀있는, 또 하나의 글의 보물을 찾아봐야겠다.

(2018. 그린에세이. 3·4월호)

6

최중호의 수필세계

역사에 맥박 치는 민족의 영혼을 찾아

鄭木日

수필가, 한국문인협회 부이사장

1.

최중호의 이번 수필집을 대하면서 '민족' '역사' 이 두 낱말이 지닌 무한한 깊이와 뜨거운 혈맥을 떠올려 본다. 수필은 대개 개인의 체험을 통한 인생의 발견과 깨달음을 쓴 글이다. 개인사(個人事)의 기록이랄 수 있다. '수필'이란 '나'라는 1인칭을 대상으로 한 글쓰기가 대부분을 차지한다.

최중호의 이번 수필집에서 선보이는 수필들은 '개인사'에 그친 글이 아닌, 역사 속에 흐르는 민족의 맥박과 숨결을 찾아 '겨레의 얼'을 보여주고 있다.

현대의 흐름을 보면 세계화 시대로서의 진입에 따라 민족정신과 민족애가 희석되는 듯한 느낌을 준다. 어느 시대라 할지라도 '민족의식'이 뚜렷한 나라는 혼란과 어려움에 직면하더라도 위기를 극복해 낼 수 있음을 역사가 증명해 주고 있다. 수필은 '나의 삶과 인생'을 주제로 쓰는 1인칭

독백의 글쓰기만은 아니다. '우리 민족'의 발자취를 찾아 겨레의 삶을 들여다보면서 어떻게 바람직한 방향으로 개척해 갈 것인가를 생각하게 만든다. 민족의 역사를 들여다보면서 겨레의 삶에서 얻은 역사의식과 문화의 모습을 살피며, 우리가 이어갈 민족의식과 문화전통을 살피고 있다.

　글을 처음 쓸 때 만해도 이름이 세상에 알려진다는 것이 좋아서 썼다. 지방의 문학 단체에서 발행하는 지면(紙面)을 통해 글 같지도 않은 글을 써서 발표한 것은 이름이 활자화되는 재미로 그랬다. 이렇게 제자리걸음 하길 20여 년, 수필 문학지를 통해 추천을 완료 받고부터 함부로 글을 쓰지 않았다. ㅅ 교수님을 비롯한 많은 사람으로부터 글을 남발(濫發)하지 말라는 충고를 들었다. 일 년에 단 한 편의 글을 쓰더라도 좋은 글을 쓰라는 말도 들었다. 그 후부터 글을 자주 발표하지 않았다. 글은 마음을 드러내는 자신의 얼굴이며, 그 얼굴에 대해 책임질 수 있는 글을 써 보려고 고민도 많이 해 보았다.

　그 무렵, 주제넘게 이런 생각도 하게 되었다. 비록 잘 쓰는 글은 아니지만 다른 사람을 위해 글로써 봉사하는 일은 없을까? 하고 생각한 끝에 우리 선열(先烈)들에 대한 글을 써 보기로 마음먹었다.

　우리의 조상이요, 그분들이 드리운 커다란 그늘 아래 오늘 우리가 편히 살고 있지 않은가?

　명함도 처음엔 글씨가 선명하고 종이도 깨끗해 잘 가지고 다닐 수 있었지만, 시간이 지나면 변질되고 주소나 전화번호가 바뀌게 되면 다시 인쇄해야 한다.

내 글에 나오는 인물들도 그 시대엔 세상을 떠들썩하게 할 만큼 사람들에게 추앙을 받았던 분들이었다. 하지만 세월의 뒤안길에 묻혀 그분들의 명성과 업적, 그리고 값비싼 희생이 점점 잊혀 가는 느낌이 들었다.

세월이 지나면 명함을 다시 인쇄해야 하듯, 사람들에게 그분들에 대해 고마움을 다시 느낄 수 있게 해주고 싶었다.

해서 그분들에 대한 글을 써, 우리보다 먼저 사셨던 분들을 더 많은 사람이 쉽게 만날 수 있는 가교(架橋)를 만들고 싶었다. 그러기 위해선 그분들을 좀 더 가까이에서 만나보아야 하지만, 이미 수백 년 전에 돌아가신 분들을 어떻게 만날 수 있단 말인가? 하는 수없이 그분들의 묘소라도 찾아가 그곳에서 체취를 보듬어 보고 싶었다.

어른을 찾아뵐 때 빈손으로 가는 것은 부끄러운 일이 아닌가. 이미 돌아가셨다 할지라도 빈손으로 찾아뵙기가 민망하여, 조촐하나마 간단한 제수(祭需)를 준비하여 그곳에 가 분향재배(焚香再拜)하고 술잔을 올린 후에, 돌아와 글을 썼다.

이월 상품을 고를 때는 신제품보다 시간이 더 오래 걸린다. 작은 흠집이라도 있는지 꼼꼼하게 살펴본 후에 골라야 하기 때문이다.

글을 쓸 때도 그랬다. 역사적 인물 중 흠 없는 분을 고르기 위해 우선, 충신이나 효자, 청백리라 부르는 인물을 골랐다. 인물을 고른 후에도 선뜻 글을 쓰지는 못했다. 그분들은 너무 잘 알려진 분들이라, 잘못 썼다간 망신만 당하기 쉬웠기 때문이다. 도서관에 가 다시 자료를 조사하고, 그 자료의 정확성 여부를 검토하고 난 후에 글을 썼다.

그 때문에 한 편의 글을 쓰기 위해 짧게는 한 달에서, 길게는 몇 년씩 걸리는 경우도 종종 있었다.   -〈이월 상품〉의 일부

〈이월 상품〉은 최중호 수필의 주제- 소재- 글쓰기의 방향을 잘 제시하고 있다. 보편적으로 개인의 일상사를 소재로 하는 수필 쓰기에서 벗어나 '민족의 역사와 전통'을 주제로 하는 수필을 보여준다는 점에서 차별성을 지닌다. '개인사(個人事)'에 편입된 수필이 아닌 '민족사(民族事)'의 얼굴을 살펴보는 것을 주제로 삼는다. 그러므로 최중호의 수필은 경수필이 아닌 중수필의 범주에 드는 글이라고 할 수 있다. 이러한 관점은 어디에서 오는가. 최중호는 개인의 생활 모습이 아닌 민족의 생활 모습을 살펴보려는 의식을 지니고 있다. 개인의식보다 민족의식을 더 소중하게 생각하고 있음을 보인다. 국가관과 민족의식이 투철함을 느끼게 한다.

역사적인 인물을 소재로 한 편씩의 수필을 쓴다는 것은 예사로운 일이 아닐 뿐만 아니라 유의해야 할 점도 있을 것이다. 대개의 수필 쓰기는 '개인사(個人事)'의 1인칭으로 국한되는 일이지만, 역사적인 인물에 대한 수필 쓰기는 관점에 따라 달라지는 경우가 있기 마련이다. 한 역사적인 인물이라 할지라도 사람마다 평가를 달리하는 경우도 생기게 된다.

역사적 인물 중 흠 없는 분을 고르기 위해 우선, 충신이나 효자, 청백리라 부르는 인물을 골랐다. 인물을 고른 후에도 선뜻 글을 쓰지는 못했다. 그분들은 너무 잘 알려진 분들이라, 잘못 썼다간 망신만 당하기 쉬웠기 때문이다.

도서관에 가 다시 자료를 조사하고, 그 자료의 정확성 여부를 검토하고 난 후에 글을 썼다.

　그 때문에 한 편의 글을 쓰기 위해 짧게는 한 달에서, 길게는 몇 년씩 걸리는 경우도 종종 있었다.　　　　　　　　　　　　　　－〈이월 상품〉 일부

　역사적 인물이나 위인들의 평가는 쉬운 일이 아니다. 최중호 수필가는 '충신' '효자' '청백리' 중에서 골랐다. 왕조시대에 있어서 사회적인 모범이 되는 인재들이란 바로 '충신' '효자' '청백리'였다. 그 시대상을 유지하기 위해선 국가적으로는 '충신', 가정적으로는 '효자', 사회적으로는 '청백리'를 내세워야 했다. 이런 모범상을 진작시켜야 건전한 정치체제와 가정 및 사회질서의 확보가 이뤄질 수 있다고 보았다.

　'이월 상품'은 저자의 수필들을 말하는 것이지만, 예사로운 경지가 아니다. 겸허하고 사려 깊은 마음의 경지를 보여준다. 수필가들마다 자신의 작품에 대해선 겸양의 말을 하지만, 그 내면에는 자신만이 발견하고 터득한 인생 발견과 삶의 깨달음을 꽃피워 내려 한다. 수필은 바로 일상의 발견이요 삶의 깨달음이 아닐 수 없다.

　2.

　수필은 삶의 문학이다. 수필 쓰기는 자신의 삶을 가치로 꽃피우는 자각과 의미 부여의 행위이다. 자신의 인생을 어떻게 의미의 꽃으로 피워낼

수 있을까. 이것이 수필을 쓰는 핵심이며 궁극적 목표가 아닐 수 없다.

수필은 인생의 발견과 탐구, 인생의 의미와 가치부여를 통해 인생 미학을 찾는 글이므로 자연스레 개인사, 가족사 등으로부터 시작되고 있고 이는 수필문학의 한 속성이랄 수 있다. 삶의 모습과 방식, 하루의 일과가 크게 다르지 않기에 신변기(身邊期)는 대개 유사성을 띠기 마련이다.

최중호의 수필은 자신의 남기고 싶은 얘기만으로 그치지 않고, 민족의 영혼과 마음을 전해주고 싶어 한다. 수필이 누구나 겪는 진부한 신변잡기에 그친다면 문학으로서의 가치가 없다. 평범한 신변 얘기지만, 인생의 발견과 해석, 의미와 가치부여, 인생의 미학 창조가 있어야만 광채를 낼 수 있다. 이런 차이가 신변잡기와 수필을 가르는 척도가 되며 자신의 삶을 기록해 놓은 신변잡기인가, 아니면 자신의 삶과 체험에서 얻어낸 문학인가를 판가름하게 된다.

평범한 신변잡사에서 오래도록 간직하고 싶은 진실과 감동이란 보석을 찾아내는 일이 '수필'이라 할 것이다.

수필 쓰기는 인생발견과 미학 창조인 만큼 작가의 안목과 인생성숙의 경지에 따라 그 품격이 달라진다. 신변잡사에서 보석을 얻어 내는 일, 평범한 삶 속에서 비범한 이치를 찾아내는 일, 누구나 겪는 대수로운 것과 사물들에 독자적인 의미와 미학을 부여하는 일이 수필 쓰기의 참모습이다.

최중호의 수필 소재들은 삶의 현장 속에서 얻은 체험을 바탕으로 인생적인 발견과 깨달음의 보석을 발견한 성과물들이다. 개인사에만 국한되지 않고 한 걸음 더 나가 국가와 민족문화의 발견과 의미를 '수필'이란 소통장치를 통해 보다 가치 있고 향기롭게 재조명해 내고 있다.

수필은 시·소설과는 달리 삶의 체험을 통한 진실을 보여주는 글이므로 수필의 경지는 곧 인생의 경지가 아닐 수 없다. 최중호의 수필들은 인생 성찰을 통한 마음 닦기와 평정심을 보여준다. 마음 연마의 경지가 곧 인생 경지이며 수필의 경지와 상통한다. 마음의 정화로 스스로 맑음을 찾고 편안해져야 독자들에게도 위안과 편안함을 전할 수 있다.

최중호의 수필은 자신의 삶에서 얻은 발견과 깨달음으로 민족의 문화와 영혼을 재발견, 재음미할 수 있는 계기를 제공해준다. 개인의 신변잡사에 국한되는 수필 쓰기에서 한 걸음 나가 민족문화의 전통과 모습에 깃들어 있는 민족의 지혜와 슬기를 찾아내고자 한다. '대왕암의 비밀' '단재 선생과 연' '장경각에 핀 연꽃' '충정으로 피워낸 혈죽' '정발 장군 약전 수정기' 등이 해당되는 작품들이다.

개인사(個人事)의 기록에 그친 듯한 수필집과는 달리 우리 민족의 '역사' '문화' '시대의 삶'에 주안점을 두고 '나'라는 개인성에서 한걸음 나아가 '우리'와 '민족'의 관점에서 통찰하고 얻어낸 발견과 깨달음을 보여주는 의미 있는 작품집이다.

3.

인터넷에 들어가 '정발 장군 동상'을 쳐다보면 많은 사람이 잘못된 내용을 그대로 올려놓은 것을 보았다. 잘못된 내용이 39년 동안 많은 사람에게 알려져 왔던 것이다. '어떻게 해야 할까?'하고 생각해 보았다. 틀린 것을 보고 모른 체할 수는 없는 일이다.

장군의 약전을 수정해야겠다고 생각하였다. 가장 빠른 방법은 인터넷에 올리거나 중앙 일간지에 투고하는 방법일 것이다. 그리하면 관련 관청인 부산광역시청과 부산 시민들에게 누가 될 것 같았다. 어떤 방법으로 수정해야 할까? 고민을 해 보았다. 먼저 부산광역시청으로 전화해 수정해 줄 것을 건의하기로 하였다. 그 후 부산광역시청으로 전화하는 것을 차일피일 미루어 왔다. (중략)

'소뿔도 단김에 뺀다'는 말처럼 집으로 돌아와 부산광역시청으로 전화를 했다. 장군의 약전이 틀렸다는 것과 그것을 수정해 줄 것을 건의하였다.

시청에선 자기들도 확인을 해본 후에 답을 주겠다고 했다. 며칠 후 시청에서 전화가 왔다. 조사를 해 본 결과 내가 건의했던 내용이 맞는다는 것이다. 잘못된 것을 아직까지 발견하지 못해서 미안하다는 말과 함께 약전을 바르게 수정하겠다고 하였다. 하지만 올해는 예산이 없어 시행하지 못하고 내년에 예산을 편성해서 수정하겠다고 했다. 그래 수정이 되는 대로 수정된 내용을 사진으로 보내 달라 하였다.

몇 달이 지났다. 어느 날 낯선 지역에서 전화가 왔다. 타 지역 번호라 망설이다가 전화를 받았다. 부산광역시청이라 했다. 전에 내가 요구했던 정발 장군의 약전을 수정해 놓았다고 한다. 참으로 반가웠다. 시청에서 수정된 약전의 사진을 보내왔다.

부산광역시청 담당자한테 고맙다는 이야기를 하고 싶다.

사람들이 무관심 속에 39년 동안 지내왔던 잘못된 내용이 바르게 수정되었다.

정발 장군 동상의 약전에는 '충장'이란 시호가 1686년에 내려졌다고 새겨져 있다. 이제 장군께서도 기뻐하실 것 같다.

– 〈정발 장군 약전 수정기〉 일부

최중호 수필가가 부산에 와서 정발 장군의 동상을 보고, 장군의 약전(略傳)의 틀린 부분을 지적하고, 이를 시정해 달라는 요청서를 내어, 부산 광역시청 담당자로부터 수정되었음을 통고받았다는 내용이다. 대전에 거주하는 최중호 수필가가 정발 장군 동상을 보고, '약전'에 잘못 기재된 내용을 고쳐달라는 요청을 하였으며, 담당자로부터 '약전을 수정해 놓았다.'는 통보를 받게 되었다. 그 동안 수많은 관람객이 다녀갔지만, 이를 지적하는 사람이 아무도 없었다. 최중호 수필가가 발견하여 시정을 요구한 사례는 민족의 문화재나 기록물에 대해 얼마나 정확성을 꾀해야 하는지를 선명히 보여준 일이라 할 수 있다. 민족의 역사와 문화재에 대한 기록은 무엇보다도 사실이어야 한다는 점이다. 우리 문화재에 대한 남다른 애착과 애호심이 없으면 가려낼 수가 없다. 문화재에 대해 애정과 식견이 필요하다. 문화재의 '알림판'에 잘못 기재된 내용이나 오류가 있다면, 문화 왜곡일 뿐 아니라 민족문화를 제대로 알릴 수 없다. 고장의 문화재에 대해 정확히 알고, 잘못이 있을 때는 바로잡을 줄 아는 시민의식이 요청된다. 문화재에 대한 안목과 식견이 없으면 잘못된 안내판을 발견하기조차 어려운 일이다.

4.

최중호 수필가는 전국의 문화 관광지를 탐방하면서 항상 기록의 정확성을 살펴보고 있다. 민족의 얼과 문화가 담겨 있는 유물이기 때문이다. 최중호 수필가의 수필을 읽으면 마치 조선 시대 선비의 모습이 떠오른다. 서재에서 화선지를 펴놓고 붓으로 당대의 삶의 법도와 모습을 써놓은 듯 어느 작품이나 일과성, 일회성에 불과한 삶의 소재가 아니라, 민족 문화에 닿아있는 발견이자 음미의 세계를 보여준다.

현대 수필의 소재는 개인의 삶과 사회변화에 따른 모습을 담아내는 것이 일반적인 현상인데, 최중호 수필의 모습은 조선의 선비다운 삶의 모습과 사유를 보여주고 있다는 점이 신기로운 일이 아닐 수 없다.

수필문단에 조선 선비 같은 최중호 수필가가 존재하고 있음이 경이롭게 느껴진다. 이 시대에 드문 길을 가고 있는 고집쟁이가 있음을 보며, 고고한 인상으로 다가온다. 그가 보여주는 수필세계는 개인에 의한 삶의 글쓰기만이 아닌, 우리 문화와 삶의 모습이 담긴 문화재들에 깃든 '우리'라는 공동체의 바람직한 삶의 길과 문화를 보여주고 있다.

시대를 초월하여 민족문화의 맥락을 이어가려는 전통과 뜨거운 의식이 가슴을 적셔준다.

역사 인식에 바탕을 둔 존재, 의미에의 그림 그리기

한상렬

수필평론가

1. 이월(移越) 상품과 역사 인식

R. M. Alberes는 수필문학을 정의하면서 수필은 그 자체가 지성을 기반으로 하는 정서적, 신비적 이미지로 된 문학이라고 말한 일이 있다. 이는 수필문학에서 독자적인 철학이 정서에 의해서 용해되어야 한다는 말일 것이다. 이런 수필문학의 정의는 수필을 창작하는 작가들에게는 매우 소중한 말이 아닐 수 없다. 그런데 여기 문제가 되는 것은 어떻게 수필을 써야 하는가에 올바로 답하는 일이다.

일찍이 Anatol. France가 예언한 바 있듯 수필문학은 지금 미래문학의 선두주자답게 그 양적인 팽창을 거듭해 가면서 산문시대의 총아(寵兒)로 발전해 가고 있다. 이는 지극히 바람직한 일이 아닐 수 없다. 그러나 문제는 발표되는 대부분의 작품들이 서정일변도(抒情一邊倒)로 흐르고 있어, 마치 '수필문학=서정수필'로 착각되고 있다는 데에 있다. 물론 여기서 서정수필이 수필의 본령이 아니라는 반대 의견을 말하고자 하는 것은 아니다. 우리의 전통적인 성정이나 민족적 성향에 비추어 당연히 서정수필이 수필문학의 주류를 형성할 수밖에 없다는 점은 도외시할 수 없는 일이다. 다만, 현대와 같이 인간 존재의 문제에 천착(穿鑿)하여 인간을 통찰하고 현실문제에의 인식의 폭을 깊이 할 필요성이 있음에도 불구하고, 발표되는 대부분의 수필작품들이 서정 쪽으로 편향(偏向)되어 있다는 것은 수필문학의 발전을 위해 큰 도움이 되지 못한다는 말이다. 이런 현상은 어쩔 수 없는 당위(當爲), 즉 여성 수필가들의 대거 등장에 따른 편향적 경향이라고도 볼 수 있겠지만, 철학적 사유의 깊이와 인간 문제에 깊이 파고들고자 하기보다는 그저 생활 주변의 잔잔한 이야기 중심으로 수필을 엮어 가는 것이 보다 쓰기 쉽다고 하는 점 때문일 것이다. 아무리 그렇더라도 수필문학의 전형이 서정적 경향에 있는 것이 아니라면, 더더욱 오늘과 같은 정보사회에서 산문문학의 출현과 발전을 소망하는 시대에 서정 일변도로 흐른다는 것은 반드시 재고되어야 할 문제일 것이다.

한마디로 수필은 수필이면 된다고 하겠다. 그 이상일 수도 없으며, 그 이하일 수도 없다. 하지만 분명한 것은 수필은 글자 그대로 붓 가는 대로 쓴 글은 아니다. 그것은 우리 생활 주변에 대한 관심이며, 인생의 잡사(雜事)를 기록하는 부질없는 유희도 아니요, 사색의 편력(偏歷)을 농락하는 것 또한 아니다. S. Johnson은 "에세이란 산만한 마음의 희롱이며 규칙적이고 질서 있는 행위가 아니고, 불규칙하고 숙고하지 않은 작품"이라고 말한 일이 있다. 이는 세련된 생활 감정과 겸손한 사색의 편린(片麟)이 담겨야 함을 말한다고 보아야 할 것이다. 따라서 수필은 앞에서 말한 바와 같이 인생을 통찰(洞察)하고 달관하며 서정의 감미로움을 씹기도 하며 지성이 마치 섬광(閃光)과도 같이 번쩍이는 것이어야 할 것이다. 그러므로 시나 소설과 같은 다른 문학에서는 찾을 수 없는 직접 독자의 심정에 부딪는 사색의 반려(伴侶)여야 함은 말할 것도 없다.

그러므로 좋은 수필은 담수(淡水)와도 같은 심정으로 인생을 바라보고 자유로운 형식에 담아 사색의 앙금이 반짝이며, 읽는 이의 입가에 절로 미소를 띠게 하는 것이어야 할 것이며, 때로는 철학의 심오한 명상(瞑想)에 잠기게 하여야 한다. 이는 인간 존재의 문제를 관조의 견지에서 성찰해야 한다는 말과도 통한다. 이런 측면에서 수필창작은 서정성의 추구도 필요하겠지만, 서사적 측면에서의 수필창작이 더욱 시도되어야 할 것이다. 그런 점에서 최중호의 수필은 서사적인 수필 쓰기의 새로운 면모를 보여주고 있다는 면에서 일단은 주목된다.

수필의 소재나 제재는 무궁하다. 삼라만상이 모두 수필의 소재가 될 수 있다. 그중에서도 인간의 존재와 관련지어 인생의 문제를 해명하고자 하는 것이 수필문학의 본령이라고도 할 수 있다. 그렇다고 꼭 수필의 소재가 인생의 문제를 천착해야만 한다는 것은 아닐 것이다. 다만, 신변의 일상사를 소재로 택하더라도 그 안에 인생의 문제와 결부하여 철학적 사유의 깊이가 있어야 할 것이다. 수필의 소재가 작가 자신에게는 의미가 있을지라도 독자들에게 설득력 있게 제시되지 못한다면 이는 마치 독백과 같아 아무런 의미를 찾을 수 없을 것이다. 그럼에도 우리 주변에 발표되는 많은 수필들이 이런 오류에 빠지고 있음은 안타까운 일이다. 한마디로 무엇 때문에 글을 썼는지 의미를 찾아낼 수 없는, 메시지가 없는 글이라면 무엇 때문에 시간을 죽이면서 낭비를 해야 할 것인가? 최근 신변잡사에 해당하는 수필들이 많다는 비판을 벗어나지 못하는 수필작품들이 많다는 지적은 수필을 창작하는 수필작가 모두가 경청해야만 할 일이겠다.

발표되는 수필작품들을 보면서 우리가 흔히 느끼는 것은 고만고만한 소재의 일색이라는 데에 있다. 대상을 깊이 통찰하고 인생과의 결부를 통해 깊이 있는 글이 쓰여야 하건만, 모두가 천편일률적이라는 것이다.

그런데 우리 수필문단에도 한 가지 일에 매달리는 작가가 있다. (중략)

한 가지 일에 매달리는 뚝심이다. 곤충학자 석주명은 "한 가지 일에 10년만 매달려라. 그러면 적어도 그 분야에 일인자가 될 것이다."라고 말한 바 있었다. 이런 자신의 분야에 대한 몰두나 뚝심이 있어야 그 분야에 특별한 공을 세울 수 있다는 말이다. (중략)

수필작가 최중호가 이런 유형의 집념을 지닌 작가임을 우리는 그의 글에서 확인할 수가 있다. 그는 역사적 인물을 찾아 역사의식과 관련된 수필만을 고집하는 집념이 있는 작가라 하겠다. 이런 집념이 부단히 이어질 때 한 분야에 일가(一家)를 이루게 될 것은 짐작하고도 남음이 있다. 그렇다면, 그의 이런 집념이 어디에서 연유함일까? 최중호의 〈이월 상품〉이라는 수필은 작가가 왜 역사적 인물만을 찾아다니고 그런 수필만을 고집하는지에 대한 이유를 적고 있다. 그는 자신의 글에 대하여 "그 때문에 한 편의 글을 쓰기 위해 짧게는 한 달에서, 길게는 몇 년씩 걸리는 경우도 종종 있었다."고 실토하고 있다.

수필작가 최중호는 역사 인식에 바탕을 둔 존재 의미를 찾고자 애쓰는 작가임에 틀림이 없다. 이 또한 좀 특이한 작가임에 틀림이 없다. 여기 특이하다 함은 작가에게 필요한 바로 개성이요, 그의 색깔이다. 최중호의 수필문학의 색깔은 그렇기에 역사적 인물에 매달리고 있다. 그렇다면 왜 그가 이런 역사적 인식에 바탕을 둔 글을 쓰게 하였을까? 먼저 이에 대한 해명에서부터 이 글이 출발되어야 할 것이라고 판단된다. 그는 이를 수필 〈이월 상품〉에서 자세히 언급하고 있다.

내가 이월 상품에 관심을 깆게 된 것은 그럴만한 이유가 있었다. 결혼을 계기로 정장 두 벌이 생겼다. 하지만 얼마 입지도 못했는데 유행이 바뀌고 만 것이다. 유행이 지났다고 멀쩡한 옷을 버리고 새 옷을 다시 살 수는 없었다. 경제적으로 그리 넉넉한 편도 아니었지만, 그보다는 입고 다니던 옷이 너무 아까워 계속 입었다. 유행이 지난 옷을 입고 다니면서 계절이 몇 번 바뀌고, 세탁 또한 여러 번 하다 보니, 이젠 더 입고 싶어도 몸에 맞지 않아 입을 수가 없었다. 그래 생각한 끝에 선택한 것이 바로 이월 상품이었다.

이월 상품을 즐겨 입으면서 이월 상품에도 좋은 점이 있다는 것을 알았다. 그것은 유행이 지났기 때문에 유행에 대해 신경 쓸 필요가 없어 좋았고, 가격이 싸서 좋았다.

이렇게 이월 상품을 애용하면서부터, 내가 쓰는 글도 상품으로 치면 이월 상품과 같다는 생각이 들었다. 다른 사람들은 새롭고 신선한 소재를 가지고 글을 쓸 때, 나는 역사적 인물이나 지나간 사건에 대한 글을 썼다. 그것도 유행조차 따지기 어려운, 지난 세월을 사셨던 분들에 대한 글을 썼던 것이다.

– 〈이월 상품〉에서

그는 자신의 역사적 인물에 대한 관심에 대하여 〈이월 상품〉에 대한 관심에서 출발한다고 말하고 있다. 어쩌다 보니 이월 상품에 매력을 갖게 되었겠지만, 이는 그저 그런 철 지난 상품에 대한 매력쯤으로만 넘길 수 없다. 이월 상품이란 어쩌면 유행은 비록 지났을지라도 사람의 손때로 절은 인간미가 묻어 있으며 세월의 흐름 따라 선조들의 혼과 넋이 배어 있는 것이기에 아무리 세월이 흐른다 해도 오래도록 우리의 성정에 걸맞고 아낌을 받게 되는 것이 아니던가. 물론 시속(時俗)의 흐름에 따라 변모하는 것이 인간의 마음이니, 요즘 젊은 사람들이 이를 좋아할 리는 없다. 그렇다고 무조건 옛것은 세월의 손때가 묻은 이에게만 매력을 느끼는 것도 아니다. 문제는 어떤 의식을 갖느냐에 달려 있다고 하겠다.

수필작가 최중호는 이런 이월 상품에 대한 관심과 글을 쓰는 일에서도 이월 상품과 같은 글을 계속 쓰고자 한다고 말하고 있다. 이는 작가의 집념이요, 고집이라 하겠다. 달리 말하면 한 작가가 지니고 있는 색깔이 아니던가. 그런데 이런 글을 쓰는 일이 그리 쉬운 일은 아니라는 점에 작가도 동조한다.

어른을 찾아뵐 때 빈손으로 가는 것은 부끄러운 일이 아닌가. 이미 돌아가셨다 할지라고 빈손으로 찾아뵙기가 민망하여, 조촐하나마 간단한 제수(祭

需)를 준비하여 그곳에 가 분향재배(焚香再拜)하고 술잔을 올린 후에, 돌아와 글을 썼던 것이다.

　　이월 상품을 고를 때는 신제품보다 시간이 더 오래 걸린다. 작은 흠이라도 있는지 꼼꼼하게 살펴본 후에 골라야 했기 때문이다.

　　글을 쓸 때도 그랬다. 역사적 인물 중 흠 없는 분을 고르기 위해 우선, 충신이나 효자, 청백리라 부르는 인물을 골랐다. 인물을 고른 후에도 선뜻 글을 쓰지는 못했다. 그분들은 너무 잘 알려진 분들이라, 잘못 썼다간 망신만 당하기 쉬웠기 때문이다. 도서관에 가 다시 자료를 조사하고, 그 자료의 정확성 여부를 검토하고 난 후에 글을 썼다.　　　　　　　　 – 〈이월 상품〉에서

이렇게 그는 이월 상품과도 같은 수필을 쓰는 일을 고집한다. 여기 이월 상품이란 앞에서도 보았듯 바로 역사의식이라 하겠다.

　　이에 구체적으로 이런 역사의식이 어떻게 그의 수필에서 구현되고 있는가를 살펴보도록 하겠다. 이를 위해 먼저 그가 말하는 역사의식에 대하여 다음의 예문에서 좀 더 밝혀 본다.

　　우리의 조상이요, 그분들이 드리운 커다란 그늘 아래, 오늘 우리가 편히 살고 있지 않은가? (중략) 내 글에 나오는 인물들도 그 시대엔 세상을 떠들썩하게 할 만큼 사람들에게 추앙을 받았던 분들이었다. 하지만 세월의 뒤안길에 묻혀 그분들의 명성과 업적, 그리고 값비싼 희생이 잊혀져 가는 느낌이 들었다.
　　　　　　　　　　　　　　　　　　　　　　　　 – 〈이월 상품〉에서

아마도 이런 이유나 동기에서 그의 역사의식은 출발한다. 그래 그분들은 좀 더 가까이에서 만나보고 싶은 동기가 되었을 것이다. 이렇듯 역사 속에 묻혀 잊혀져만 가는 현대인에게 다시금 그분들의 위업을 조명하는 작업, 이를 역사의식이라 해도 좋을 것이다.

최중호는 『육군』지(1988. 5·6월호)에 〈충정으로 피워낸 혈죽(血竹)〉을 발표한 바 있다. 충정공 민영환(閔泳煥) 선생을 소재로 한 작품이다. 여기서 혈죽이란 민영환 선생이 순국한 후 선생의 유품을 보관해 두었던 방 한가운데 자라고 있던 대나무를 말함이다. 그러나 이 대나무는 선생이 순절할 때 흘린 피의 대가로 얻어진 것이라고 믿었던 일본인들에 의해 뽑혀 버렸다고 한다. 결국, 혈죽은 선생의 혼(魂)이라 할 수 있다. 이 수필은 앞부분에서 이런 민영환 선생의 일대기와도 같은 전기를 서사적 방법으로 써 내려가고 있다. 그리고 뒷부분에서 화자의 의견과 감상, 소회를 피력하고 있다. 특히 이 수필은 '혈죽'에 대한 의문점을 풀기 위한 화자의 노력이 진솔하게 나타나 있다.

혈죽을 보는 순간 가슴이 울렁거리며 얼굴이 상기되어 옴을 느꼈다. 풍전등화와 같은 참담한 나라의 운명을 울분으로 삭여야 했던, 선생의 자결 순간이 내게로 전이되어 오는 것일까. 어쨌든 이상한 느낌이 들었다. 혈죽은 표지 옆에 길게 네모진 상자 안에 남보라색 융단을 깔고 누워 있었다.

― 〈충정으로 피워낸 혈죽〉에서

최중호의 이 수필은 이렇듯 민영환 선생과 관련된 화소를 끌어내어 예시화함으로써 주제 지시를 위한 논리적 설득력을 얻으려고 하고 있다. 즉 예시(illustration)를 통해 결미에서 일반화(generalization)로 진입함으로써 이 수필의 문학성 확보를 위한 구성에 성공하고 있다.

이와 같이 예시와 일반화의 수법으로 쓰인 역사의식과 관련된 이월 상품과 같은 수필에는 〈국방장관과 두 용사〉, 〈유허(遺墟)에 핀 민들레〉, 〈백마를 탄 단종(端宗)〉 등이 있다. 그러나 이 같은 이월 상품이면서도 창작 기법이 더욱 형상화된 작품으로 보이는 〈단재(丹齋) 선생과 연(鳶)〉, 〈갈 수 없는 낙화암〉 등이 있다. 이들 모두가 예시와 일반화로 이루어져 있지만, 서사성이 옅고 짙음에 따라 상당한 차이를 보인다.

즉, 〈국방장관과 두 용사〉는 죽어서까지 서울을 지키다가 45년 만에 대전 국립현충원으로 이장된 두 용사를 화소로 택하고 있다. 안장 절차를 마치지 않아 봉안실에 있는 두 용사의 영혼을 위로하며 분향을 하는 작가의 심회를 서사적으로 서술하고 있다. 작가는 이 묘소에서 6·25 당시 국방장관을 지낸 ○○○ 국방장관의 비문 앞에 발길을 멈춘다. 국립현충원에서 만난 국방장관과 두 용사

두 용사는 나라를 위해 귀한 목숨을 바친 후, 북한산 찬바람 속에서 45년간 서울을 지켜 왔다. 미처 시민들이 피난을 떠나지 못했던 수도 서울만을 지키려 했던 용사들이다.　　　　　　　　　　　　　　　－ 〈국방장관과 두 용사〉에서

불가피한 사정으로 3일 만에 서울에서 후퇴한 국방장관과 45년 만에 후퇴한 두 용사의 미묘한 대비가 우회적으로 주제를 제시하고 있다.

다음으로 수필 〈유허(遺墟)에 핀 민들레〉는 박팽년 선생의 유허(遺墟)를 찾은 이야기를 화소로 하고 있다. 화자는 이곳에서 만난 민들레를 통해 박팽년과의 인연의 끈을 찾으려고 한다.

유허에 핀 민들레, 민들레는 어쩌면 선생의 후손과도 같다는 생각이 들었다. 민들레는 뿌리를 잘라 심어도, 뿌리를 며칠 말렸다가 심어도 싹이 돋는다. 선생의 후손도 단종 복위 사건에 연루되어 모두 죽었으나, 다시 살아났다.

　　　　　　　　　　　　　　　　　　　　　－ 〈유허(遺墟)에 핀 민들레〉에서

이렇게 이 수필은 단종 복위운동에 가담하여 화를 입은 박팽년과 민들레의 생명력을 인연이라는 공통의 끈으로 묶어 예시를 통한 일반화로 들어가고 있다.

〈백마를 탄 단종(端宗)〉도 이와 거의 창작 기법이 흡사하다. 강원도 "영월의 영모전(永慕殿)에는 단종의 영정이 모셔져 있다. 곤룡포에 익선관(翼蟬冠)으로 정장한 단종은 백마를 탔고, 그 밑에 한 노인이 고개를 숙이며 과일 바구니를 올리고 있는 것이다". 그의 발길은 다시 장릉으로 그리고 청령포로 이어진다. 이렇듯 기행적 서사의 방법 등 사용한 이 수필도 앞서 말한 예시와 일반화 방법을 그대로 밟고 있다.

뻐꾸기는 누구를 찾아와 그리 슬피 우는가. 이미 단종은 맺힌 한을 망향탑*에 묻어 두고, 백마를 타고 태백산으로 가셨는데. 그의 한이라도 달래고자 망향탑 주위를 맴돌고 있는 것 같다.　　　　　　　　− 〈백마를 탄 단종(端宗)〉에서

이 수필 또한 예시에서 일반화로 들어가는 화자의 서정적 심회를 가미하고 있다. 이렇듯 앞의 〈충정으로 피워낸 혈죽(血竹)〉과 뒤의 세 편의 수필은 공통성이 발견된다. 즉 역사적 사실과 인물을 중심으로 시·공간적 배경을 동원한 서사적 방법의 수필들이다. 작가 자신의 앞의 〈이월 상품〉에서 밝힌 바 있듯 이들 수필들은 유행은 좀 지났지만, 오래도록 우리들의 마음속에 곰삭아 마음의 밭이 될 수 있는 역사적 인물을 중심으로 그분들의 삶의 문제를 천착하고 있다. 그런데 항용 이런 서사적인 수필들이 빠지기 쉬운 함정이 있다. 그것은 바로 역사적 기술이라는 지적인 설명에 치우치다 보면 구체적인 진술에 빠져 일반화할 수 있는 계기를 놓치고 만다는 점이다. 그리하여 지나치게 서사성에 치중하여 주제 구현에 실패하는 경우가 있다.

　문제는 그들의 삶이 오늘의 우리에게 어떻게 접근되어야 할지에 대한 구체적인 해명이 필요하게 된다. 물론 여기서 주제 의식의 구현이 직설적이기보다는 우회적 간접적으로 이루어지는 것이 수필의 기법이지만, 구체적으로 현실의 삶과 연결지어 바라는 소망이 은은하게 내비친다면 어떠할까? 이는 일반적으로 기행체의 수필이 갖는 취약점이 되기도 하지만, 수필을 보는 관점을 어디에 두느냐에 따라 얼마든지 달라질 수 있는

가능성이 있다고 하겠다. 즉 문학은 언어의 조직만으로 이루어지는 것이 아니다. 이는 문학이 현실을 떠나 홀로 존재할 수 없는 것과 같이 수필문학은 반드시 인간 문제를 천착한 깊이가 있어야 할 것이다. 현상 파악도 중요하지만 이를 깊이 파고들어 현재화함으로써 현실 문제를 인식하는 데 도움이 되어야 할 것이며, 살아감에 어떤 메시지가 제공되어야 할 것은 물론이다.

2. 서사수필의 형상화

수필작가 최중호의 역사 인식과 관련한 수필은 두 가지 측면에서 가능성이 있다. 역사 인식과 관련하여 답사기 형식의 글을 쓴 경우다. 최근 유홍준이 쓴 답사기 형식의 글이 많은 독자를 확보하고 있다. 그는 역사적 기록만으로 글을 쓰지 아니한다. 자신의 기행과 관련하여 역사적 사실과 대상들에 대한 역사적, 지리적인 면에서 해박한 지식을 동원하고 있다. 그뿐이 아니라 적당한 감상을 곁들이고 있다. 따라서 역사적 지식이나 지리에 문외한일지라도 그곳에 한 번쯤 가 보고 싶은 충동을 일으키게 한다. 즉 답사와 관련한 자신의 이야기가 마치 옛이야길 전해주는 선생님과도 같이 구수하게 전개된다. 우선 독자로 하여금 읽히게 한다는 점에서 성공하고 있다. 그렇다고 그의 답사기를 '수필문학'이라 부를 수는 없다.

수필작가 최중호의 한 측면이 이를 닮아가고 있다면 지나친 말일까? 또 한 측면은 수필문학으로서의 형상화다. 여기서 전제되어야 할 것은 서사수필의 경우 문학으로서의 형상화가 대단히 어렵다는 점이다. 자칫 화자의 지식 남발이나 여행안내기 같은 글에 빠지기 쉽기 때문이다. 그런 어려움에도 불구하고 수필작가 최중호는 수필 〈단재(丹齋) 선생과 연(鳶)〉, 〈갈 수 없는 낙화암〉은 문학적 형상화의 과정을 밟고 있다고 판단된다.

이 두 수필은 '신채호' 선생과 '낙화암'을 화소로 하고 있다. 한 소재는 인물이요, 또 한 소재는 역사적 공간이다. 이 두 수필은 앞에서 보인 예와 같은 역사의식을 구현하기 위한 서사적 수필임에도 불구하고 예시와 일반화된 메시지가 혼일융회하여 잘 조화된 미적 수필로 나아가고 있다. 이 글의 모두(冒頭)에서 필자는 알베레스가 말한 "수필은 지성을 기반으로 한 정서적 신비적 이미지로 표현해야 한다."는 점을 강조하였다. 그런데 일반적으로 서사적 수필의 경우 지성은 강조되나 정서적, 신비적 이미지가 부족한 취약점을 드러내기 쉽다. 따라서 자칫 서사적 수필은 마치 설명문이나 논설조의 문장으로 흐르기 쉽고 메마른 정서를 표현하기 십상이다. 이럴 경우 우리는 이를 문학이라 이르기가 어렵게 된다. 다시 말하면 사상성만을 강조하다 보면 정서가 메마르기 쉽고, 그렇다고 정서만을 강조하면 감상성이 지나쳐 무게를 지니기 어렵게 된다. 이런 측면에서 이들 수필들은 적절한 예시와 일반화로서 문학성을 지닌 작품으로 형상화되어 있다.

수필 〈갈 수 없는 낙화암〉 서두에서 제수(祭需)를 싣고 정초만 되면 백마강에 가 치성을 드리는 어머니의 이야기에서부터 출발한다. 그런데 화자에게는 이 일이 무척이나 갈등을 일으키게 하는 힘겨운 일이 아닐 수 없다. 어머니께서 하시는 일이니 도와드려야 하는 일이건만, 오늘과 같은 개명한 시대에 어머니의 치성이 현실에 맞지 않는 일이라 생각되어서였다. 강마을 사람들에게 있어서는 화(禍)를 멀리하고 평온을 비는 뜻에서 하는 일이겠지만, 강마을에서 읍내로 이사한 후까지 그 일을 계속하시는 어머니의 고집 때문이었다. 그러나 실상 어머니에게는 이렇게 해야 하는 또 다른 이유가 있었다. 이야기는 민족상잔의 비극이 있었던 6 · 25로 거슬러 올라간다. 상황의 급전으로 우익과 좌익이 서로 득세하여 아수라장을 이루던 때에 화자의 부친은 모함을 당해 끝내는 예비검속(豫備檢束)이 실시됨에 따라 경찰서로 끌려가는 비운을 맞이했고, 이 일로 며칠 후 낙화암 난간에 세워져 총살을 당할 위기에 처하게 되었다. 화자의 부친을 향해 총을 쏘려는 찰라 화자의 부친은 강으로 뛰어내려 구사일생으로 살아남게 되었다고 한다. 그리고 그 이듬해에 화자가 태어났다는 이야기, 민족적 비극은 이렇듯 사상과 관련도 없는 애매한 민중에까지 불행한 역사의 결과를 불러온 것이다.

어머니는 한 번도 아버지를 모함했던 사람이나 잡아갔던 사람을 원망하지 않으셨다. 대신 강에 가 용왕님께 비셨다.

이러한 어머니의 깊은 마음을 헤아린다면, 나는 배웠다는 핑계만 댈 수 있겠는가. 불평 없이 지게를 지고 어머니 뒤를 따라다녔던 것이다. 어머니는 아직도 강물을 향해 빌고 계신다. 비록 돌아와 삼 년을 더 사셨지만, 남편을 구해

주셨고 그로 인해 아들이 태어났음을 감사드린다고. 유람선 한 척이 백마강을 거슬러 낙화암 쪽으로 간다. 빤히 보이지만 갈 수 없는 낙화암. 그곳을 스쳐 온 강물도 마음을 아는 듯, 유람선 자국이 물이랑 되어 발치에 와 머문다.

- 〈갈 수 없는 낙화암〉에서

이 수필은 낙화암이라는 역사적 공간을 대상으로 하여 낙화암과 연관된 화자 부친의 이야기를 주화소(主話素)로 하여 '낙화암'이 주는 의미를 이미지화 해내는 한편, 민족석 비극인 백세의 멸망과 좌·우익 사상직 대립이라는 역사적으로 서로 다른 이원화된 역사적 개념의 공통점을 발견해 내면서, 이를 주제의식으로 구현해 내고자 하고 있다. 작품의 구성적 측면이나 전개 방법이 무리가 없으며 특히 언어 사용에 있어 빈틈없는 정제미(整齊美)가 돋보인다. 그야말로 잘 발효된 냄새를 맡게 한다.

그런가 하면, 〈단재(丹齋) 선생과 연(鳶)〉은 비유와 문학적 상징을 동원하여 문학적 형상화에 힘쓴 작품이다. 이 작품은 단재(丹齋) 선생의 묘소 참배를 주 모티브로 하여 몇 개의 화소의 축으로 되어 있다. 그 하나는 20여 년 전 주인 없는 산을 정리하는 과정에서 만난 선친의 친구분과의 만남이요, 또 하나의 축은 단재 선생이 북경에 있을 때 만났던 장봉순이란 여학생과의 만남이다. 사제지간에 양말 한 켤레로 맺어진 정이 다시 70년 후에 만나게 되었다는 인연의 끈, 이렇게 이 수필은 두 개의 인연을 고리로 하여 형성된 공통적인 사상의 끈으로 묶여지고 있다. 결국, 단재 선생의 묘소 참배를 계기로 하여 만나게 된 선친과 그 선친의 임종을 돌봐 준

친구분과의 만남은 단재 선생과 그 제자인 장봉순과의 만남이라는 두 개의 축을 형성한다. 이를 통해 의미화하는 작가의 솜씨가 탁월하다. 소재나 제재를 운영하는 작가의 솜씨나 기교가 어디를 보나 흠잡을 데가 없다. 앞에 예로 든 역사적 사실과의 만남과는 수필 작법에 있어 큰 차이를 발견할 수 있다. 특히 이 수필은 그 만남의 과정을 연(鳶)과의 대응을 통해 이미지화하고 있다는 점이다. 그리하여 이 수필이 부분마다 그 연(鳶)과의 조우를 끌어내고 있다.

그 만남의 시작은 이러하다.

선생께 술 한 잔을 올리고 뒤로 돌아섰다. 앞에는 산언덕이 있고 그 위로 연(鳶) 하나가 보인다. 누군가 산 너머에서 연을 띄우는가 보다. 여기선 띄우는 사람도 실도 보이지 않는데 부는 바람 너울을 타고 떠 있는 것만 같다.

저 연의 임자는 누구일까? 저렇게 높이 띄우려면 연을 많이 만들어 보고, 띄우는 방법도 꽤 익혔을 것이다. 높이 떠 보일 듯 말듯 희미해진 연 속에서 어린 시절의 내 모습이 어슴푸레 눈에 밟힌다.

　　　　　　　　　　　　　　　　　　－〈단재(丹齋) 선생과 연(鳶)〉에서

보이지는 않지만, 산 너머에서 띄우는 연, 그 연의 임자는 과연 누구일까. 하늘 높이 떠서 연을 띄우는 까닭은 아마도 자기 생각을 멀리 있어 보이지 않는 사람에게 띄우고 싶은 소망이 있어서일 게다. 오래오래 역사 앞에 민족 앞에 띄우고 싶었던 단재 선생의 연. 화자는 단재 선생의 묘소를 참배하면서 문득 연을 떠올린다. 그 의미화의 문학적 상징성이 탁월하다고 할 만하다. 이 작품은 여기서 그치지 않고 다시 자신의 이야기로 돌아온다. 선친의 친구분과의 만남이라는 또 다른 인연의 끈이다.

3. 존재 의미의 그림 그리기

사람은 누구나 자신만이 가진 마음의 기준이 있을 것이다. 그래서 자신이나 상대방의 마음을 가늠해 보고 좋다, 나쁘다고 말할 수 있는 것이 아닐까?
— 〈마음의 잣대〉에서

화두(話頭)와 같은 이 말은 이 수필에서는 서두 부분에 제시되지 아니하고, 서두에서 비단장수 여인의 이야기에서부터 출발하고 있다.

대부분 사람은 마음의 자로 감춰진 자신의 마음보다는 상대방의 마음을 먼저 재 보려 한다. 자신의 마음은 양심이란 그릇에 감춰져 있어 잘 보이지 않지만, 상대방의 마음은 행동이나 말에서 쉽게 보고들을 수가 있기 때문이다.
상대방을 볼 때 가장 위험한 것은 자신이 가진 자가 틀린 눈금을 가지고 있을 때이다. 아무리 상대방이 바른 마음을 가졌다 해도 틀린 눈금의 자로는 정확하게 볼 수가 없다. 항상 자신이 가진 눈금의 오차만큼 차이가 나기 때문이다.
— 〈마음의 잣대〉에서

이는 일반화다. 예시가 먼저 나오고 일반화하면서 다시 예시가 나타난다. 의미의 혼란은 있기는 하지만, 이 수필은 이 부분에서 자신의 체험과 관련된 구체적인 예시가 동원되고 있다. 즉, 틀린 눈금을 가지고 상대방을 본 체험이다. 초등학교 때는 두 형님이 선생님이어서 화자의 대나무자는 엉성하고 기준이 없었다. 그리고 중학교 때는 제법 정확했으나 맞지 않는 눈금은 여전했다. 고등학교 시절에야 겨우 마음의 자에 눈금을 새겨 나갈 준비를 하게 되었고, 대학시절에는 삼각스케일을 사용하여 축척만 다를 뿐 거의 일치한 눈금을 사용하게 되었다는 이야기다. 결국은 차츰 철이 들면서 마음의 자만을 소중히 여기던 것이 얼마나 틀린 눈금을 가지고 있는지를 알게 되었다고 한다. 결국, 눈금을 잘못 새기면 얼마나 많은 피해를 사람들에게 줄 수 있는가를 자각하게 되었다고 한다. "내 마음의 자는 삼각 스케일이 축척 중 어느 기준에 속하는 걸까. 차이가 난다면 표준 눈금과는 얼마나 차이가 날까? 내 마음의 자에도 눈금을 새겨야 할 텐데. 양심의 눈금으로 마음의 자를 소리 내어 읽게 될 날을 기다려 본다."

의미화가 뚜렷하여 주제 구현에 성공한 작품이다. 이는 자를 통해 인간 존재의 의미를 화자 나름대로 그려보고자 함에 있다. 화자가 그린 존재 의미의 그림이 이럴 때에 독자에게는 글을 읽는 기쁨을 준다.

이 같은 존재 의미의 그림 그리기는 수필 〈달지 못한 문패〉에서도 잘 구현되고 있다. 이 수필은 앞의 여러 수필에서 보인 바 있듯 작가의 역사의식과 관련되어 있으나 직접적인 관련은 회피하고 있다. 즉 석봉체를 만든 명필 한석봉의 글씨를 서두에 잠시 인용하고 있을 뿐 역사의식과는 전혀 그 기미를 보이지 않는다. 화소는 기능 올림픽에 출전하는 주물 직종의 기능 선수인 제자가 제작해 준 한석봉 글씨체를 새긴 문패다. 졸업식 날 제자가 화자에게 선물한 이 문패에 대한 작자의 감회와 감상을 진솔하고도 소박하게 서술한 이 수필은 제자가 스승에게 바치는 정성과 사랑이 담겨있어 읽는 이의 마음을 다사롭게 한다. 그리고 결미에서 이런 화자의 마음이 내비친다.

선물이란 물건의 가치에 있는 것이 아니고, 주는 사람의 마음에 있는 것이 아닐까. 마음에서 우러나온 선물은 오래 기억되겠지만, 마음이 떠난 선물은 쉽게 잊혀질 것이다.

문패를 받은 후, 나는 여러 번 이사를 했다. 그럴 때마다 그의 성의가 고마워 소중히 간직하고 다녔다. 남의 집에 살 때는 주인이 있어 달지 못했고, 지금은 아파트에 살기 때문에 달지 못했다. 비록 달지는 못했지만, 책장 속에 있는 문패를 보면 항상 ㅂ군에게 고마운 마음이 든다.

— 〈달지 못한 문패〉에서

마음과 마음이 다사롭게 감싸 안는 즐거움이 있다. 적어도 이 어려운 세상을 긍정적으로 바라보고 사랑의 정신으로 뭉쳐서 스승의 사랑이 넘친다. 신뢰의 벽이 점차 무너져 내리는 이 사회에 이 수필은 등불과도 같이 빛을 낸다.

바로 존재의 문제를 아름답게 그려놓는 그림이 아니겠는가. 이같이 수필문학은 존재의 의미를 그려내는 그림과도 같아야 할 것이다.

4. 마무리하며

필자는 이 글에서 수필작가 최중호의 수필 작품 몇 편을 감상하면서 그가 그의 수필 속에서 구현해 내고자 한 수필 세계의 모습은 어떠한가에 치중하여 살펴보고자 하였다.

즉 최중호의 수필 작품들을 대체로 세 개의 축으로 구분하여 첫째 이월(移越)상품과 역사 인식, 둘째로 서사수필의 형상화, 셋째로 존재 의미의 그림 그리기로 나누어 각각의 작품들이 추구하고자 하는 수필세계를 찾아보고자 하였다. 이들 탐색 과정을 통해 나타난 사실은 이미 앞에서 밝힌 바 있어 거듭하지 않는다. 다만, 분명한 것은 수필작가 최중호가 보여준 역사의식에 기반한 인간존재 해명의 문제가 서사적 수필이 희박한 현 수필문단에 새바람을 불어 넣어주리라 여긴다. 앞으로 어떤 방향으로 전개될지는 미지수지만 분명 그는 그만의 한 세계를 열어나갈 것이 분명하다.

(1998. 수필과 비평. 9 · 10월호)

또 하나의 만남을

－한국수필가협회 세미나를 다녀와서

신동춘

시인, 전 한양대학교 명예교수

또 하나의 만남을 말하련다. 나들이 삼아 동참한 어떤 문인들의 모임에서 수필가 최중호의 문학을 접하게 된 것은 이 가으내 수확의 으뜸이리 하겠다. 그의 〈수필 작법〉의 창작 과정은 신선한 충격으로 내 옆에 바싹 다가섰다. 작품 〈단재(丹齋) 선생과 연(鳶)〉을 곁들여 읽었을 때 그의 수필이 바로 요즘 은근히 아쉬워해 온 테마 에세이의 훌륭한 본보기임을 인정하게 되었다.

그런데 질의라기보다는 '그것은' 숫제 '수필이 아니'라는 신랄한 반론이 제기되어 "문학에는 정답이 없다"는 나의 문학 신조(Creed) 제일 조를 새삼 되살리게 했다. 격한 어조로 발제자의 목을 조르던 질의자의 발언도 그의 논리를 따르자면 충분히 수긍이 간다. 그러저러한 진행의 과정이 세미나를 더욱 세미나답게 하는 데 일조를 하고 있다고 보고 싶은 시각에서 나는 남몰래 회심의 미소를 지었다.

그리고 그런 혹평을 마주하면서도 발끈한 줄 모르는 최중호의 바보스러울 정도로 무덤덤한 응수 아닌 응수(뒷자리에 앉아서 그렇게밖에 비치지 않았다)가 더욱 재미있다고나 할까 하여튼 구색을 갖춘 모임이라는 인상을 받았다.

수필이 크게 수상(隨想 : 소위 Free Essay)과 테마 에세이(담론 : Thema-tic Essay 또는 Critical Essay)로 갈리는 것은 알려진 사실이지만 우리 주변에서는 전자가 성행하고 있을 뿐 후자가 제대로 잘된 경우를 만나기 쉽지 않다는 것이 내 개인적인 소감이다.

뒤돌아보면 영문학자 최재서, 이인수 등의 글에서 테마 에세이 범주에 속하는 훌륭한 작품을 보게 되는데 같은 영문학자라도 피천득, 이양하는 단연코 전자에 속한다. 〈금아선집(琴兒選集)〉에서 박물관 진열장의 연꽃 연적(硯滴)과 마주칠 때나, 이양하 교수가 그리는 나무들의 모습을 대할 때 독자는 그 필자의 유연함에 홀려서 작가가 이끄는 의미의 심연(深淵)으로 부지중에 빨려들게 마련이다. 같은 맥락에서 여류 유혜자를 바라보면 수수하면서도 아련한 수상을 쓰는 줄만 알았더니 어느새 멋진 테마 에세이에 성공적으로 돌입하고 있지 않는가. 이름하여 〈챠알스 램과 모차르트〉를 대관령 숲속에서 낭독하는 그녀의 목소리는 단단하고도 질 높은 문화의식의 표출을 담아내기에 걸맞게 단아하고도 정겨웠다.

문제는 양자의 구분이다. 수필의 특성은 주관의 대폭적인 허용이라 하겠는데 작품 속에 '내'가 얼마나 광범위하게 관여할 수 있는가 하는 정도의 차이가 있을 뿐 두부모를 자르듯 금을 긋기는 어렵다. 도대체 문학의 장르라는 말은 아닐 테니까. 구조주의 이후, 수용이론이니 텍스트 고쳐 읽기니 하는 문학 이론들이 이러한 경향을 더욱 부추겨 왔다. 테마 에세이는 문자 그대로 하나의 주제의식을 추적하되 작품의 메시지를 작가가 말하지 않고 작품이 진행되면서 그 내용 자체가 독자에게 직접 말해준다. 최중호의 경우, 주제의식이 매우 선명함에도 불구하고 작품 속에서는 '나'를 노출하지 않는다. 작품 동기를 보다 충실하게 좇기 위해서다. 극도의 자기 절제가 따르는 어려운 수법을 수필가 최중호는 해낸 셈이다.

이제 최중호 문학의 진수를 훑는 첫 대목에서 발표지 26쪽으로 독자를 안내한다. 〈단재(丹齋) 선생과 연(鳶)〉〈유허(遺墟)에 핀 민들레〉〈백마를 단 단종(端宗)〉〈국방장관과 두 용사〉〈왕대밭에 왕대 나고〉〈306호〉의 제재 해설에 숨은 작가의 노력과 각고의 모색과정으로 그의 작가 정신을 짐작할 만하다.

그는 이 작품 구상 과정을 '생각이 잡힐 때까지는' 펜을 들 수 없다는 한마디로 대변하고 있다. 그리고 '촛불을 켜놓고 집필한다'함은 고인과의 교감을 암시하므로 그의 예술이 생과 사를 초월한 유현(幽玄)의 경지에 도전하고 있음을 알린다. '촉루(髑淚)의 키'를 운운할 때 그가 수필가가 아니라면 누구를 수필가라 하겠는지 묻고 싶다. 이것은 그의 전 작품을 꿰뚫는 소재의 선택, 선택을 앞지르는 결의에 가까운 그의 사명감과도 무관하지 않을 것이다.

다음으로 주목을 끄는 것은 그의 왕성한 탐색 정신(Quest)이다. 기사 스크랩에서 무덤을 찾는 데까지의 고지식하고 진솔한 자료정리의 자세와 본질적인 주제 탐색의 추진은 소설가라면 모를까, 이 나라 수필의 수준을 새삼 재평가하게 하는 희귀한 사례이다. 20년 전에 일본의 여류 작가가

'발로 보는 한국'을 쓰기 위해 이 나라를 찾았다고 말했을 때 그 당시는 그 뜻을 제대로 파악하지 못했던 것 같다. 그래서만은 아니었겠지만, 그 후 몸살 나게 외국 여행 열병에 시달렸고, 또 그래서 거닐게 된 그 많은 여로에서, 특히 러시아 한인사회를 두루 찾아다니던 무렵에 나는 그녀의 말을 자주 떠올렸다.

이것은 참여정신(Engagement : 사르트르가 주장함)과도 결부되는 것이며 그의 자료수집의 마무리 작업인 무덤 찾기와 직결된다. 제수를 들고 무덤에 간다는 것은 문학을 몸으로 하고 있다는 증표이다. 수필가들이 관념에 빠지지 말자 해서 흔히 하는 일이 고작 일상적인 주변 생활의 재연에 불과한 데 비한다면 그는 한국사의 어제와 오늘을 휘어잡고 내일을 내다보는 일을 몸소 문학화하고 있는 것이라 하겠다. 식자층에 만연하고 있는 몇 가지 정신적 위험 증후에 애국애족을 진부하게 여기는 풍조가 농후한 근자, 그토록 확실하게 애족 애국을 작가의식의 중추로 수용하고 있는 작가를 만난다는 것은 상쾌하기 이를 데 없는 일이다. 선재(善哉)라, 선재(善哉)라. 이는 '삶을 위한 예술'과 '예술을 위한 예술', 둘 중에서 한쪽을, 말하자면 '삶의 예술' 쪽을 선뜻 택하여 외곬으로 파고드는 작가 최중호에게 보내는 찬사다.

'문학에 정답은 없다고 말하기는 했으나 그렇다고 해서 무절제한 자기 도취를 일삼자는 것은 아니다. 전력투구를 말함이다. 동료 문인 수필가들의 건필을 비는 의미에서 그날 화제의 밑바닥에 깔렸던 문제점, '한국 수필 이래도 되는가'에 얹어서 또 하나의 문학 신조를 감히 털어놓는다. 공자님 앞에서 할 말은 아니지만, 수필의 진면목이 단순한 음풍농월(吟風弄月) 그것만은 아닐 터, '나의 일상의 작은 창(窓)'이 바로 광활한 우주 공간과의 통로임을 안다면, 말을 바꾸어 범아일여(梵我一如 : Brahman과 Atman의 관계)를 내 가슴 하나로 섭렵하는 것을 수필의 몫으로 받아들인다면, 나 개인의 생활에 이는 크고 작은 물결마다 과거와 미래, 너와 나, 그리고 겨레와 온 누리까지도 어느 것 하나 투영되지 않음이 없을 것이니 이 시점에서 예술의 지극히 미세한 '나'적인 개체성과가 없는 보편성의 지평이 밀착된다는 것이 내 문학 신조의 두 번째 항목임을 밝힌다. 이것은 일인칭 소설의 시발점이기도 하다. 최중호는 역으로 '나'를 죽여서 '나'를 살린 경우라 하겠다. 틀 깨기는 수필 부문의 장기다.

수필가 최중호에 관해서라면 하고 싶은 말이 좀 더 있지만 지면 관계도 있고, 아직은 그에게서 보내온 글을 미처 독파하지 못한 이 마당에서는 이쯤에서 함구함이 옳을까 한다. 이토록 좋은 작가에게 발표의 기회를 마련해 준 ≪한국수필≫이 백락일고(伯樂一顧)의 고사를 방불케 하질 않는가. 이 가을에. 지난날의 수많은 만남이 마른 잎 지듯 떨려 나가는 요즘 또 다른 만남이 있어 내 문학을 풍요롭게 하질 않는가 이 가을에.

(1997. 한국수필. 11 · 12월호)